三嶋与夢
illustration
高峰ナダレ
俺は星間国家の
I am the Villainous Lord of the Interstellar Nation
5
悪徳領主!

『リアムに女遊びは無理だと思うよ』
クルト
Kurt
『悪ぶっちゃって、リアム君てば可愛い～』
エイラ
Eila
『私が直々に女遊びを教えてあげようじゃないか』
『天城は俺が笑われてもいいのか!?』
リアム
Liam

ウォーレス
Wallace
天城
Amagi

「リアム――さ――ま」
クリスティアナ
Christiana

『随分と楽しそうじゃないか。
俺も交ぜてくれよ』

AG006-C1AAA
ヴァナディース
Vanadís

「俺に逆らった。
それがこいつらの死ぬ理由だ」
リーリエ
Lillie

CONTENTS

I am the Villainous Lord of the Interstellar Nation

- プロローグ 003
- 第一話 真なる敵は誰か？ 045
- 第二話 経済制裁 060
- 第三話 真の悪党 093
- 第四話 他の星間国家 122
- 第五話 リアムのナンパ 173
- 第六話 帝国の闇 243
- 第七話 剣聖 274
- 第八話 責任 293
- 第九話 三本の刀 314
- エピローグ 367

- 特別編 量産型メイド・立山 399

俺は星間国家の
I am the Villainous Lord of the Interstellar Nation
悪徳領主!

5

三嶋与夢
illustration
高峰ナダレ

イラスト／高峰ナダレ

プロローグ

アルグランド帝国の首都星。

帝国の中心である金属の殻に覆われた惑星で、俺【リアム・セラ・バンフィールド】は高級老舗ホテルのバーに友人たちを集めていた。

薄暗いバーからは、首都星の夜景が見える。

しかし、壁一面の窓ガラスには夜空を映し出して景色を見えなくしていた。

首都星の夜景は明りが強すぎる。

高級感のあるカウンターテーブルに並んで座る俺たち。

俺は自分の手元を眺めていた。

手に持ったグラスには酒が入っているのだが、傾けても酒がこぼれない。

グラスを揺らして中の酒をかき混ぜると、色が変わるから不思議だ。

その様子を眺めながら、俺は集まった知り合いたちに呟《つぶや》く。

「こうして全員が揃《そろ》うのも久しぶりだな」

俺たち以外の客がいないバーは、クラシック音楽が流れていた。

バーに集めたのは、幼年学校から付き合いのある俺の友人？　たちだ。

俺の左隣に座るのは、婚約者の【ロゼッタ・セレ・クラウディア】だ。

金髪碧眼《へきがん》のお嬢様という雰囲気を持っている癖に、中身は慎《つつ》ましやかで一途《いちず》というアンバランスな女である。

元は鋼の精神を持った気の強い女だった。

権力にも財力にも屈しない気の強さを気に入り、俺はロゼッタと強引に婚約した。

あらゆる手段を使って婚約し、ロゼッタの悔しがる姿を見たかったからだ。

しかし、そんなロゼッタが、今では俺に惚《ほ》れてかいがいしく尽くしてくる。

鋼の精神を持った強い女の面影は消え失《う》せていた。

非常に残念な女である。

「そうね。わたくしたち三人は顔を合わせる機会も多いけど」

ロゼッタが申し訳なさそうな視線を向けた先にいたのは、俺の右隣に座る金髪の貴公子【クルト・セラ・エクスナー】だ。

高身長の美青年は、グレーのスーツ姿で以前よりも大人の雰囲気を出している。

少し前まで士官学校にいた俺たちとは違い、クルトは帝国大学に通っていた。

その後に役人として働き、無事に務めを果たしたので次は士官学校へと進む予定だ。

本人は少し寂しそうにしながらも、微笑《ほほえ》みを絶やさない。

「仕方がないよ。僕の家は軍との縁が深いからね。先に大学に通っておく方が、色々と都合がよかったから」

貴族にも軍人系の家系と、官僚系の家系が存在する。

バンフィールド家はどちらとも言えない田舎貴族だが、クルトのように軍人系であると修行の最後に士官学校を持って来る。

修行が終われば、そのまま軍に残って軍人生活を続けられるからだ。

俺のように、どちらも腰掛け程度の貴族は自由なものだ。

クルトの右隣に座るのは、赤茶色の髪をした私服姿の【エイラ・セラ・ベルマン】だ。

彼女はレーゼル子爵家で修行をしていた頃からの付き合いだ。

貴族の子弟は一度他家に預けられるのだが、その際にクルトやエイラと知り合った。

付き合いで言えば、ロゼッタよりも長い。

「残念だよね。リアム君が先に士官学校に進むからだよ。クルト君と一緒に大学に進んでおけば、私も同行したのにさ」

エイラの文句に、俺は手に持ったグラスの酒を飲み干してから答える。

「俺は楽しみを後半に残しておくタイプだ」

「よく言うよ。軍でも好き勝手に楽しんでいたよね？　しかも、私を首都星の兵站《へいたん》部署に残して、ウォーレスと二人きりだけでさ」

危ないからと後方のデスクワークに配置したのが、エイラ的には許せなかったらしい。

エイラは右隣に座るウォーレスを睨《にら》んでいる。

青髪のチャラチャラした男【ウォーレス・ノーア・アルバレイト】は、見た目からは想像もできないが皇族だ。

少し前まで皇位継承権を持っていたが、俺の後ろ盾を手に入れ独立することになったので継承権を放棄している。

不真面目で頼りない男だ。

「パトロール艦隊に配属されなくて正解だよ。私は毎日のようにリアムにこき使われたんだぞ」

「ウォーレス、お願いだからリアム君との思い出を語らないで。私のもうそ——思い出が汚されるわ」

「汚しているのはそっちじゃないか？」

相変わらず仲の悪い二人だが、俺たちに理解できない会話をしている。

実は仲が良いのではないか？

エイラとウォーレスの会話が盛り上がっており、俺たちは割っては入れない。

だから、俺はクルトと話をすることに。

「士官学校には俺から口を利いてやる」

散々賄賂——ではなく、寄付をしてきたのだ。

友人一人の面倒を見ろ、というくらいは許されるだろう。

しかし、妙に真面目なクルトは、俺の提案に礼を言いつつ拒否する。

「ありがとう。でも、大丈夫だよ。エクスナー家は軍と関わりがあるから、酷《ひど》いことにはならないよ」

「お前の親父《おやじ》さんは、軍人時代に活躍したエースだったな」

エクスナー家は貴族になりたての新しい家だ。

当主の男爵は、以前に騎士として軍で機動騎士に乗っていた。

数々の武功を挙げて貴族として認められた男で、同じ騎士や一般軍人からすれば希望の星である。

つまりは、憧れの存在だ。

その息子であるクルトが、面倒に巻き込まれることはないのだろう。

「お前は相変わらず真面目だな」

「リアムは相変わらず口が悪いよ」

舐《な》めた口を利く奴《やつ》は許さないのが悪徳領主だが、クルトは友人だ。

しかも、同じ悪徳領主であるエクスナー家の跡取り。

エクスナー男爵は軍人としては皆の憧れだが、領主としては領民からとことん搾り取るガッツのある悪徳領主だ。

表向きはヒーローで、裏では悪い事をしている外面のいい奴である。

だが、そこが気に入っている。

悪人同士の仲間意識というやつだ。

そんなエクスナー家の跡取りであるクルトとは、仲良くしたいので多少の悪口は許容している。

「それより、お前は大学時代に遊んだか？」

「え？　それなりに楽しんだけど？」

とぼけるクルトに、俺はため息を吐《つ》く。

聞きたかったのは女関係だ。

「馬鹿、女遊びだ。お前に言い寄る女は多かっただろう？　少しは手を出したか、って聞いているんだよ」

突っ込んだ話をすると、クルトは困惑した顔に変わる。

クルトの向こう側では、気になるのかエイラが聞き耳を立てていた。

そして、俺の左隣では女遊びと聞いてロゼッタが顔を真っ赤にしている。

——お前は派手な見た目をしている癖に、ウブすぎないか？

クルトの女性関係の話題になると、ウォーレスも気になるのか会話に加わる。

「私も気になるね。クルトは役人時代に、秘書の座を巡って女性陣が争ったそうじゃないか。何人かに手を出したんじゃないか？　私にも誰か紹介して欲しいな。おっと、クルトのお手つき以外で頼むよ」

人気者のクルトから、女を紹介してもらうつもりのようだ。

ただ、クルト本人は頭を振る。

「責任も取れないのに遊ぶつもりはないよ」

その言葉は嘘《うそ》ではないようで、ウォーレスが唖然《あぜん》とする。

「お前は正気か？　大学時代と言えば、人生で一番楽しい頃だろうに。責任云々《うんぬん》で遊ばないなんて勿体《もったい》ないぞ」

大学時代が人生のピークでいいのか？　そうウォーレスに問い掛けようとしたら、今度はエイラが割り込んでくる。

こちらはクルトに感心していた。

「クルト君が正しいよ。それに比べて、ウォーレスは酷いよね。何のために大学に進学するつもりなの？　もう一回士官学校にでも入学したら？」

「相変わらず君は、私に対してだけ辛辣だな」

抗議するウォーレスを無視するエイラが、俺の方にやや呆《あき》れた視線を向けてくる。

女遊び云々の話題が気に入らないようだ。

「リアム君も大学で羽目を外しすぎないようにね」

注意してくるエイラに、俺は意地の悪い笑みを作った。

「俺くらいになれば、女など使い捨てだ」

「凄《すご》く腹の立つ台詞《せりふ》だけど、リアム君が言っても説得力がないよ。強がりにしか聞こえないし」

真顔のエイラに言われ、俺は頬を引きつらせる。

「つ、強がり？　言いがかりは止《や》めろ」

エイラの意見に納得したウォーレスが、何度も頷《うなず》いていた。

「それはそうだ。だってリアムは、まともに手を出した女性なんていないだろ？　あれだけ周囲に美女がいるのに、一度も手を出していないじゃないか」

周囲の美女？　ティアやマリーのことだろうか？　それなら、ウォーレスは女を見る目がないと言える。

「あいつらは残念すぎて異性として見られない」

素直な感想を言うと、クルトが俺を見て何が楽しいのかクスクスと笑っている。

「リアムらしいよ」

「お前まで俺を馬鹿にするのか？　言っておくが、俺には天城《あまぎ》がいるからな」

堂々と天城の名前を出すと、四人が四人とも複雑そうな表情になった。

ウォーレスが俺を怒らせないように、言葉を選んで注意してくる。

「リアム、君にとって天城が大事な存在なのは理解しているよ。でも、周りがどう思うか想像できるだろ？　あまり人前では言わない方が無難じゃないかな？」

帝国は天城――アンドロイドを嫌悪している。

連れて歩くだけでも笑われる意味不明な風潮があった。

ふてくされて酒を一気に飲み干す俺を、ロゼッタが心配して声をかけてくる。

「ダーリンにとっては大事な人ですものね」

「そうだ」

俺とロゼッタを見ていたクルトが、クスクスと笑い出す。

「でも、それでも天城とロゼッタさんの二人だけだよね？　リアムが女遊びをするなんて、僕には想像できないよ」

こ、こいつ！　随分と嬉《うれ》しそうに言いやがる。

ヘタレと言われたような気がして、俺はムキになってしまった。

「ふざけるな！　俺だって女遊びの一つや二つ、簡単にできるからな！　お前らに見せつけてやるよ！」

堂々と女遊び宣言をする俺だが、ロゼッタには背を向けたままだ。

振り返って様子を確認することができない。

俺を見て、エイラとウォーレスが顔を見合わせて呆れた顔をする。

「どう思う、ウォーレス？」

「遊ぶと言いつつ、遊ばないのがリアムだ。失敗に一ヶ月分の小遣いを賭けよう」

「あんた、小遣いで賭け事とか恥ずかしくないの？　そもそも、賭が成立しないわ。私も成功すると思えないし」

二人揃《そろ》って俺に女遊びは無理とほざいた。

だから、余計にやる気が出てくる。

「お前らは俺を舐めすぎだな。俺が本気になれば、女遊びくらい余裕だ。次の機会にでも証拠を用意してやる」

バーテンから新しいグラスを受け取り、酒を飲み干した。

エイラとウォーレスが、ニヤニヤと俺を見ているのが気に入らない。

だが、クルトだけは何やら神妙な顔をしていた。

気になって声をかける。

「どうした？　もう酔ったのか？」

クルトの顔をのぞき込むと、やはり顔が赤い。

「い、いや、大丈夫だ。それよりも、今日は飲もう。またしばらくは会えなくなるからね」

そう言ってクルトは持っていたグラスの酒を飲み干した。

楽しそうにしているクルトだが、時々思い詰めたような顔をしている。

何かあったのだろうか？

心配していると、クルトは端末を確認する。

「ごめん。ちょっと席を外すよ」

そう言って席を離れると、エイラも席を立つ。

「私も飲み過ぎたから、ちょっと休憩してくる」

ウォーレスが酒をチビチビ飲みながら、エイラをからかう。

「お手洗いだろ？」

茶化すウォーレスに対して、エイラは心底どうでもいいような——無関心な視線を向けていた。怒るでも、恥ずかしがるでもない。

まるで落ちているゴミを見かけたような視線に、ウォーレスが視線を逸《そ》らした。

「すみませんでした」

クルトとエイラがカウンター席から離れ、三人だけになったタイミングで話題を変える。

「——クルトの奴、楽しそうには見えないな」

ウォーレスは気付かなかったのか、首をかしげていた。

「わたくしには楽しんでいるように見えたけどね」

頼りにならないウォーレスとは違い、ロゼッタはクルトの表情が時々曇るのを見逃してはいなかった。

「時々辛《つら》そうな顔をするわね。何かあったのかしら？」

心配する俺とロゼッタに、ウォーレスがグラスの酒を飲み干して言う。

「クルトの実家は成り上がりだからね。本人がいくら優秀で人気があっても、やはり貴族社会では立場が悪い。大学でも職場でも、やっかみもあっただろうさ」

やっかみ、と聞いてすぐに「いじめ」を連想した。

歴史の浅い家など認めない、という貴族は多い。

クルトが優秀でも。いや、優秀だから余計に周囲には腹立たしかったのだろう。

付き合いの長い俺たちと離れ、一人で大学生活を送ったクルトは周囲に馴染《なじ》めなかったのだろうか？

話を聞いていたロゼッタが、クルトを心配している。

「大丈夫かしら？」

普段頼りにならないウォーレスも、今回ばかりはクルトを心配している。

「あいつは辛くても黙っているタイプだからね。適度に不満を発散できればいいけど、それができずに爆発したら厄介だよ」

確かにクルトは辛くても黙っていることが多い。

周囲に悟らせないようにする傾向がある。

今回も、俺たちに何の相談もしなかった。

何だか腹立たしくなってきた。

「俺に言えば、周囲の馬鹿共を黙らせてやった」

後で調べさせて、報復するべきかと考えているとロゼッタが俺の横顔を見ていた。

「何だよ？」

「ダーリンは優しいわね」

「は？　お前は馬鹿なのか？」

本当にこいつは何も理解していない。

クルトをいじめた馬鹿共を、俺がどのように黙らせると考えているのか？　権力、財力、そして暴力を使った方法に決まっている。

そんな方法で友人を助ける奴《やつ》が、優しいはずがない。

「だって、友達のことを本当に心配しているもの」

ロゼッタに笑顔を向けられた俺は、何だか馬鹿らしくなってきた。

「――お前は本当に人を見る目がないな」

ウォーレスが俺に解決策を尋ねてくる。

「それで、リアムはどうするつもりだ？」

「士官学校に寄付をしてやる。クルトのことを頼むと言っておけば、悪いようにはしないだろう」

「それがいいね。クルトに限ってないとは思うが、薬に手を出して駄目になる貴族も多いからね」

「薬？」

「違法薬物さ。肉体強化を受けた騎士でも駄目にする強烈な奴が、帝国の裏社会に出回っているそうだ」

この世界にも中毒性の高い違法薬物は存在する。

中には肉体強化された騎士の体すら蝕《むしば》むような薬もある。

「――クルトは手を出さないだろ」

「真面目な奴ほど、ってね。不満を抱え込むクルトのようなタイプは危ういと思うよ」

ウォーレスの話を聞いて心配になってきたが、きっとクルトなら大丈夫だろう。

俺もそれとなくフォローするように動くか。

◇　◆　◇　◆　◇

アルグランド帝国首都星。

金属の殻に覆われた惑星は、全てが人の手によって管理されている。

気温も天気も自由自在で、災害など発生しない夢のような惑星だ。

そんな快適な首都星にも問題があった。

人口問題だ。

快適な首都星で暮らそうと、多くの人間が毎日のように押し寄せてくる。

違法な手段で潜り込む輩《やから》も多く、首都星の悩みの種になっていた。

そして、首都星では地下にも人々が暮らしている。

快適な地上と違って、貧乏な人々が多い場所だ。

スラム、アンダーグラウンド、掃きだめ、などと呼ばれる首都星の裏の顔である。

錆《さ》びた金属で覆われた床、壁、天井。

広い通路には、両脇に露店が並んでいた。

大勢の人々が行き交うその場所は、非常に狭く感じる。

空気は淀《よど》み、臭いも酷《ひど》い。

普通なら地上で暮らす人々が、地下に来ることなどほとんどなかった。

そんな地下には似合わない人物がやって来る。

周囲の人々からは浮いたような存在で、地下で暮らす人々がチラチラとその男性を見ていた。

だが、男性は気にもとめずにある場所を目指す。

大通りから延びる狭い通路。

すぐに行き止まりになっているが、そこで店を開いているのは占い師風の女性だ。フード付きの紺色のローブ姿で、首や腕には金銀の装飾品を着けている。

「いらっしゃいませ。どうやら覚悟ができたようですね」

目元は見えないが、白い肌に濃い赤い口紅が印象的な人物だ。

男性は女性の目の前で足を止める。

女性の口元が笑みを作り、テーブルに一つの飲み薬を置いた。

ガラスのような透明な小瓶に入った液体は、ピンク色をしている。

女性は指で小瓶を数回叩《たた》くと、まだ戸惑う男性の背中を押す。

「ここに来たというのに、随分とためらわれていますね――クルト様」

男性の名前はクルト――クルト・セラ・エクスナーである。

金髪に紫の瞳という美青年は、テーブルの上に置かれた小瓶を凝視していた。

女性はそんなクルトをからかう。

「もしかして、怖いのですか？　大丈夫ですよ。国の認可は得ていませんが、副作用も少ない薬です。使ったところでバレません」

「――い、いや、僕は」

「一度使えば、悩みなど吹き飛んでしまいますよ。ただ、使う前に戻れなくなってしまうかもしれませんけどね。ヒヒヒッ」

怪しい薬を売る女性を前に、クルトは熟考を始めた。

まだためらいがあるようだと感じた女性が、小瓶を握ってクルトの前から取り上げる。

「それでは、この話はなかったことに」

すると、クルトは一瞬絶望した顔をしてテーブルに手を叩き付ける。

数秒の後に、随分と思い詰めた顔で薬の購入を決めた。

「――くれ」

「はい？」

「その薬を売ってくれ」

クルトの言葉を聞いて、女性の口元が怪しい笑みを浮かべる。

「二度と元の生活に戻れないかもしれませんが？」

「――覚悟の上だ」

クルトは電子マネーでは購入履歴が残るため、懐から貴金属を取り出した。

女性がそれを手に取ると、腕に着けた装飾品の一つが鑑定を開始する。

「本物のようですね。それでは、この薬をどうぞ」

手渡されたピンク色の薬を手に取ったクルトは、僅かに後悔した表情をしている。

そんなクルトの背中を、女性が押してやるため言葉をかける。

「後悔する必要はありませんよ。この程度、みんなやっていることです。別に珍しいことではありませんからね」

「だ、だけど、僕は」

「自分に正直になりましょうよ。興味があるのでしょう？」

女性の言葉を聞いて、クルトは背中を向けて歩き出す。

そして女性は最後に去って行くクルトを見ながらほくそ笑む。

「――もう二度と元の生活には戻れないかもしれませんね」

◇　◆　◇　◆　◇

久しぶりに知り合いと酒を飲んでから数週間後。

『リアム様が無事に帝国大学へと入学され、このブライアンは感激のあまり涙が止まりませんぞぉぉぉ！』

空中に浮かぶ映像で泣いているのは、執事のブライアンだった。

首都星暮らしの俺と通信で会話をしている。

俺は私服姿でソファーに座りながら、ブライアンの泣き顔を見ていた。

「朝から五月蠅《うるさ》い奴だな。その話は何度目だ？　もう入学式も終わって、大学に通ってい

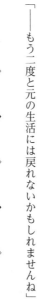

るのに、いつまでも泣くんじゃない」

すぐに泣いてしまう俺の執事って大丈夫なのだろうか？

心配になってしまうが、これでも有能な男だ。

俺の屋敷をちゃんと管理している。

だから、簡単にはクビにできない。

『何を言われますか！　士官学校を無事に卒業されたのならば、残すは帝国大学で学び、文官として働くのみ！　その後は領地に戻っていただき、領内の発展に尽力してもらわねばなりません』

講義まで時間もあり、朝からノンビリと過ごしていた。

天城《あまぎ》が用意したお茶を飲みつつ、心配性のブライアンの相手をしている。

だが、面倒になってきた俺は話題を強引に変えることに。

「領内に問題は起きていないだろうな？」

ブライアンが何度も頷《うなず》き、喜んでいた。

『もちろんでございます！　リアム様が修行中の間も、領内は発展しておりますぞ。詳しくは資料をご確認ください』

空中に電子データが投影された。

それを眺める俺は、ニヤリと笑みを浮かべる。

「悪くない数字だ。戻る頃には、もっと発展しているだろうな」

自領が発展するというのは、俺の力が増すことを意味する。

悪徳領主である俺は、日頃から力を蓄えていた。

領内の発展は俺の力。

領民すら資源や財力の一部である。

人を資源として考える俺は、なかなかの悪徳領主だな。

『リアム様が戻ってこられるのを、領民一同がお待ちしております！』

「度し難い奴らだ」

何も知らずに浮かれている領民たち。

間抜けにも、悪徳領主である俺の帰りを待っているらしい。

俺――リアム・セラ・バンフィールドは転生者だ。

このファンタジー世界に転生し、悪徳領主を目指している悪人である。

前世で善行がいかに無駄かを学んだ俺は、生きている間に自分が楽しむことだけを考えて動いている。

そのために――俺が領地を不在にしている間は、領内の発展に力を入れていた。

いずれ領地に戻ったら、肥え太った領民たちから搾り取るためだ。

今から楽しみで仕方がない。

俺が意味ありげに笑みを浮かべてお茶を飲んでいるとブライアンがぶっ込んでくる。

『ところでリアム様、ユリーシア様はいつ正式に側室として迎えられるのですか？』

「ぶっ！――な、何の話だ!?」

ユリーシア【ユリーシア・モリシル】とは、第三兵器工場の元セールスレディだ。

何故《なぜ》か軍学校に戻って教育を受け、特殊部隊入りを果たした変わり者でもある。

その後に色々とあって、今では帝国軍と俺を繋《つな》ぐパイプ役――俺の副官という立場に収まった。

ただ、俺の副官になった理由が酷い。

一度俺に袖にされたのを恨み、見返すために特殊部隊に入隊したらしい。

そして復讐《ふくしゅう》方法は、俺を惚《ほ》れさせ告白させ――その後にふる、というものだった。

復讐が失敗したと知ると泣き崩れ、俺に全てを暴露した。

あまりに可哀想《かわいそう》だったため、とりあえず形だけでもユリーシアの復讐を遂げさせようと俺は嘘《うそ》の告白をしたわけだ。

だが、あの女――そのまま俺をふるよりも、愛人になった方が得だと気付いたらしい。

今では俺の世話になっている。

もう何もかも酷い女だ。

軍人としての能力は非常に高いのに、残念な女――それがユリーシアだ。

俺はユリーシアを愛人にするつもりはない。

ないのだが――俺が告白してユリーシアを軍から引き抜いたという事実が、非常に面倒なことになっている。

『違うのですか？　側室にされるつもりで、軍から引き抜いたのでは？』

振り返って天城を見れば、俺が噴きこぼしたお茶の片付けを始めている。

「あ、天城!?　お前からも説明しろ。アレは勘違いだ！」

天城は俺の顔を見て、そして微笑《ほほえ》む。

その微笑みがどうにも怖く見えたのは、俺の気のせいではないだろう。

今の俺はまるで、妻に「あの女との関係は誤解なんだ！」と、弁解しているみたいだな。

「よろしいのではないでしょうか？　そもそも、リアム様はハーレムを用意すると言いながら、実質一人も抱いておりませんからね」

「お前がいるだろう！」

「以前にもお伝えしましたが、私は数に含まれませんので、ノーカウントでございます」

「嘘だろ!?」

「いえ、事実です。リアム様はまだ清い体ですよ」

「――俺はまだ清い体だったのか」

天城に笑顔で返された俺は、ここで驚きの真実に気が付いてしまう。

つまり俺って――今世では童貞なのか？　と。

あれだけ堂々と女遊びをすると四人に宣言したのに、これでは笑われて当然だな。

俺が固まっていると、ブライアンが急《せ》かしてくる。

『ロゼッタ様とご婚約中であるのは理解しますが、バンフィールド家は跡取り不在の状況ですぞ。ここは多少はしたなくとも、まずは跡取りを用意するのが貴族としての務めでございます』

婚約者がいるのに、愛人と子供を作れと言われて腹が立つ。

「うるっせーよ！　そんな理由で子供を作れるわけないだろ！」

俺は正論をぶつけたと思ったのだが、ブライアンが興奮しながら言い返してくる。

『そんな理由とは何ですか！　リアム様に万が一のことがあれば、バンフィールド家は潰れてしまうのですぞ！　それをそんな理由などと。こちらは本気で心配しているのです。それなのに、どうして生身の女性に手を出してくださらないのか！』

本気で怒ってくるブライアンに、俺は言い返せなかった。

俺は好き勝手に生きたい。

誰の命令にも従いたくない。

しかし、本気で心配しているブライアンを前に、関係ないとも言えない。

「か、考えておくから、この話は保留だ」

『そうやっていつも逃げる！　リアム様、このブライアンは心配で夜も眠れませんぞ。それに帝国大学ともなれば、一発逆転を狙う者たちも――』

俺はブライアンの小言が嫌になって通信を切った。

汗を拭う。

「俺のハーレムは厳選されるべきだ。その程度の理由でユリーシアのハーレム入りを認められるものか」

そう。俺のハーレムは選び抜かれた精鋭たちを用意することになっている。

ユリーシアみたいな残念娘を、少し可愛《かわい》いからといってハーレムに入れるなど認めない。

天城が新しいお茶を用意していた。

「その言い訳は、通信が繋がっている際にするべきではないでしょうか？」

「そ、そうだな」

天城からの視線に耐えられない俺は、お茶を一気に飲み干してから立ち上がった。

「もう大学に行く」

天城が頭を下げてきた。

「かしこまりました。車を用意させます」

どうして朝から自分のハーレムのことで執事に小言をもらわないといけないのか？

それも、駄目というのではなくさっさと増やせ、である。

理解に苦しむ。

真面目な執事なら、主人の女遊びを注意して品行方正を心掛けろ！　くらい言うはずだ。

それを拒否して女遊びをするつもりが、もっと遊べと叱られるとはどういうことだ？

「こうなれば、大学で美人を数人ひっかけるか？」

天城とブライアン——そして友人たちを黙らせるために、女遊びでもしようかと考えたところで俺は気付いた。

どうして言い訳のために女遊びをしようと考えているのか？

第二の人生、俺は我慢をしないと決めているのだ。

もっと堂々と遊べばいいのである。

我ながら肝っ玉が小さくて嫌になる。

「天城、ウォーレスを呼べ」

「ウォーレス殿ですか？　まだ起床しておりませんよ」

「は？」

「朝帰りでしたからね。まだお休み中です」

俺に黙って遊び呆《ほう》けるばかりか、朝帰りだと？

「叩《たた》き起こせ！」

ウォーレスを使って合コンを開こう。

毎日のように女遊びを繰り返し、ロゼッタを困らせよう。

どうしてこんな男と結婚したのかと、後悔させてやる！

何しろ俺は悪徳領主！　ロゼッタの気持ちに配慮などしてやるものか！

◇　◆　◇　◆　◇

リアムの婚約者である【ロゼッタ・セレ・クラウディア】は、大学の敷地内を数人の女子を連れて歩いていた。

ロゼッタは私服姿だ。

余裕のあるチュニックを着用しているが、大きな胸が存在感を放っている。

スタイルも良く、スキニーパンツをはいても様《さま》になっていた。

ボリュームのある長い金髪を独特な縦ロールにしており、鋭い目つきと青い瞳もあって周囲に少し冷たい印象を与えている。

そんなロゼッタが、私服姿とは言え取り巻きを連れている。

周囲からは派手なお嬢様が、取り巻きを連れているように見えるだろう。

それも間違いではない。

バンフィールド伯爵の婚約者という立場は、下手なお嬢様たちでは太刀打ちできない。

高慢ちきな貴族出身の女性たちが、ロゼッタに気付くと道を譲る。

まるで女王のような風格を出しているロゼッタだが、本人は内心で辟易《へきえき》していた。

ロゼッタは周囲に視線を向ける。

様々な惑星から若者が集まっており、その見た目も多種多様だった。

ロゼッタたちが地味に見えるくらい派手な格好をした生徒もいる。

まるで仮装大会や、文化祭でも開かれているような雰囲気だ。

しかし、これが帝国大学の日常である。

ロゼッタの周囲には、バンフィールド家の領地から連れて来た娘たちが取り巻きとして侍《はべ》っていた。

主にバンフィールド家を寄親《よりおや》と仰ぐ家の娘たち。

簡単に説明するならば、リアムの子分の娘たちだ。

学内でのロゼッタのサポートをさせるため、共に入学を許された娘たちだ。

大貴族が取り巻きと一緒に入学するのは、珍しい光景でもない。

同じように取り巻きを連れている者も多かった。

そんな取り巻きの娘たちだが、大学の雰囲気に浮かれていた。

「ロゼッタ様、たまには一般食堂も利用しましょうよ」

大学生になり垢抜《あかぬ》けた一人の娘がそんな提案をすると、眼鏡をかけた生真面目そうな娘が目を細めて睨《にら》み付ける。

「ロゼッタ様に一般食堂を利用させるつもり？」

一般食堂は格安でボリュームのあるランチを提供しており、平民出身の大学生たちにとても人気だった。

お昼時にもなれば混雑するため、余裕のある生徒たちは敷地内にある割高なレストランで昼食を済ませるのが普通だった。

垢抜けた娘が頬を膨らませる。

「いつも同じ場所だと飽きるじゃない。せっかくこの大学に入学したんだから、もっと色んな人と交流しましょうよ」

「あ、あなたね」

眼鏡をかけた娘が、垢抜けた娘に腹を立てていた。

他の取り巻きたちも、垢抜けた娘の提案に肯定的だ。

ロゼッタは取り巻きたちが浮かれる気持ちも理解して、その提案に乗ることにした。

「一般食堂もたまには悪くないわね。今日のお昼はそこにしましょうか」

ロゼッタが提案を受け入れると、取り巻きたちが大喜びする。

眼鏡をかけた娘が、提案に乗るロゼッタに驚いた顔を向けてくる。

浮かれている娘たちに聞こえないように、ロゼッタに彼女たちの真意を伝える。

「よろしいのですか？　彼女たちの目的は、食事ではありませんよ」

違う場所で食事をしたいという娘たちだが、本心は別にあった。

一般食堂は大勢の生徒たちが利用するのだが、出会いの場でもあった。

ロゼッタもその程度の話は知っていた。

「それくらい理解していますよ」

一般食堂で行われているのは、ナンパだ。

男女共に気になる異性がいたら声をかける、というのが普通に行われている。

貴族たちも身分を隠して遊んでいた。

学生時代のお遊びとして、自由な時間を満喫していた。

ロゼッタの取り巻きである娘たちも、異性の遊び相手を見つけたいのだろう。

眼鏡をかけた娘は、浮かれている他の取り巻きたちに嫌悪の視線を向けている。

「よろしいのですか？」

ロゼッタは、生真面目すぎる眼鏡をかけた娘にも困っていた。

「度が過ぎなければ許します。それに、彼女たちは婚約者がいないわ。誰かを傷つける心配もありませんからね」

（この子はもう少し気を緩めてくれると、いい感じなのだけどね）

垢抜けた娘は緩すぎるが、眼鏡をかけた娘は真面目すぎる。

納得できない様子で、眼鏡をかけた娘は抵抗する。

「で、ですが、婚前交渉でもあれば面倒になりますよ」

婚前交渉を気にする者も多い。

惑星によっては重罪になる場合もあるが、ロゼッタは気にしていなかった。

「今時珍しくもないのでしょう？　それに、大学で将来の相手を見つける人も多いと聞きます。真剣なお付き合いなら邪魔はしませんよ」

田舎から都会に出て来て、はしゃいでいる自分の取り巻きたち。

ロゼッタには不安もあるが、締め付けすぎれば不満が出る。

それに、いい機会だと考えていた。

（この子たちの人となりも見極めないとね）

邪魔などしない。

ただ、やり過ぎれば責任は取らせるだけの話だ。

それよりもロゼッタは、取り巻きの娘たちよりも気になることがあった。

リアムだ。

（ダーリン、本当に女遊びをするつもりかしら？）

ホテルのバーで堂々と女遊びをする、と宣言したリアムの姿を思い出す。

ロゼッタは握った手を胸元に当てた。

リアムが他の女性と関係を結ぶという場面を想像すると、胸が苦しくなる。

しかし、抗議できる立場ではない。

(今のダーリンの立場なら、もっと多くの女性を囲っていても仕方がないもの。納得しないといけないのよ、ロゼッタ)

リアムの女遊びは当然、と自分に言い聞かせていた。

そんなロゼッタが、取り巻きの娘たちに連れられて一般食堂に向かう。

普段利用しているレストランとは違い、そこは簡易なテーブルと椅子が置かれていた。

大勢の学生が利用する食堂は、ロゼッタには戸惑うばかりだ。

(人が多いわね。それに騒がしいわ)

幼年学校でも食堂は利用していたが、マナーに厳しくそこまで騒がしくはなかった。

しかし、一般食堂では大声で騒いでいる学生たちも多い。

喧騒《けんそう》の中、ロゼッタが座る場所を探していると、見慣れた人物を発見する。

「あ、ダーリン」

そこにいたのはリアムだった。

意外な場所で発見したと喜び、近付こうとするが足を止める。

(ウォーレスと話をしている？　随分と真剣な表情ね)

一般食堂でリアムが話をしているのは、幼年学校からの付き合いであるウォーレスだ。

二人が真剣な表情で話し合っているのを見て、ロゼッタは邪魔しては悪いと離れることにした。

（あの様子なら、第三皇子の件かしら？　ダーリンは大学でも忙しそう。わたくしも何か手伝えればいいのに）

◇　◆　◇　◆　◇

一般食堂の喧騒の中。

「怒らなくてもいいだろう、リアム。朝帰りの理由だって、遊びじゃないんだぞ」

頭にたんこぶを作ったウォーレスが、俺を前に言い訳をしていた。

ちなみに、ウォーレスに拳骨《げんこつ》を落としたのは俺だ。

「毎日、悪友たちと飲み歩いていると聞いたが？　というか、俺の金で遊び歩いているらしいな？　俺にもおごれよ」

腹立たしいのでおごれとは言ったが、ウォーレスに小遣いを出しているのは俺だ。

何の意味もない行為である。

「それに何の意味があるのさ？　それより、本当に遊んでいないんだよ！」

必死に無実を訴えてくるウォーレスに、俺は昨晩何があったのか尋ねる。

「何かあったのか？」

普段は不真面目なウォーレスが、遊びもせずに朝帰りなどおかしい。

それに、今朝から元気がなく、思い詰めた顔をしていた。

とんでもない失敗をして焦っているのかと思ったが、どうにも違うらしい。

「実は、兄上たちから連絡があったんだ」

「兄上？　セドリックか？」

セドリックは、ウォーレスと同じその他大勢という扱いの皇子だ。

今は軍で少将として艦隊を率いている。

「違うよ。継承権第一位と第二位の兄上たちだ。この意味がわかるかい？」

ウォーレスの試すような問い掛けが癪《しゃく》に障る。

俺は他人を試すが、試されるのは嫌いだ。

「俺を試すな。結論を言え」

僅かに凄《すご》むと、怯《おび》えたウォーレスが結論を話す。

「睨まないでくれよ。――兄上たちが君を取り込もうと考えている。だから、私に君との仲介を頼んできた。本当に嫌になる。宮廷争いから逃げようとしたら、思いっきり巻き込まれてしまったんだからね」

ウォーレスは以前から宮廷争いに関わりたがらなかった。

その理由は、一つでも判断を誤れば命を落とすからだ。

後宮にいると思われる帝位継承権の保有者たちは、下手をすると数千人という数になる。

それだけの後継者たちが争い、つぶし合って消えていくのが継承権争いだ。

「俺への仲介？　第三皇子が声をかけてきたばかりじゃないか」

確か、クレオ殿下だったか？

「そっちはクレオが直接面会を求めた話だよ。今回の場合は、私を通して君が兄上たちの派閥に入りたいと申し込むのさ」

「は？」

意味がわからない俺に、ウォーレスが詳しく説明してくる。

「だから、リアムの方から頭を下げて派閥入りをお願いする。その際に手土産も必要だし、多額の献金もいるだろうね」

俺に頭を下げて派閥入りしろと、ウォーレスを通じて命令してきた？

馬鹿にしているのか？

俺は賄賂だって贈るし、上に媚《こ》びへつらうのもためらわない。

しかし、頭を下げに来いと命令だと？——俺だって媚びへつらう相手くらい自分で選ぶ。

他人に決められたくない。

「随分と上から目線だな」

「当たり前だ。兄上二人は、次の皇帝の最有力候補だぞ」

威張っていても当然というわけだ。

「ん？　少し待て——となると、その二人は既に結構な権力を握っているのか？」

俺は一つの不安が頭をよぎる。

前に案内人が言っていた「真の敵」についてだ。

バークリー家との間で長引いた戦争が終わりを迎えた際に、案内人が俺の前に現れ真の敵がいると教えてくれた。

俺は最初に皇帝が怪しいと思っていた。

この国で一番の権力者だから、バークリー家くらい意のままに操れるはずだ。

だが、ウォーレスの話を聞く限り、皇子たちも相当な権力を握っているはずだ。

バークリー家を裏から操れるくらいには、な。

「当たり前だ。大勢の貴族たちが兄上たちのために動いているからね。そう言った意味では強い力を持っているよ。他の兄弟たちも同じだけど、あの二人は別格さ」

皇太子と第二皇子は別格、か。

「——そうか」

俺が尻尾を振る相手として相応《ふさわ》しくないな。

もしかすれば、そのどちらかがバークリー家を裏で操っていた可能性がある。

ノコノコと出向いてしまえば、いいようにこき使われてすり潰されるだろう。

案内人がわざわざ俺に忠告してきた相手だ。

真の敵というからには、俺とは今後も相容《あいい》れないだろう。

そんな相手に、自ら頭を下げるなど論外だ。

「ウォーレス、ならばその二人に伝えろ。――お断りすると」

即座に拒否する俺に、ウォーレスは顎が外れるのではないかと思うほど大きな口を開けて驚く。

「はぁぁぁぁ!?　な、何を言っているんだ、リアム!?　継承権第一位と第二位の兄上たちだよ!?　その誘いを断ったら、確実に目の敵《かたき》にされちゃうよ」

普通ならあり得ない。

貴族としては間違った選択だろう。

だからどうした？

「そいつらはもう俺の敵だ」

皇太子と第二皇子は、バークリー家を裏から操っていた可能性が高い。

皇帝だって信用できない。

だったらどうするか？　簡単なことだ。

「ウォーレス、お前の話が本当なら、継承権第三位の皇子はまともな後ろ盾もないということだよな?」

ウォーレスから第三皇子の話は聞いていた。

ほとんど名ばかりの継承権で、ろくな後ろ盾もいない皇子だと。

つまり、何の力もない皇子様だ。

だが、それ故に。

「クレオにはまともな後ろ盾はいない。それは間違いないよ。何しろ、実母の実家すら見放しているからね」

「人となりはどうだ?」

「人となり? ま、まぁ、可愛《かわい》い弟だよ。いや、可哀想《かわいそう》、かな。私から見ても同情する立場にいるのに、本人は気丈に振る舞っているからね」

「お前から見て悪くないわけだ」

「上位三人の中なら、間違いなく人間的にはクレオが圧勝だろうね。まぁ、成人したばかりだから、世間知らずなところはあるけどさ。真面目で優しいと思っている。将来の保証まではできないけどね」

最後に心変わりまでは責任が持てないという辺り、皇族の闇を感じるな。

だが、今の話を聞いて俺は満足する。

「十分だ」

——俺にとってクレオは脅威ではないと判明した。

何の実力もない皇子だからこそ、バークリー家を裏から操っていたとは考えにくい。安牌《あんパイ》というやつだ。

皇帝と皇太子、そして第二皇子は俺の〝真の敵〟である可能性がある。

仮に真の敵ではない派閥に入ったとしても、新参者はこき使われる運命だ。

面白くない。

それに俺は、クレオからは後ろ盾になって欲しい、と面会を求められている。

理由を付けて面会していなかったけどな。

「クレオ皇子と面会する」

一般食堂の安い割にうまいコーヒーを飲みながらそう言うと、ウォーレスが震えていた。

「え？　本気？　それってつまり——」

「この俺が全力でクレオ皇子を支援してやる」

俺にはそれだけの力があるし、矢面に立って動き回るのはどうせ部下たちだ。

俺がクレオの後ろ盾となり、そのまま自分の意のままに動く皇帝を用意するのも面白い話じゃないか。

実に悪徳領主らしい振る舞いだ。

「面白くなってきたな」

俺がそう言うと、ウォーレスは力なく頭を振る。
「全然面白くないよ」
血で血を洗う継承権争いに、この俺が殴り込んでやろうじゃないか。
勝つのはこの俺だ！
経済的問題から解放された俺は強いのだ。
帝国の皇子二人くらい、どうということはない。
それに、俺には強力な守り神がついている。
案内人がいれば、俺は無敵である！

◇　◆　◇　◆　◇

帝国首都星から遠く離れた惑星。
そこは帝国以外の星間国家が存在していた。
帝国とは様式の違う建物が大地を埋め尽くしていた。
中でも一番高いビルの屋上から、大都市を見下ろすのは案内人だ。
突風が吹く屋上で、何事もないように両手を広げる。
「私は今まで間違っていた」

これまでを反省する案内人は、リアムから離れて泥水をすするがごとく他の惑星――帝国とは違う星間国家で負の感情を集めて回った。

その理由はリアムが怖いから。

何をしても感謝し、自分を苦しめてくるリアムを恐れて遠い国に逃げ込んでいた。

結果、一つの結論に行き着く。

「リアムに関わったのが失敗だった。それに、今のリアムは小手先程度でどうにかなる相手ではない」

冷静にリアムの強さを分析した結果、帝国内で処理するのは難しいという結論に達した。

ならば諦めるのか？

答えは否である。

案内人は両手を天に向ける。

「帝国ごと潰してしまえばいいのだ！　リアムを殺す剣士は安士《やすし》が育てている。それに合わせて、帝国が潰れるような流れに持っていく」

それは他の星間国家も巻き込み、盛大にリアムを殺そうとする計画だった。

そのために何が必要なのか？

「まずはこの国にある不和の芽を育てよう。帝国周辺の国々に火をつけて回り、いずれ炎となり帝国を襲わせてやるのだ！」

帝国の周辺国に火をつけて回る。

やがて火は炎となり、帝国を焼き尽くすだろう――と案内人は考えていた。

「帝国と隣接する全ての国を巻き込む！　帝国を中心にきっと大混乱が起きるだろうな！」

リアムを殺すためだけに、案内人は他の星間国家も巻き込み盛大な仕掛けを用意することにした。

だが、リアム本人にはこれまでとは違った対応を考えていた。

それは、何もしないということだ。

「リアムには何もしない。今私がリアムに何か働きかければ、きっとお前を利することになるだろう。だが、忘れるなよ――私はお前が不幸になるために動く！」

案内人は叫んだ。

これまであの手この手でリアムが不幸になるように関わってきたが、それが間違いだったと気付いたから。

いっそ何もしないことこそ、リアムにとって最大のピンチを生み出してくれる、と必死に信じ込もうとしていた。

「リアム、お前の感謝が届かないこの場所から、私がお前を殺してやる！」

遠く――とても遠い場所から、案内人はリアムへと殺意を向けるのだった。

その日、帝国の宮殿に激震が走った。

皇太子である【カルヴァン】のところに知らせが入ると、すぐに対策会議が開かれる。

集められたカルヴァンを支援する貴族たち。

ほとんどが大貴族であるのだが、彼らは知らせを受けて困惑していた。

「落ち目のバンフィールド家が、少し盛り返したからと付け上がりおって」

「少し？　認識を改めた方がいい。バンフィールド家は過去の最盛期よりも力を付けている。今の当主は間違いなく傑物だ」

「だが、皇太子殿下のお誘いを蹴るとは、増長が過ぎる」

カルヴァンのもとに届いた知らせとは、リアムがクレオ――【クレオ・ノーラ・アルバレイト】に面会を求めたためだ。

これがただの面会ならば、誰も慌てない。

しかし、クレオのもとに忍ばせたスパイからの情報では、あのリアムが全面的に支援するつもりがあるとのことだ。

貴族たちは、以前からバンフィールド家の動きに注目していた。

力を付けたバンフィールド家が、いったい誰に味方をするのか？　と。

カルヴァンか、それともライナスか？

そんな中、ここに来てクレオに味方すると宣言してしまった。

リアムの予想外の行動に、貴族たちは大慌てである。

「バンフィールド家と親しい貴族たちがどう判断するか気になるな」

「辺境貴族は宮廷嫌いだが、手を貸す奴《やつ》らもいるだろうな」

「クレオ殿下の派閥が第三勢力になるというのか？　この時期にそれはまずいぞ」

会議を聞いていたカルヴァンは、髭《ひげ》を蓄えた好青年という外見だ。

ストレートの長い髪は、毛先が外巻きにカールしている。

自派閥の貴族たちの会話を聞きながら、少し寂しそうな顔をする。

「バンフィールド伯爵には、ふられてしまったね。だが、クレオに味方するとはどういうことだろうか？　ウォーレスだったかな？　弟が側《そば》にいるなら、クレオの話くらい聞いているはずだが」

会議中にウォーレスの名前が出るが、貴族たちはさほど重要視していない様子だった。

ついでに、ウォーレスと親交があるセドリックの名前も挙がる。

「ウォーレス殿下は、宇宙軍のセドリック殿下と親しかったはず」

「セドリック殿下は少将だったか？　確か、バンフィールド伯爵の支援を受けていたな」

「そうなると、お二人はあちらの派閥だな。他にも手助けをしている皇族の方たちがいれば面倒になるぞ」

皇族たちにもクレオを支援する動きが出てくるのは、貴族たちにとっても面倒だった。

カルヴァンは深いため息を吐《つ》く。

「あまり弟妹を失いたくはないのだけどね」

そんなカルヴァンに、貴族たちが苦言を呈す。

弱腰とも思えるカルヴァンを叱るというよりも、身を案じていた。

「皇太子殿下、情けは仇《あだ》となって返ってきますぞ」

「下手な情けをかければ、皇太子殿下の命に関わります」

「ここは皇族の方々の周辺を、再度洗い直す必要がございます」

何か不都合なことでもあれば、貴族たちは問答無用で皇族だろうと蹴落とすつもりだった。

カルヴァンを皇帝にするため、貴族たちも必死だ。

何しろ、このまま何事もなければ将来的に重要な役職が得られる。

他にも様々な利権を得られるだろう。

しかし、カルヴァンが失脚でもすれば、次の皇帝から復讐《ふくしゅう》されるのが目に見えていた。

一人の貴族が、カルヴァンにとってもっとも厄介な敵について語る。

その人物こそ、皇位継承権第二位の【ライナス・ノーア・アルバレイト】だった。

「ライナス殿下もこのタイミングを逃さずに動くはずです。皇太子殿下、こちらも急いで動きましょう」

帝国内の事情もあるが、周辺国の事情も重なり継承権争いをするなら今がベストとも言えるタイミングだった。

カルヴァンは、僅かに悩んだ後に頷《うなず》く。

「ライナスがもう少し野心を抑えてくれれば、私が動く必要もないのだけどね」

◇　◆　◇　◆　◇

後宮の違う場所には、第二皇子の派閥が集まっていた。

鋭い目つきをした狐顔《きつねがお》のライナスは、高身長の美丈夫だ。

だが、周囲に対する威圧感がある。

兄であるカルヴァンを押しのけ、自分こそが次の皇帝に、と野心を抱く男である。

自分よりも巨大な派閥を持つカルヴァンを相手にしており、ライナスには余裕が感じられなかった。

「クレオのところに忍ばせていたスパイから報告があった。バンフィールド伯爵は、私の派閥入りを拒否したよ」

　それを聞いた貴族たちが焦る。

「何と！」

「ライナス殿下の誘いを断ったのか？」

「殿下、いかがいたします？」

　方針を求められたライナスは、辺境の田舎貴族に馬鹿にされたことが腹立たしくて仕方がない。

「私や兄上でなく、支援するのがクレオだそうだ。これはどういう意味だろうな？　私たちよりも、クレオの方が優れているということか？」

　ライナスに意見を求められ、貴族たちは押し黙ってしまった。

　下手な意見で不興を買いたくないというのが、彼らの表情から読み取れる。

　カルヴァンの派閥と比べ、ライナスの派閥に集まる貴族は質の面で劣っている。

　単純に財力や軍事力だけではなく、格式や伝統といった面でもカルヴァンの派閥に見劣りしていた。

　個人個人の能力や、帝国内での地位や役職もそうだ。

　そうした貴族たちを集めたのが、ライナスの派閥だった。

　実際、皇太子であるカルヴァンの派閥には入れなかったから、とライナスの派閥に入った者も多い。

ライナスを皇帝にしてうまい汁を吸おうとする大貴族も加わってはいるが、カルヴァンの派閥に属する者たちと比べれば数段劣る者たちばかり。

そういった不安要素もあるため、最近になって頭角を現したバンフィールド家の力を求めたのである。

しかし、ライナスの誘いは断られてしまった。

「たかが辺境の伯爵が、私の誘いを蹴って不出来な皇位継承権第三位の弟につく。――許せないよな？」

ライナスが何を言いたいのかを察した貴族が、それを諫《いさ》める。

「殿下、今は皇太子殿下の派閥と争っております。ここでバンフィールド家とも争えば、それは皇太子殿下に利することになるかと。それに、周辺国の動きも気になります。あまりそちらにばかり構うのは愚策です」

最大のライバルであるカルヴァンと争っている中、余計な争いは避けたい。

ライナスも彼らの意見には同意できるが、プライドが高くリアムを許せなかった。

「たかが一伯爵家に泣き寝入りをしろと？　それこそ、私の器を疑われる」

周囲の貴族たちが、必死にライナスを止める。

「今は大事な時期です。それに、バンフィールド家はバークリー家を破っております。ただの伯爵家ではありません」

　別の貴族が、今の時期はまずいとライナスに理路整然と話をする。

「殿下、今の我々は周辺国への干渉もあって万全ではありません。その状態で、バンフィールド家の小僧と事を構えるのは、得策ではないかと」

　今が大事な時期と言われ、ライナスは不敵な笑みを浮かべる。

「それくらい理解しているさ。――だが、けじめは必要だと思わないか？　私の誘いを断り、後ろ足で砂をかけるような行為をしたのだ。ただでは終わらせるつもりはない」

　貴族たちが顔を見合わせた。

　バンフィールド家と戦争をするつもりがないと知り、安堵《あんど》した顔をしていた。

　そして、同時にどのような制裁をするのか？　そんな疑問が浮かんだようだ。

「制裁ですか？　どのような？」

　笑みを浮かべたライナスは、手元にバンフィールド家の資料を投影して確認する。

　そこから、どのような手段で財を成したのか読み解くと。

「奴の財源は豊富なレアメタルだが、少し前に帝国に大量に売却しているな。帝国内のレアメタル不足は改善されたと思わないか？」

　ライナスが言いたいのは「バンフィールド家からのレアメタルの買い付けを規制せよ」だった。

ライナスは続ける。

「きっと奴は、他国にもレアメタルを売り払い莫大《ばくだい》な財を築いているはずだ。そのような不届き者には、制裁が必要だろう？」

「バンフィールド家に、濡《ぬ》れ衣《ぎぬ》を着せるのですか？」

「濡れ衣？　それをどうやって証明する？　どうせ奴も後ろ暗いことに手を染めているはずだ。叩《たた》けば埃《ほこり》の一つや二つは出てくるさ」

レアメタルの件は嘘《うそ》としても、その後の調査で罪を探す。

なければでっち上げるつもりだった。

一人の貴族が、ライナスの提案に問題があると告げる。

「殿下、バンフィールド家には御用商人としてクラーベやニューランズといった大商会が味方しております。レアメタルの販路はいくらでもありますぞ。帝国が締め付ければ、奴は本当に他国に売りさばく恐れがあります」

ライナスも御用商人の件は知っていた。

「クラーベのエリオットや、ニューランズのパトリスがあいつの御用商人だったな。だが、商会自体はバンフィールド家を支援していない。ここが重要なところだ。商会内にはそいつらを蹴落としたい奴らもいるだろう？」

バンフィールド家に釘《くぎ》を刺すために、その二人を追い落とす。

貴族たちは「その程度なら」と納得する。

あまり争っては、カルヴァンの派閥との争いに支障が出てくる。

ライナスはリアムが帝国を裏切った際の展開も予想する。

「バンフィールド家が他国にレアメタルを流したら、それこそ好都合だ。その事実で、奴に更なる制裁を加えてやる。あちらが許しを請うなら、私の派閥に入れて今後は思う存分こき使ってやるさ」

たかが辺境の伯爵家が、帝国を裏切ったところで勝負にならない。

結局は自分たちが勝つのだと、ライナスも貴族たちも確信していた。

貴族の一人が、ライナスの意見に賛成する。

「適当なところで手打ちをしてください。そのまま味方にして、皇太子殿下との争いに利用するのがベストでしょうからね。皇太子殿下も、一度誘いを断ったバンフィールド家に再び手を差し伸べるとは思いませんが、追い詰めすぎれば我々を憎み、手を結ぶ可能性もあります」

貴族たちの危惧はもっともだと、ライナスも納得する。

「もちろんだ。私に逆らったことを後悔させてやるだけさ。奴が私の前で許しを請う姿が、今から楽しみだよ」

◇　◆　◇　◆　◇

「かんぱ〜い！」

そこは喧騒《けんそう》に包まれた大衆居酒屋だった。

大学が近いために、学生たちが集まって毎晩のように飲み食いをしていた。

この居酒屋も学生たちのおかげで稼げているようで、学生たちの集団を歓迎している。

そんな学生たちの集団の多くが、楽しそうに合コンなどをしていた。

それなのに、俺たちときたら！

「ウォーレス、これはどういうことだ！」

ウォーレスとカウンター席で寂しくお酒を飲んでいる俺は、不満をぶつけずにはいられなかった。

カウンターにグラスを叩き付けるが、頑丈だから割れない。

そんな俺を無視して、ウォーレスは度数の高い酒瓶を何本も飲み干していた。

苛々《いらいら》して手を伸ばし、ウォーレスを摑《つか》んで顔を引き寄せる。

「合コンをセッティングしろと言ったはずだよな？　可愛《かわい》い女を連れてくる約束はどうした？」

胸倉を摑んで揺すってやると、ウォーレスが変な笑い声を出していた。

ちょっと不気味で怖かったよ。

「終わりだ。私は終わりだ。あ、兄上たちの話題に私の名前が出たらしい。もう、私はドロドロの継承権争いに巻き込まれるんだ」

ウォーレスが壊れてしまった。

女の子たちを誘ってくると約束した癖に、今の俺たちは騒がしい居酒屋で二人寂しく酒を飲んでいる。

「女子との合コンを楽しみにしていたのに」

今日こそ女遊びができると楽しみにしていたのに、残念で仕方がない。

ギリギリとウォーレスを締め上げるが、笑うばかりでまともな返事がない。

下ろしてやると、また酒を飲み始めた。

「リアムの馬鹿！　兄上たちに恨まれてさ！　このままじゃあ、どちらが皇帝になっても私たちは破滅だよ！」

継承権争いというのは命懸けだ。

下手にどちらかに味方して負ければ、その後に待っているのは破滅である。

次代の皇帝次第だが、殺され方も変わってくる。

ただの処刑ならまだマシだ。

継承権争いの中で命を落とすこともあるが、酷《ひど》いのは拷問だろう。

ウォーレスはそれを恐れて、継承権争いに関わってこなかった皇子だ。

俺は可哀想《かわいそう》になって酒を注《つ》いでやるふりをして、グラスに水を注ぐ。

何を飲んでいるのか定かではないウォーレスは、水を酒と信じてチビチビと飲む。

「いい加減に落ち着け。俺は何の勝算もなく第三皇子に味方するわけじゃない」

「どこが!?　クレオは最初から負けているよ！　勝ち目ゼロだよ！」

ウォーレスが断言するため、俺は気になってしまう。

継承権争いで、意外な人物が勝利するなど珍しい話ではないはずだ。

「どういう意味だ？」

聞き返すと、ウォーレスは俯《うつむ》いて苦々しい顔をする。

それはクレオに対して同情しているようだった。

「クレオは女の子だ。いや、だった、だ。元女の子さ」

「何？」

「女の子として生まれたのを、実母が男だと言い張ったんだよ！」

それを聞いて不思議に思う。

この世界は魔法だけではなく、科学技術も進んでいる。

そんな世界で、子供の性別を決められないものだろうか？

そもそも、性転換など珍しくもない世界だぞ。

「最初から男の子を産めばいいだろ？　もしくは、性転換すればいい」

当然の疑問に、ウォーレスは宮廷内の事情を教えてくれる。

「――父上の趣味だよ。クレオの母親の実家だけど、元は父上とは敵対派閥に属していた。それもあって、父上が帝位を継いだらクレオの実母が送られた。父上も表面上は許したけど、皇帝になる前に何度も苦労させられたそうだから」

クレオの母親の実家は規模も大きく力もあった。

皇帝は渋々手打ちにしたが、恨みは忘れていなかったそうだ。

そして陰湿な仕返しが始まった、と。

「子供の性別は絶対に変更できないようにしたんだ。医者も抱え込んで、生まれるまで性別は絶対に明かさなかった。クレオの母親は、三人を産んだけどいずれも女児だった。三度目も最後のチャンスで、これを逃すとクレオの実母はおしまいだったんだ」

「おしまい？」

「後宮での立場がなくなるのさ。他にも男児を産んでいる母上たちがいるんだ。女児ばかりのクレオの実母は彼女たちよりも扱いが低くなる」

その程度で、とは言えない。

何しろ、後宮から出られない女性たちにしてみれば、後宮こそが生きるべき世界だ。

後宮での序列は、そのまま社会的立場そのものだ。

気位の高い貴族の女性ならば、低い地位など我慢ならないだろう。

「それで、クレオの性別を偽ったのか？」

「違う。クレオを男にしたと聞いた。それを聞いた父上は、笑いながら言ったのさ。だったら、皇位継承権の第三位をくれてやる、って」

「男なら問題ないだろ」

性転換すら自由自在だ。——改めて考えると、この世界って凄《すご》いな。

周囲で騒いでいる連中に視線を向け、この中に性転換をした奴《やつ》がいるかもしれないと思うと不思議な気分になってくる。——性別って何だろう？

ウォーレスがグラスをカウンターに叩き付けた。

「よくないよ！　性転換が許されたら、妹たちだってみんな弟になる！　だから、父上はクレオを笑いものにしたのさ。性別を偽り王子になった愚か者ってね」

宮廷内では、継承権を持つ子供たちの性転換は禁止されているそうだ。

継承権争いがより複雑化するのを恐れて、だろうか？

皇帝になりたいと男になる皇女もいれば、ウォーレスのように継承権争いから逃げたいと女になる皇子も現れるはずだ。

そうなれば、何が何だか。

とにかく、クレオの皇位継承権第三位は飾りであり、現在の立場というのは微妙を通り越して劣悪だった。

ウォーレスの話を聞いて思ったね。

――これはチャンス、だって。

「いいな」

俺が笑みを浮かべ、グラスに入った酒を飲み干すとウォーレスは目をパチパチとさせる。

「何が!?　話を聞いていたのか!?　クレオに将来性なんてないんだよ！」

「ある！　男として働けるなら何の問題もない。むしろ、俺はそういう奴を待っていた」

皇帝陛下という俺の敵かもしれない存在に対して、敵意を持つかもしれない皇子だ。

敵意はなくとも、仲が良くないのは事実だろう。

つまり、クレオは俺の「真の敵」たちと繋《つな》がりがほとんどない都合の良い皇子だった。

それどころか、皇帝を恨んでいる――共通の敵を持っていることになる。

皇帝が俺の敵ならば、だが。

やはり俺は運が良い。

クレオのような存在がいるのだからな。

「ウォーレス、今日は前祝いだ。存分に飲んでいいぞ」

そう言って店主に高い酒を持ってくるように頼むと、ウォーレスが再び酒を飲み始める。

「言われなくたって、全部飲み干してやるよ！　ちくしょうぉぉぉ!!」

第二話 経済制裁

宇宙空間。

そこはバンフィールド家が管理する宙域だった。

暗い宇宙空間の中で、細い光が幾つも発光しては消えていく。

そこで行われているのは、宇宙空間で行われる戦闘だった。

「チェンシー！　聞こえているなら返事をしろ！」

(どうしてこんな奴が私の隊に配属されたんだ!?)

戦場を重厚感のある機体――ラクーンが駆け抜ける。

第七兵器工場が次世代機として開発した機動騎士に乗るのは、【クラウス・セラ・モント】だった。

三百歳を超える騎士であり、見た目は少し老けた三十代の男性だ。

これまで苦労を重ねてきたせいか、年齢よりも老け顔に見えるのが本人の悩みの種の一つだった。

そんな彼が現在仕えているのは、バンフィールド伯爵家だ。

しかし、彼はティアやマリーのように行き過ぎた忠誠心など持ち合わせていなかった。

騎士としてリアムに忠誠心は持っているが、そこまでだ。
優秀だが度が過ぎるティアやマリーと比べれば、能力的には劣る一般的な騎士である。
積み重ねた経験と、焦りが顔や態度に出ないという特技が自慢の騎士。
そんなクラウスが乗るラクーンは、緑色に塗装された重武装型だ。
背面にコンテナを背負い、右腕には機動騎士用のガトリングガンを装備している。
その他にも重火器を持った支援機が、クラウスの乗る愛機だった。
緑色のラクーンが追いかけるのは、侵入してきた海賊を追い回す赤いテウメッサだ。
こちらも第七兵器工場製だが、ラクーンよりもスマートで狐《きつね》を思わせる姿をしている。
両腕のオプションパーツは、鉄球とビームで繋がっている。
二つの鉄球を振り回す赤いテウメッサは、味方を無視して敵陣に斬り込んでいた。
『つまらない敵ばかりね』
パイロットは【チェンシー・セラ・トウレイ】。
赤いパイロットスーツ姿の女性は、コックピット内でヘルメットを脱いでいた。
艶のある黒髪をツインテールにしている。
肌は白く、つり目の端を赤く塗っていた。
口紅も濃い赤だ。
まるで人形のように可愛らしく、華奢《きゃしゃ》な体付きをしている美少女。

しかし、その実態は戦闘に魅入られた騎士である。

「戻れ、チェンシー！」

『嫌よ』

即座に命令を拒否されたクラウスは、単機で敵である海賊船の一団に突撃するチェンシーを放置できなかった。

ラクーンの肩に取り付けたミサイルポッドから、大量の小型ミサイルを発射して支援をする。

（どうして私の部下たちは、揃《そろ》いも揃って血の気が多いんだ!?）

バンフィールド家では雑用係、などと呼ばれて周囲から面倒を押しつけられる立場だ。

そんなクラウスのもとに集まるのは、面倒な騎士たちである。

面倒で一癖も二癖もある部下たちを押しつけられたわけだ。

チェンシーもその一人だった。

常人を超えた力を持つ騎士は、時に戦闘に魅入られる。

命のやり取りにしか興味を示さず、戦いの中でしか生きられない悲しい存在だ。

その中でも厄介なのが、チェンシーのような敵味方関係なく襲いかかる騎士である。

戦えればいい。それが敵だろうと、味方だろうと関係ない。

そのような騎士など戦場のどさくさで始末されそうなものだが、厄介なことにチェンシーの実力は本物だった。

艦隊を指揮して戦うことはできないが、機動騎士に乗るか生身での戦闘ではバンフィールド家の騎士たちの中でも一、二を争う。

それだけの実力を持つために、扱いが難しい危険な騎士だった。

クラウスのもとに、機動騎士に乗った部下たちがやって来る。

その全員が、乗機としているのはネヴァンだ。

第三兵器工場で量産された次世代機が使用され、ラクーンに乗るのはクラウス一人だった。

『クラウス隊長、あんな奴は放っておきましょう』

『そうです。危険すぎます。味方を殺すような奴ですよ』

『いっそ後ろから――』

部下たちがチェンシーを恐れていた。

その理由だが、チェンシーはバンフィールド家に流れてきた騎士だ。

譜代の家臣でもなければ、バンフィールド家に忠誠心も持ち合わせていない。

以前に仕えていた家では、命令が嫌になり上司を殺して逃げてきたらしい。

その際に追撃する機動騎士や戦艦を沈めていた。

味方殺し。

有能だが、誰にも手懐《てなず》けられない猛獣のような存在だ。

いつ自分たちが殺されるかわからないため、部下たちも怯《おび》えていた。

「駄目だ。この状況を打開するには、チェンシーの力が必要だ。敵の数はこちらの倍だぞ。仲間割れをしている場合ではない」

クラウスたちバンフィールド家の艦隊数十隻が発見したのは、百隻近くの海賊船の一団だった。

既に味方には知らせているが、増援到着はまだ先だ。

本来なら味方の到着を待つのだが、海賊たちから襲撃を受けたため戦闘になっていた。

「チェンシーを援護する。味方の到着まで、奴らをこの場に足止めするぞ！」

『――了解』

クラウスの命令に渋々と従う部下たち。

クラウスの乗るラクーンの、その右手に持ったガトリングガンが火を噴く。

内心ではこんな状況に辟易《へきえき》していた。

（私にチェンシーは荷が重い。だが、任務は遂行しなければ）

騎士として真面目なクラウスは、責任感が強かった。

◇　◆　◇　◆　◇

「わ、私がリアム様の護衛ですか？」

パトロール任務中に海賊と遭遇し、これを撃破したクラウスを待っていたのは配置転換だった。

クラウスに次の配属先を指示するのは、帝国首都星に滞在している天城《あまぎ》である。

長距離通信にて、クラウスに告げる。

『すぐに部隊を再編し、艦隊を率いて帝国首都星へ向かってください』

淡々と告げてくる天城に、クラウスは内心で冷や汗をかきながら尋ねる。

何かの間違いであってくれ、と願いながら。

「勘違いではありませんか？　私は評価されるような活躍をしていません。リアム様の護衛ともなれば、精鋭が送られるべきです」

『はい。ですから、現時点で私が高く評価するあなたを推薦しました。旦那様の許可も得ておりますし、軍部も再編の準備に入っています』

「私を評価？　あの、それこそあり得ません。私は他と違って華々しい活躍はしていませんよ」

雑用係と呼ばれるくらいに、クラウスの騎士としての働きは地味だった。

しかし、相手は天城――人工知能を搭載したメイドロボである。

『難しく、評価されない任務にて高い達成率を維持しています。また、扱いの難しい部下を使いこなしている、と』

扱いの難しい部下と聞いて、すぐにチェンシーの顔が思い浮かんだ。

「いや、それはそうですが」

(本当にギリギリなんですよ。いつ部隊が崩壊してもおかしくないんですって！)

自分を過大評価している天城に、実情を説明しようとするが間に合わなかった。

『では、首都星でお待ちしております』

通信が切れると、クラウスは血の気が引いて青ざめた顔をする。

◇　◆　◇　◆　◇

「どうしてこんなことになったのか」

ため息が最近増えており、自分でも注意しているが止まらない。

理由は簡単だ。

安定した生活を求めており、出世になどあまり興味がないからだ。

それなのに、何故《なぜ》か自分がリアムの護衛として首都星に向かうことになった。

ただの任務なら何の問題もなかったのだが、残念なことに時期が悪い。

バンフィールド家筆頭騎士クリスティアナ。

次席騎士マリー。

その両名が、リアムの不興を買って地位を剝奪《はくだつ》されてしまった。

現在は両名がそれぞれ率いる派閥が、再び筆頭の地位を得ようと激しい派閥争いを行っている。

つまり、激しい功績の奪い合いの最中である。

そんな中、クラウスがリアムの護衛としてそばに侍《はべ》るというのは、両派閥からしてみれば許し難いだろう。

廊下を歩くクラウスを見る騎士たちの視線に、殺気が込められている。

今までノーマークだった地味な活躍しかしない騎士が、リアムの信用を勝ち取ったのだ。

ティアもマリーも、現在はリアムの信頼を回復するため海賊狩りの最中である。

その隙を狙って、クラウスが一歩リードした形になっていた。

「私は別に出世なんて興味なかったのに」

誰かのフォローをしつつ、戦場でも手柄を譲っている。

地味な仕事が好きだったのもあるが、そうしていると普通に出世していた。

最初は評価をされて嬉《うれ》しかったが、ここまで取り立てられると気後れしてしまう。

そんなクラウスのもとに、敵対する騎士たちよりも厄介な存在が現れる。

好意的な視線を向けてくる騎士たちだが、彼らはクラウスにとって非常に迷惑な存在たちだ。

「クラウス隊長、おめでとうございます！　これはもう、次の筆頭騎士はクラウス隊長で内定したのも同じですね！」

「リアム様の護衛ともなれば、家中一の信頼を得た証《あかし》ですね！　クリスティアナ派や、マリー派の奴《やつ》らが悔しそうな顔をしていましたよ！」

「筆頭騎士はクラウス隊長で決まりですね！　クリスティアナやマリーなんて、クラウス隊長の敵ではありませんよ」

ティアやマリーの派閥に所属する騎士たちが、クラウスの部下たちの話を聞いて更に視線を鋭くさせている。

質《たち》が悪いのは、クラウスの部下たちもそれを理解していることだ。

理解していながら、クラウスをこの場で持ち上げて周囲を挑発している。

(君たちは私に恨みでもあるのか!?　もう少し周りに気を遣いなさいよ!!)

そんな血の気の多い部下たちが、クラウスを中心に派閥を作り始めていた。

(どうしてこんなことに)

バンフィールド家の騎士たちには、いくつかの派閥が存在する。

ティアやマリーの派閥以外にも、リアムに仕えれば好きなだけ戦えると仕官してきた者たちがいた。

他には、勢いのあるバンフィールド家に仕官してきた一般の騎士たちだ。

そうした彼らにとって、リアムの護衛に指名されたクラウスは希望の星だった。

クラウスは小さなため息を吐《つ》くと、部下たちを落ち着かせることに。

「落ち着きなさい。我々に下された命令は、首都星に向かいリアム様の護衛をすることだ。急いで首都星に向かうように命令されている。お前たちもしっかり準備しておくように」

冷静に命令するクラウスに、部下たちは機敏な動作で敬礼を送る。

「はい！」

部下たちが去っていくと、クラウスは肩を落とした。

「普通の騎士隊に戻りたい」

本音をこぼしたクラウスに、近付いてくる人物が一人。

接近を気付かず、身構えると懐に潜り込まれていた。

相手とは唇同士が触れそうな距離まで近付かれていた。

「チェンシー、何の用だ？」

「あまり驚いてくれないのね、クラウス。ちょっと寂しいわ」

悪戯《いたずら》が失敗して肩をすくめるチェンシーは、上司であるクラウスを呼び捨てだ。

今更責める気にもならないクラウスに、チェンシーがうっとりとした表情を向けてくる。

何も知らなければ、美女がこちらに見惚《みと》れているようにしか見えないだろう。

しかし、普段のチェンシーを知るクラウスは怯えていた。

(何を考えている？)

パイロットスーツを脱いだチェンシーは、民族衣装的な服装に身を包んでいる。

赤いスリットのあるドレス。

「クラウス、私も首都星に向かうわ」

「な、何？」

チェンシーは、クラウスに自分も首都星に連れて行けと申し出た。

「噂《うわさ》の一閃《いっせん》流を見てみたいのよ。面白そうでしょう？」

笑顔で楽しそうと言うチェンシーに、クラウスは危険を感じる。

(こいつ、まさかリアム様に挑むつもりか？)

時に強い騎士は無鉄砲だ。

チェンシーもその類いなのだが、生まれ持った才能もあって今まで負け知らず。

リアムにすら勝てると思い込んでいるようだった。

クラウスは小さくため息を吐き、チェンシーを睨《にら》み付ける。

「リアム様の要望で、お前も名指しされている。残念だが、首都星に連れて行く予定だ」

「あら？　ご指名だったの？　これは、私に対するお誘いかしら？」

クスクスと笑う神秘的な雰囲気を出す女性を前に、クラウスは冷や汗を流す。
「馬鹿な真似《まね》はするなよ」
（どうしてリアム様は、こんな奴も首都星に呼びつけるのか？　あぁ、胃が痛い）
問題児のチェンシーまで呼び出されている。
クラウスがリアムの命令を拒否できるわけもなく、従うしかなかった。
（一応、問題ありと報告書に書いたのに）
クラウスはこれから起きる面倒ごとを想像し、心の中で泣いた。

◇　◆　◇　◆　◇

ライナスの執務室。
そこに足を運んだのは、帝国を長年支える宰相だった。
年老いた老人を前にして、ライナスは背もたれに体を預け座っている。
太々《ふてぶて》しい態度を見せるライナスに、宰相は鋭い視線を向けていた。
「ライナス殿下、ご自身が何をされたのか理解されているのですか？」
ライナスは宰相に問われると、背を向けて窓の外を見る。
そこに映し出されるライナスの顔は、笑っていた。

「宰相はバンフィールド伯爵を高く評価していたな。だが、そのために依怙贔屓《えこひいき》はいけないよ」

「自派閥に与《くみ》しなかったからと、制裁を行うのが殿下のやり方ですかな？」

宰相は帝国でもかなりの権力を持っている。

しかし、それを良く思わない勢力もいた。

ライナスもその一人だ。

帝国を裏で操る宰相には、消えて欲しいと思っているのだろう。

「彼には疑惑があったからね。レアメタルの不正取引は、帝国でも重罪だろう？」

「証拠もなく疑っていてはきりがありませんね」

「それを今から調べるのさ。私が声を上げたら、多くの貴族たちが賛成してくれたよ。バンフィールド伯爵は、少しやり過ぎてしまったようだね」

頭角を現したリアムを危険視して、貴族たちの中には今の内に潰してしまえと考えている者も多かった。

ライナスは付け加える。

「貴族たちからも不満の声が上がっていてね。バンフィールド家には少しお仕置きが必要だ。経済的な制裁もその一つだよ」

ライナスだけではなく、カルヴァンも便乗する形でバンフィールド家への制裁に手を貸している。

　してやったり、という顔をするライナスに宰相は忠告をする。

「殿下、時として運を味方にした者が生まれます。その者が運に見放されない限り、戦うのは賢明な判断とは言えませんね」

　ライナスが振り返り、宰相の顔を見る。

「皇族に生まれ、そして皇太子の地位に手が届く私に運がないと？　辺境生まれの田舎貴族に、私が負けるとでも？」

　宰相は頭を振る。

「勝負を挑まれたのは殿下です。私からは何も言いますまい。ですが、勝負に負けるという意味を忘れてはいませんか？」

「忘れるものか。私はいつも自分の命をかけているのだよ」

　ライナスが後継者争いで死にかけたことは、一度や二度ではない。

　そのため、リアムには負けない自信があるようだ。

「私を脅《おびや》かせる程度に強いのなら、今度はこちらが頭を下げてでも取り込みにかかるさ」

「――忠告はしましたぞ」

　宰相は部屋を出ると、すぐにバンフィールド家に忍ばせていたセリーナに連絡を送る。

◇　◆　◇　◆　◇

クレオ殿下との面会日。

儀礼用の衣装に身を包み、騎士たちを引き連れてやって来た場所は後宮のすぐ近くにある面会用の施設だった。

後宮には皇族と関係ない男子は立ち入りが許されないため、何か用があれば監視付きの施設で面会することになる。

その施設に入る前の待合室が用意され、俺は待機している。

俺の周囲には護衛の騎士に加えて、緊張した様子のウォーレスが落ち着かないのか貧乏揺すりをしていた。

「五月蠅《うるさ》いから落ち着けよ」

「落ち着いていられるものか。この私が君とクレオを面会させた張本人扱いだ。あぁ、本当に胃が痛い」

これからを想像して落ち込むウォーレスを見ながら、俺はクレオが来るまでの待ち時間を潰していた。

だが、ウォーレスの反応が悪いため、俺は視線を護衛の騎士たちに向けた。

ティアとマリーの降格後、領地から呼び寄せた騎士たちだ。

その騎士たちを率いるのは、数回の面識しかないクラウスという騎士だ。

天城《あまぎ》の推薦を得た男である。

地味だが仕事をする職人タイプの騎士、と天城は評価していた。

俺も本当は周囲に美女を侍《はべ》らせたかったが、天城の推薦を無下には出来ない。

ナイスガイな騎士をそばに置いたのだが、その代わりに容姿で選んだ女性騎士も護衛に加わっている。

名前はチェンシーだったか？　中華風の神秘的な美人だ。

悪徳領主に美女は必須。

むさいオッサンばかりが護衛だと萎える。

新たに呼び寄せた騎士たちを眺めていると、クラウスが通信を受ける。

緊急だったのか、俺に近付いてきた。

「リアム様、領地から緊急の連絡が入ったそうです」

「何事だ？」

待合室で優雅に紅茶を飲んでいた俺は、クラウスから面倒な報告を聞かされる。

「はい。宮廷が中心となり、バンフィールド家に経済制裁を行うという噂があります。ほとんど決定事項であり、事実だそうです」

経済制裁と聞いても驚かず、俺は優雅に紅茶を飲む。

「制裁の内容は？」

「バンフィールド家のレアメタルに関する売買の制限です」

簡単に言ってしまえば「リアムからレアメタルを買ったら帝国が許さないぞ！」と、言われたようなものだ。

御用商人を仲介して取引しても、莫大《ばくだい》な関税を取るそうだ。

事実上、バンフィールド家は帝国内でレアメタルの取引が不可能になってしまった。

「犯人は誰だ？」

「ライナス殿下とのことです」

「皇位継承権第二位のあいつか？　俺が派閥入りを断った仕返しだろうな」

経済制裁と聞いて、周囲にいたクラウス以外の騎士たちが焦ったような顔をする。

だが、俺は慌てない。

案内人の加護のある俺は負けないし、そもそもこの程度でどうにかなる俺ではないのだ。

「どうされますか？」

落ち着いたクラウスの問いに、俺は少し考えてから。

「今はクレオ殿下との面会が最優先だ。戻ったら対策を考えるとして——まぁ、御用商人共を呼び出しておくか」

やってくれたな、ライナス。

俺を蹴落とすつもりだろうが、そうはいかない。

しかし、これでライナスは俺の敵だとハッキリした。

「リアム様、このままライナス殿下と争うつもりですか？」

「喧嘩《けんか》を売ってきたのは向こうだ。買ってやらないと失礼だろ？」

「い、いえ、喧嘩を売ったのはこちらになるかと。何しろ、ライナス殿下の誘いを蹴った形になりますし」

そもそもそこが間違いだ。

周囲には監視の目もあるため、俺はクラウスに顔を近付けるようにすると小声で伝える。

「俺を呼びつけておいて、頭を下げさせるのが気に入らない。まぁ、ライナス殿下が次の皇帝陛下なら喜んで頭を垂れてやったけどな」

「――有力候補ですよ」

「候補であって決定ではない。それから、クラウス――俺が次期皇帝陛下の誘いを蹴ったんじゃない。俺が選ぶ人間が皇帝になるんだ。そこを間違えるな」

俺の協力を得たいなら、相応のやり方というものがある。

呼びつけておいて、参加させてくださいと頭を下げさせる奴《やつ》がいるのか？

それに、だ。

傀儡《かいらい》にするなら、クレオの方が扱いやすそうだ。

今なら派閥で最大の支援者は俺だ。

クレオも、そんな俺に対して今後は強気には出られない。

皇帝にするなら、やっぱりクレオだ。

そして、俺の真の敵——その可能性がある、皇帝、カルヴァン、ライナス——この三人には消えてもらうしかない。

そうしなければ、俺の平穏な生活が遠のく。

そのために、何としても三人を排除するつもりだ。

真の敵ではない残り二人は巻き添えだろうが、そんなことは知ったことではない。

俺の平穏を脅かす奴はみんな敵だ！

待っていると、後宮を守る騎士たちがやって来た。

「ようやくクレオ殿下と面会できるな」

◇　◆　◇　◆　◇

待合室。

護衛である騎士たちは、後宮警備隊の騎士たちに囲まれ緊張した様子だった。

隊長のクラウスも同様だ。

（このような場で、堂々と不敬になることを言われる。リアム様でなければ大馬鹿者と罵っていたところだな）

これまでの実績を考えれば、リアムがただの大馬鹿者ではないことは明白だ。

そんなリアムについていくと決めた騎士は多い。

クラウスは怖がりながら、一人の騎士に視線を向ける。

視線の先には、一人だけドン引きするような笑顔を見せる騎士がいた。

チェンシーだ。

「いいわ。ゾクゾクしちゃう」

興奮して頬を赤らめているチェンシーは、リアムの言動に体がうずいてしまうらしい。

この場でリアムに斬りかかっていてもおかしくはなかった。

強者《つわもの》であれば主人であろうと勝負を挑むチェンシーに、クラウスは頭を抱えたくなる。

厄介なのは、そんなチェンシーを護衛に指名したのがリアム本人という点だ。

（本当に勘弁してくださいよ、リアム様！　何でよりにもよって、こんな大事な日にこいつを連れてきたんですかぁぁぁ!!）

胃が痛いクラウスは、我慢しながら背筋を伸ばして立っていた。

すると、待合室に一人の女性騎士が現れる。

癖のある髪をポニーテールにまとめた長身の女性騎士は、やや強張《こわば》った表情をしていた。

クラウスは女性騎士の様子に違和感を抱く。

(皇族の護衛にしては、やや頼りないか?)

体付きはしっかりしており、武芸を修めているのは理解できる。

違和感の原因は実力だ。

皇族の護衛にしては頼りなく見えてしまう。

縁故を利用して護衛に選ばれたとしても、大事なパトロンとなるリアムの案内を任せられる騎士だ。

相応の者を派遣するのが普通である。

クラウスの悩みを吹き飛ばすのは、女性騎士を見て立ち上がるウォーレスだ。

「リシテア!」

知り合いの顔を見て安堵《あんど》したウォーレスだが、それを見て小さなため息を吐《つ》くリシテアと呼ばれた女性は僅かに呆《あき》れていた。

だが、どこか嬉《うれ》しそうにも見える。

リシテアは、リアムに体を向けると自己紹介を始める。

「私は【リシテア・ノーア・アルバレイト】。クレオの姉であり、騎士でもある。バンフィールド伯爵、お目にかかれて光栄です」

それを聞いて、リアムが椅子から立ち上がった。

「皇族が騎士？」

「その辺りの事情は後で説明しますよ。クレオ殿下の準備が整いました。ご案内しましょう」

◇　◆　◇　◆　◇

皇族との面会室は、無駄に豪華だった。

植物園のような屋内の中央にスペースが用意され、そこにテーブルと椅子が置かれている。

周囲には皇族付きのメイドたちが配置されていた。

護衛は女性騎士ばかり。

後宮という場所は、皇帝が住む場所だ。

そこには家族。妻たちがいるのだが、そんな場所に男性は置いておけない。

昔なら去勢した男性のみ立ち入りを許されていたが、星間国家ともなれば性転換など容易《たやす》い。

結果、後宮は女性ばかりとなっている。

例外である男子は、皇帝の実子である皇子たちだけだろう。

その一人、皇位継承権第三位の皇子である【クレオ・ノーア・アルバレイト】が俺の前に座っていた。

「はじめまして、バンフィールド伯爵」

赤毛の髪をショートヘアーにしているが、右側だけ肩にかかる程度に伸ばしている。

中性的な顔立ちは、女性と言われれば信じてしまいそうな見た目だ。

年齢は前世でいうと十三歳前後だろうか？

見た目は華奢《きやしゃ》で、強さとは縁遠い皇子様だ。

「お初にお目にかかります。俺は――」

宮廷の礼儀に則《のっと》り、無駄に長い挨拶を始めようとするとクレオに止められた。

右手を上げたクレオは、俺に素直な疑問をぶつけてきた。

「不要だ。伯爵は多忙だと聞いているからね。単刀直入に話をしよう」

無駄な挨拶を好まない姿勢には好感が持てる。

ただ、クレオは俺を前に申し訳なさそうな表情をしていた。

「俺を支援して欲しい。伯爵の後ろ盾を得られれば、これほど心強いことはない。だが、残念なことに俺には見返りを用意できない」

随分と正直だな。

皇帝にすれば望みを叶《かな》えてやる！　くらい言えればいいのに。

クレオから砕けた会話を求めたので、俺も口調を普段通りに戻す。

「正直だな。空手形で支援を引きずりだそうとしないところに好感が持てる。個人的には気に入ったよ」

砕けた口調に、クレオの斜め後ろに控えていたリシテアが睨《にら》んでくる。

だが、実力で言えば並の騎士か、高く見積もっても少し優秀なくらいだ。

俺の敵ではない。

彼女が騎士になったのは、後宮で味方の少ないクレオを守るためだと聞いた。

何とも麗しい家族愛だが、力がなければ何も守れない。

俺が笑みを浮かべてやると、リシテアが震えていた。

実力差を感じ取れるくらいには、優秀だったようだ。

クレオが姉をたしなめる。

「姉上、俺は伯爵の態度を責めるつもりはありませんよ」

「わ、わかった」

リシテアが引き下がると、クレオが俺に顔を向けて気を引き締めていた。

「それで、どうして伯爵は俺を支援するのかな？　先程も言った通り、俺には何の権力もない。見返りは用意できないが？」

最初から皇子であるクレオに、見返りなど求めていない。

「簡単な答えです。貴方《あなた》を皇帝にするためだ」

「何?」

驚いた顔をするクレオは、俺の正気を疑っているようにも見えた。

「本気か? 俺の立場は特殊だぞ。継承権第三位も名ばかりで、実情は最も帝位から遠い位置にいる」

皇族としては間違っているが、俺に対して真摯《しんし》に向き合っている姿は評価できた。

「詳しい事情はウォーレスから聞いていますよ。だからこそ、俺は貴方を選んだ。貴方が俺を選んだのではない。俺が貴方を選んだ。ここ、重要ですよ」

俺の態度は、クレオにはたいそう傲慢に見えるだろう。

実際に呆れた顔をしている。

「随分と強気だな」

「こちらも後には退《ひ》けません。何しろ、ライナス殿下が手を出してきましたからね」

ライナスの名を聞いて、クレオは驚いていた。

「ライナス兄上と?」

クレオたちは宮廷事情に詳しくないらしい。

今のやり取りで、クレオが本当にただの皇子というのが理解できた。

俺ですら手に入れた情報を、後宮にいながら手に入れることすらできないのだからな。

「本気で支援しますよ。クレオ殿下も遠慮せずに、何でも俺に申しつけてください。皇帝になるために必要なものを、ね」

既に第二皇子との間で継承権争いが起きていると知り、クレオの顔色は悪くなっていた。この程度かと思っていると、クレオが強がりを見せる。

「麒麟児《きりんじ》とは聞いていたが、これほどとは思わなかったよ。兄上を相手に余裕すら見える。伯爵は豪胆だな。本気で勝つつもりか？」

「やるからには勝たなければ意味がありませんからね」

当たり前のことを言うと、クレオは「勝たなければ意味がない、か」と呟《つぶや》いてからその瞳に力強い光が宿る。

どうやらやる気になってくれたらしい。

「伯爵、何でも用意すると言ってくれたな？　悪いが、俺が欲しているのは全てだ。資金、人材、そして軍事力のどれもが足りない。いや、今の俺は何も持っていない」

「承知していますよ」

「こんな俺を本気で皇帝にするつもりか？　本当に可能なのか？」

名ばかりの皇子様を、俺が本気で皇帝にする。

「もちろんです」

そのためには、クレオの発言力を高める必要があった。

貴族たちにクレオには力があると、示さなければならない。

莫大《ばくだい》な資金、優秀な人材、そして――軍隊。

全てを俺が用意してやる必要がある。

「必要な物はすぐに用意させます。軍事力に関してですが、俺が首都星にいる間は三千隻が近くの惑星に待機していますす。いつでも動かせますよ」

クレオよりも先に、リシテアが驚いていた。

「三千隻も!?　い、いや、失礼した」

あまりに驚いてしまい、俺たちの会話に割り込んでしまったらしい。

失礼な態度を恥じているのか、顔が赤い。

からかいたくなってきたので、気付かないふりをして数を増やしてやる。

「おや、少ないですか？　では、一万二千隻を呼び寄せますよ。クレオ殿下の武威を示すために、存分にお使いください」

その数を聞いて、リシテアは声も出ない様子だ。

クレオは急な申し出に戸惑いながらも、俺に礼を言う。

「感謝する。だが、それだけの数を俺が使いこなせるだろうか？」

預けられても使いこなせないというクレオに、俺は今後が不安になる。

誰か派遣してやるとするか。

そうなると——あいつだな。

「使いこなしてもらわないと困りますね。あぁ、丁度良い。今は暇そうな騎士がいましてね。一人を殿下のお側《そば》に置きましょう。俺との連絡役にも使えますし」

俺は自分の騎士を派遣すると言い、二人の前にデータを投影する。

顔写真付きの履歴書のような物を見せながら、俺はティアの紹介をする。

「名前はクリスティアナ。性格はともかく、優秀な騎士ですのでこき使ってください」

クリスティアナの名前に聞き覚えがあったのか、すぐにリシテアが反応する。

「まさか、クリスティアナ准将か!?」

口を挟み続ける姉に呆れた顔をするクレオだが、気になったのか尋ねる。

「有名人なのですか?」

リシテアは恥ずかしそうにしながらも、クレオにティアのことを語る。

「う、うむ。士官学校でもずば抜けた成績で卒業した女性騎士だ。文官としての評価も高く、帝国の直臣にと何度も声がかかっていた」

本当に能力だけは優秀なのに、性格が酷《ひど》すぎる奴《やつ》だ。

クレオは、そんな優秀な騎士を自分に派遣して大丈夫なのかと俺に問う。

「そのような騎士を手放してもいいのか?」

むしろ、こちらとしては押しつけている気分で申し訳なくなってくる。

「構いませんよ。他にも用意しましょうか？」

俺が本気で支援をすると理解したクレオは、真顔になっていた。

「将来の話はあまりしたくないが、伯爵への恩には何を以《もっ》て報いるべきだろうか？」

皇帝になったクレオに望むこと？

そこまでは考えていなかった。

俺にしてみれば、真の敵を排除できればいいのだから。

しかし、何も望まなければクレオも不安だろう。

だから、将来のことを考えながら答える。

「俺は地元で好き勝手にやりたいのでね。それを認めてくれるのなら、あんたを皇帝にしてやるよ」

俺の要求にクレオは首をかしげていた。

「それだけか？　本当にそれだけのために、伯爵は俺に力を貸すと？」

「当然だ。もちろん、甘い汁も吸わせてもらうけどね。お互いに協力して、うまくやっていこうじゃないか」

元々、俺は継承権争いなんか興味がなかった。

お前たちが関わらなければ、最初から手なんか出さなかったよ。

――よりにもよって、俺なんかを巻き込むとはこいつらも運がない奴らだ。

自ら悪党を宮殿に招いたのだからな。

◇　◆　◇　◆　◇

リアムが帰った後。

面会室で、もう一人の姉【セシリア・ノーア・アルバレイト】に給仕をしてもらい紅茶を飲むクレオとリシテアの姿があった。

周囲には護衛の騎士も、メイドの姿もない。

リシテアは落ち着かない様子だ。

「姉上、お茶くらい自分で用意できます。それに、私はクレオの騎士ですよ。一緒にお茶を飲んでいい立場ではありません」

リシテアは、クレオを守るために騎士になる道を選んだ女性だ。

クレオは特殊な立場から宮廷で味方が少なく、周囲にいる者たちすら信用できない環境に置かれている。

そんなクレオを案じて、護衛の騎士になる道を選んだ。

対して、長女のセシリアはおっとりとした優しい女性だ。

二人とは違って、皇女として普通に後宮で暮らしている。

「二人ともお仕事で疲れたのよね？　だったら、お姉ちゃんが紅茶くらい用意するわよ。それよりも、伯爵様はどうだったの？」

今日の面会について尋ねられ、リシテアは身震いする。

思い出すのは、リアムに笑みを向けられた時だ。

「――噂《うわさ》以上の人でした。私では一瞬で殺されるでしょうね」

リアムの騎士としての実力について語るリシテアに、セシリアは困った顔をする。

「喧嘩《けんか》をするために面会したわけじゃないでしょう？　クレオちゃんはどう思ったの？」

二人に顔を向けられたクレオは、神妙な面持ちで答える。

「危険だと思いました」

クレオの感想に、リシテアも同意して頷《うなず》く。

「見返りについてははぐらかしていたからな。これだけの支援を約束しておいて、領地に引きこもりたいだけ？　そんなの嘘《うそ》だ」

クレオもリシテアの意見に同意して小さく頷く。

莫大な支援をしておいて、見返りが自分の領地に口を出すな、という程度では釣り合いが取れていない。

「でしょうね。ですが、今はバンフィールド伯爵に頼るしかありません」

激化する継承権争いを想像し、リシテアは俯《うつむ》く。

「それしかないな」

自分たちはあまりにも弱く、誰かの庇護《ひご》を得ねば生きていられない。

それを三人は理解していた。

ただ、のんきなセシリアが手を叩《たた》く。

「私も伯爵の噂は聞いているわ。何でも、民を慈しむ名君という噂よ。そんなに優しい人なら、きっとクレオちゃんの助けになってくれるわ」

クレオもリシテアも、ニコニコする長女を見て苦笑いになる。

リシテアは頭を振る。

「そうですね。今は味方ができたことを喜びましょう。クレオもそれでいいな？」

リアムをあまり危険視するな、というつもりで念を押した。

クレオの方は、理解しているのか小さく頷く。

「そうですね」

バンフィールド家の御用商人三人が、老舗高級ホテルに呼び出された。

リアムともっとも付き合いの長いヘンフリー商会のトーマス。

首都星で商売をしているクラーベ商会のエリオット。

帝国で手広く商売をしているニューランズ商会のパトリス。

そんな三人が随分と焦っていた。

理由は、バンフィールド家に経済制裁が行われる噂を摑《つか》んでいたから。

トーマスが冷や汗をハンカチで拭いながら。

「今回の制裁は痛いですね。バンフィールド家の主力商品はレアメタルです。これの取引が出来ないとなれば、こちらの商売にも影響が出ます」

胸元を開いて谷間を見せるスーツ姿のパトリスは、普段の余裕が消え去り苛立《いらだ》っている。

ソファーに座り腕と脚を組み、指先が苛立ちを隠せないのかずっと動いていた。

「こっちも大打撃よ。ニューランズ商会内では、私を切り捨てようとする動きも出ているわ。最悪よ」

焦り、苛立つ二人に対して、もう一人の御用商人であるエリオットは落ち着いていた。

だが、内心は焦っているのだろう。

「こちらも同じですね。当主交代を幹部たちが話し合っています。リアム様にも困ったものですよ。よりにもよって、クレオ殿下に味方するなんてね。事前に相談くらいしてほしいものです」

三人もリアムの不可解な行動に悩まされていた。

口には出さないが、パトリスもエリオットもリアムに文句を言いたいのだろう。

しかし、一番付き合いの長いトーマスだけはリアムに理解を示す。

「それなのですが、リアム様は口では色々と言いますが義理堅い方です。ロゼッタ様の件もありますし、もしかすると今回もクレオ殿下の現状を憂えておられるのではありませんか？」

憐《あわ》れみからクレオに手を差し伸べたと聞いて、パトリスが鼻で笑った。

「その程度の義理人情で潰れてもらっては困るわね。それに、いくらなんでも今回は度が過ぎるわよ」

敵はバークリー家のような貴族ではなく、皇位を争っている皇子である。

今までのようにはいかない。

それに、ライナス派閥の貴族たちも敵に回っている。

リアム一人ではどうにもならなかった。

エリオットの目も冷めている。

「これは本気で今後を考える必要がありますね」

リアムを切り捨てることも視野に入れる二人だったが、トーマスだけは違った。

「私は今回の件、リアム様に何か考えがあるのではないかと思うのです」

「何かとは何ですか？」

エリオットが尋ねると、トーマスは答えに困る。

何か企《たくら》んでいるのは予想ができても、それが何かまでは摑めていない。

「それはわかりませんが、何か大きな――」

三人が待っている部屋に、ズカズカとリアムが入ってきた。

その態度には少しも悪びれた様子がない。

「よく集まってくれた」

笑顔のリアムを見て、パトリスもエリオットも無理矢理笑顔を張り付けて商人の顔をする。しかし、二人の言葉に嫌みが含まれる。

「この状況下で随分とご機嫌ですね、リアム様」

「ライナス殿下と争っているとは思えませんよ」

二人の刺々《とげとげ》しい言葉に、リアムはまったく動じなかった。

怒りもせず、不安にもならず、ただ普段と変わらない姿で接してくる。

「第二皇子か？　あいつはどうでもいい」

　そもそも、眼中になどなかったようだ。

　リアムがソファーに座ると、トーマスが余裕のない二人に代わって話をする。

「リアム様、今回の一件はどうするおつもりです？　領地に経済制裁が加えられたと聞いておりますが？」

「ライナスには消えてもらう」

　それを聞いた三人の背筋が一気に寒くなった。

　トーマスの顔から血の気が引くが、リアムは微笑《ほほえ》んでいる。

「俺はクレオ殿下を皇帝にする。お前らも手を貸せ」

　堂々とクレオを次の皇帝にすると宣言したリアムに、トーマスは目眩《めまい》がした。

　この人は一体何を言っているのか？　一伯爵が皇帝を決めるなど恐れ多いというよりも、無礼な話だ。

　そもそも、実現不可能である。

「可能でしょうか？　そもそも、リアム様は経済制裁を受けて収入が――」

「それならいくつか考えがある。別に帝国だけが取引相手じゃない。宇宙は広いんだ。取引相手くらい、他にもいるだろう？」

　何を言いたいのか察したトーマスは、驚いて口がパクパクと動く。

「そ、それはつまり、レアメタルを他国に流すという意味ですか？　重罪になりますよ！」

アルグランド帝国では、レアメタルの売買に関して厳しい制限がある。

国内のレアメタルを極力国外――他国に流出させないためだ。

貴族だろうと厳しく罰せられており、実際にレアメタルを他国に流した家が幾つも取り潰されている。

リアムはそれを理解しながらも、他国と取引をすると言う。

「俺に喧嘩を売ったライナス殿下が悪い。だが、犯罪者になるつもりはない。指定を受けていない金属や商品を取り扱うだけだ。トーマスとパトリスは、外国とも取引をしていただろ？」

トーマスはリアムの御用商人となるまでに、色んな国で取引をしてきた。

それなりの伝《つて》も持っている。

「は、はい。しかし、取引と言われましても、定期的なものとなると問題があります」

パトリスも同様に難色を示す。

「こちらも太いパイプがあるとは言えませんね。取引相手を見つけるだけでも大変です。

帝国は周辺国との関係が最悪ですからね」

帝国は周辺国と戦争を続けており、外交関係は最悪だ。

隣国とは常に戦争中であり、下手に商売をすれば利敵行為と見られる。

軍だって黙っていない。

多少の取引には目をつぶるだろうが、定期的な取引をしているとなれば帝国——貴族や軍人たちも黙ってはいないだろう。

悩む二人に対して、笑みを浮かべるのはエリオットだった。

「——ありますよ、リアム様」

「なんだ、エリオットの方がやる気みたいだな」

リアムがエリオットの方に体を向けて話を急《せ》かす。

エリオットは、首都星で流れている噂を話す。

「これは首都星の宮廷貴族たちの噂なのですが、信憑性《しんぴょうせい》は極めて高いと思われます。帝国周辺の国々ですが、どうやら内部に問題が発生しているようでしてね」

「続けろ」

リアムが興味を示すと、エリオットが続きを話す。

「物資をかき集めているそうです。それこそ、敵側である帝国にも協力を求めてきていています。普段は帝国の商人など相手にしない方たちですが、随分と焦っていますね」

他国が内部不安から、なりふり構っていられない状況にある。

それを帝国の上層部も感知していた。

敵が大規模な動きを取れないため、カルヴァンやライナスがこうして派閥争いを激化させているというのも理由の一つだ。

周辺国が動けないのを利用して、継承権争いをしている。

「協力もしないが、攻撃もしないというところですね。探らせてはいるようですが、何が起きているのか不明ですからね」

「帝国軍の動きは？」

トーマスはエリオットの話を聞きながら、この流れについて考える。

（これだ。リアム様には時折、天が味方するかのような時がある。この絶体絶命のピンチに、帝国の周辺国が慌ただしいなどと――まさに天運ではないか）

これがいつもと変わらない状況であれば、リアムは詰んでいたかもしれない。

まるで大いなる何かが、リアムを勝たせようとしているようだった。

リアムは他国の状況に興味津々だ。

「お前ら三人は他国に接触して何が起きているか調べろ。物資は俺の方で用意してやる」

リアムがそう言うと、パトリスが頭の中で計算を終えたのか笑みを浮かべていた。

儲《もう》かると確信し、この状況を楽しんでいる様子だった。

「後でリストを用意しますわ。その前に、リアム様のお力をお貸しください」

「俺の力？」

「我々の護衛です。数百隻で構いません」

楽しそうなパトリスとは対照的に、エリオットは少し残念そうにしている。

「私のところは外に伝がありませんからね。物を用意するのは手伝いますけど――そうですね。私は個人的な護衛を増やして欲しいですね。幹部たちが騒いで仕方がない」

リアムはパトリスやエリオットの現状を察したのか、すぐに許可を出す。

「いいだろう。それからトーマス。お前にも護衛が必要だろう？」

「用意して頂けるのですか？」

「当たり前だ。お前に死なれると困るだろうが」

リアムはすぐにバンフィールド家の軍部と細かい打ち合わせをするため部屋を出ていくが、残った三人は儲け話を始める。

先程と違って、やる気に満ちたエリオットがすぐに必要物資を確認する。

「レアメタルが駄目となると、その他になりますね。取引可能な品を可能な限りかき集めましょう」

パトリスの方は、今回の取引に意気込んでいた。

「取引相手はこちらに一任してもらうわよ」

「懇意にされている方でも？」

「現場に乗り込むのは私とトーマス殿よ。取引相手を決めるくらい許されるでしょう？」

「儲けられる相手ならば、私は構いませんよ」

イキイキと儲け話をする二人の会話にトーマスも加わる。

「私の方は以前取引した相手と接触してみます。それにしても、帝国の周囲が一気に慌ただしくなりましたね。ちょっと不気味に感じますよ」

周辺国が荒れるのは珍しくもないが、一斉にとなれば疑ってしまう。

トーマスの不安を余所《よそ》に、パトリスは儲け話を思い付く。

「そうなると、国境を任されている正規軍や領主たちも落ち着かないでしょうね。今なら高値で物資を買い取ってくれるわよ」

他国で緊張感が高まれば、帝国の国境を任される者たちも物資をかき集めるだろう。

エリオットは、パトリスが何を言いたいのか気付いて頷《うなず》く。

「この機会に高値で物資を売りつける商人たちが出てきますね。そこに我々が適正価格で取引を持ちかければ――」

「――喜んで商売相手になってくれるわ」

物資を売ってくれるならば、経済制裁中のバンフィールド家だろうと喜んで取引してくれるはずだ。

これは大きなチャンスであると、三人の嗅覚が告げていた。

同時に三人には後がない。

このままリアムが負けてしまえば、自分たちもおしまいだ。

何としてもこの危機を乗り切る必要がある。

そして、希望も見えている。

あとは勝利をつかみ取るだけだ。

トーマスが喜んでいる二人に不安を覚え、釘《くぎ》を刺すことに。

「あまり派手に動いて、リアム様のお怒りに触れないでくださいよ。リアム様は、あれで義理人情には敏感です。儲けを優先するあまり、大義のない方と取引をすれば不興を買いますよ」

パトリスが慌てて取り繕う。

「も、もちろんよ。その辺りもしっかり調査して取引するわ」

エリオットも同様だ。

「儲けばかりを見て、商売相手を間違えてはいけませんからね」

常日頃から、リアムは自分たちに儲けろと言っている。

儲けを優先する商人を理解しているが、同時に義理人情にも厚い。

塩梅《あんばい》を間違えれば、リアムの怒りを買うだろう。

それは二人も避けたいようだ。

二人とも、リアムとの付き合いが長いトーマスの意見を尊重する。

「まずは他国で何が起きているのか調べないとね」

パトリスの意見にエリオットも頷く。

「私はお二人が支援する方を支持しますよ。だから、しっかり選んでくださいね」

それはつまり、お前らの責任は重大だぞと告げていた。

そんなエリオットに、パトリスも不敵な笑みを見せる。

「安心して良いわよ。だから、ちゃんと品を用意してね。こっちと違って、一番危険なのは首都星に残る貴方《あなた》よ」

外国に向かう自分たちよりも、首都星から出られないエリオットの方が危険だと告げる。

本人も理解しているようだ。

「活発に動けばライナス殿下に睨《にら》まれるでしょうからね。それくらいの覚悟はしていますよ」

エリオットのクラーベ商会が活発に動けば、その話はライナスの耳にも届くだろう。

違法ではないとは言っても、ライナスにすればリアムが儲けるのは面白くない話だ。

リアムやエリオットに、何かしら行動を起こす可能性が高い。

暗殺の可能性があると知りながらも、エリオットは余裕を見せる。

「ご心配ありがとうございます。クレオ殿下の件は不安ですが、これでどうにかなりそうですね」

パトリスは今回の件で、帝国の外にコネを作ろうと考えていた。

「外国とのパイプができれば、何が起きても安心ね。私は自分のためにも頑張らせてもらうわよ」

いざとなれば、帝国を捨てて国外に拠点を移すだけ。

余裕を見せる二人に対して、トーマスは落ち込んでいた。

「お二人とも豪胆でいらっしゃる。私の方は心配で胃が痛いですよ」

本音を吐露するトーマスに、顔を見合わせたパトリスとエリオットが笑い声を上げた。

驚くトーマスは、二人に尋ねる。

「あの、何か？」

パトリスが口元を拳で隠しながら答える。

「トーマス殿は商人にしては正直すぎますね」

「え？」

エリオットは、トーマスに呆《あき》れた視線を向けながらもどこか羨ましそうにしている。

「あなたはリアム様の御用商人になって正解でしたよ。他の方であれば、人の良さが仇《あだ》になっていたでしょうからね」

◇　◆　◇　◆　◇

自室に戻ってソファーに座る俺は、クレオについて考えていた。

「思っていたよりも強いな」

面会する前は、クレオ殿下のイメージは成人したばかりのボンボンだった。

気弱な印象を持っており、説得に時間がかかると思っていた。

だが、俺が皇帝にしてやると告げたら、驚きながらも受け入れやがった。

拒否されると思っていたのだが、クレオの態度は予想外である。

それにしても、元は女だからか中性的な美形だったな。

男だと紹介されなければ、判断に困っていたな。

骨格も――強引に性転換した弊害だろうか？

この世界の性転換技術は、完璧ではないのか？

一人考え込んでいるところに、ドアを開けてロゼッタがやって来る。

「ダーリン、ライナス殿下がバンフィールド家に圧力をかけているって聞いたわ！　本当なの!?」

経済制裁の話を聞いて、慌てて俺に確認を取りに来たのだろう。

ロゼッタは僅かに呼吸が乱れている。

かつては鋼の女と俺が勝手に呼んでいたが、そんなロゼッタがデレデレする姿は見るに堪えない。

新田《にった》君の言っていたツンデレというやつだろうか？

今のロゼッタを見ていると、心がムズムズして恥ずかしい。

俺は素っ気ない態度で返事をする。

「問題ない」

ソファーに寝転がり、ロゼッタから顔を背ける。

そんな俺に近付いてきて、ロゼッタが体を揺すってくる。

「大問題よ！　バンフィールド家の財政を支えているのは、レアメタルの取引よね？　それを止められたら大変じゃない」

バンフィールド家の一大事にアワアワしているロゼッタは、見ている分には楽しいな。

悪戯心《いたずらごころ》が騒いできたので、ロゼッタをからかってやろう。

「そうだな。どこにも売れないレアメタルを抱えて貧乏暮らしだ。いっそ俺を捨てて逃げたらどうだ？」

試すような問いかけをすると、ロゼッタが俺の顔を真剣に見つめてくる。

少しも嘘《うそ》のない真《ま》っ直《す》ぐな瞳をしていた。

「ダーリンが貧乏になってても私はついていくわ。ダーリンが稼げなくても、私が養ってみせる！　大丈夫よ。貧乏暮らしはなれているもの」

俺を安心させるためか、キラキラした満面の笑みで言い切った。

──そんな返しは期待していない。

本当に残念チョロインである。

からかうのも飽きたので、俺は現状を説明してやる。

「嘘だよ。そもそも、取引先に困っていない。その気になれば、外国に売りつけてもいいからな」

「外国？　それって下手をすると犯罪じゃない」

「喧嘩《けんか》を売ってきたのはライナス殿下だ。その落とし前は必ずつけさせる。それにな、レアメタルだけがうちの収入源じゃない」

「それってもしかして」

「稼ぎが悪くなるだけで、何の問題もない」

俺には切り札の錬金箱がある。

こいつでレアメタル──帝国が輸出規制を行っている金属以外を量産し、売りつけてしまえば何の問題もない。

それすら規制するなら、もっと他の手段もある。

というか、バンフィールド家はレアメタルの取引額が大きすぎて目立たないだけで、他の商売もそれなりに儲《もう》けている。

レアメタルを抜きにしても、伯爵家相応の稼ぎはあった。

リスク分散は基本である。

「ただ、これを機に外国と手を結ぶのも悪くないな」

笑みを浮かべている俺の側《そば》に、ロゼッタが腰を下ろしてくる。

ソファーが少し沈み込んだ。

「外国と懇意にすると、国内の貴族が五月蠅《うるさ》いと聞いたわ。あまりお勧めできないわよ」

「俺に利がある方に味方するだけだ。それが敵だろうと関係ない」

ロゼッタが俺の本音を聞いて絶句している。

真面目ちゃんには少々きつかったか？

まぁ、この程度で驚いているようでは、悪徳領主の妻は務まらないだろう。

待てよ？　こいつは俺を勘違いしている気がするし、この際だから俺が悪人である事をもっとアピールするべきではないだろうか？

「覚えておけ、ロゼッタ。真の悪党は敵と手を結んで味方を殺すのさ」

ロゼッタは俺の言葉に驚きすぎたのか、何も言い返せずにいた。

これで少しは、俺という存在を正しく認識できるだろう。

帝国の不利益になろうと関係ない。

俺は自分の幸せのみを追い求めてやる！

そのためなら、帝国の敵国だろうと手を結ぶ。

◇　◆　◇　◆　◇

リアムの部屋を出たロゼッタは、廊下を一人で歩いていた。

自室へと戻る途中であるが、ロゼッタは真剣な表情で呟《つぶや》く。

「真の悪党――いったい誰のことかしら？」

リアムの言う真の悪党とは誰のことか？　ロゼッタにはそれがわからない。

わざわざリアムが名を伏せたのだから、聞いても答えないだろう。

だから、自分で答えを出すしかないと考えた。

「自分のことを悪党と？　いえ、それはないわね」

普段から悪ぶっているリアムだが、ロゼッタには善人に見えていた。

そんなリアムが自らを真の悪党と呼ぶことはない、とどこかで信じていた。

むしろ、その真の悪党に対して憤慨しているのだろう、と考える。

ロゼッタはリアムのこれまでの行動を考える。

継承権争いの最有力候補とされるカルヴァンやライナスの差し出された手を払いのけ、もっとも皇帝の椅子から遠い皇子を支援している。

普通ならあり得ないが、決めたのはリアムだ。

何の意味があるのかしら？　と考える。

今のリアムは、帝国でも大きな影響力を持ちつつある。

そんなリアムがカルヴァンやライナスの派閥に入れば、勝敗を決定付ける大きな戦力になるだろう。

現状はカルヴァン優勢だが、ライナスも派閥に所属する貴族の数は多い。

カルヴァンはライナスの勢いを削るために。

ライナスはカルヴァンに追いつくために。

どちらもリアムの力を欲していたはずだ。

「ダーリンは有力貴族だから、それを取り込みたい二人は待遇だってよくするはず。それを断って第三皇子に——そうなると」

理解不能なリアムの行動に、ロゼッタは何かあると深読みしてしまう。

「カルヴァン皇子とライナス皇子が敵と内通している？」

独自に外国との繋《つな》がりを求めて積極的に動いているリアムには、自分では知り得ない情報があるのではないか？

それを教えないのは、知ってしまえば危険だからでは？

ロゼッタは背筋が寒くなった。

「——帝国の闇というやつかしら？　それに、ダーリンが言っていた言葉も気になるわね。

真の悪党は敵と手を結び味方を殺す、だったかしら？」

　ロゼッタは、皇子二人の内のどちらかが敵国と内通して帝国に不利益をもたらそうとしているように感じられた。

　継承権争いに勝つために、敵国に協力している皇子がいる。

　そんな帝国の闇を覗《のぞ》いてしまったロゼッタは、顔から血の気が引いていく。

　青い顔をするロゼッタのもとに、マリーがやって来る。

「ここにおられましたか、ロゼッタ様」

「マリー？　帰ってきていたのね」

　振り返るロゼッタは、マリーに対して気丈に振る舞った。

「リアム様のご命令です。少しばかり帝国を離れることになりました。その前にご挨拶を、と考えていたのですが――何やらお悩みですか？」

　しかし、マリーに顔色の悪さを気付かれてしまう。

　悩み事を抱えているのも見抜かれてしまった。

「マリーには何でも見抜かれてしまうわね」

「あたくしでよければ相談に乗りますわよ」

　自分に親切にしてくれるマリーを、ロゼッタも頼りにしていた。

「マリーは帝国を離れてどこに向かうの？」

急に話が変わったことにマリーも戸惑う。

任務について話していいものか、という悩みもあるのだろう。

だが、数秒間だけ悩んだ後に話してもいいと判断したのか、マリーはロゼッタに任務内容を伝える。

「ルストワールです。統一と呼ばれている星間国家に、商人たちの護衛として派遣されることになりましたわ」

マリーに与えられた任務とは、星間国家ルストワール統一政府に向かうパトリスたちの護衛だった。

船団を率いるパトリスを、傭兵《ようへい》に扮《ふん》したマリーたちが護衛する。

「統一政府？　帝国とは戦争が続いているはずよね？」

「おかげで護衛のために傭兵に変装ですわ。あちらで帝国軍は嫌われていますから」

普段の格好では統一政府の人間を刺激してしまう、とマリーは困った顔で笑って見せる。

ロゼッタはそんなマリーに、もっと詳しい話を求める。

「他には何か聞いているかしら？」

問い詰められるマリーは不審に思ったのだろうが、ロゼッタの頼みとあって答えてくれる。

「直接は聞いておりませんが、リアム様は統一政府に独自のコネを作るつもりです。あたくしにも要人たちと接触するように、と命令が出ていますわ。今の統一は内輪揉《うちわも》めに忙しいようですから、その調査も兼ねています」

ロゼッタは自分の中で何かが繋がった気がした。

（周辺国で起きた内輪揉めの調査？　わざわざマリーを派遣するなんて、ダーリンがそれだけ気にかけているってことよね？）

マリーは剝奪《はくだつ》されたとはいえ、元はバンフィールド家の次席騎士。

ティアに続いて有能な騎士として認められていた人物だ。

そんな人物が派遣されるとなれば、それだけリアムが今回の任務を重要視している証拠に感じられる。

ロゼッタが黙ってしまうと、マリーが心配する。

「ロゼッタ様、どうかされましたか？」

声をかけてくるマリーを、ロゼッタは見つめる。

「わたくしからもマリーに頼みがあるの」

「頼みですか？」

「周辺国の調査をする時に、帝国が関わっていないか調べて欲しいの。そのために予算が必要なら、わたくしが使える予算でどうにか揃《そろ》えるわ。だから、お願い」

真摯《しんし》に訴えるロゼッタの姿を見て、マリーは少し驚くが微笑《ほほえ》む。

「何かあるのですか？　承知しましたわ、ロゼッタ様。このマリーにお任せください」

マリーに個人的な依頼を聞き届けてもらい、ロゼッタは感謝から抱きついてしまう。

「ありがとう、マリー！」

ロゼッタの背中にマリーが手を回して優しく抱きしめる。

「本当にあの子――ご先祖様に似ておられますね、ロゼッタ様」

◇　◆　◇　◆　◇

『元特務参謀の馬鹿野郎ぉぉぉ！』

通信室。

それは長距離との通信を可能とする部屋だ。

星間国家は規模も大きく、相手が端末で気軽に通信できる距離にいない場合もある。

そのために、わざわざ通信室というものが用意されていた。

モニター越しに罵ってくるのは、ウォーレスの兄であるセドリックだ。

皇族でありながら軍人として生きており、今は数千隻を率いる少将閣下である。

俺が軍人時代にこき使っていた部下の一人だ。

そんなセドリックの罵りを甘んじて受け入れているのは、こいつが俺の派閥だと周囲が

認識したからだ。

簡単に言えば、セドリックを継承権争いに巻き込んでしまった。

俺にも悪気はなかった。

「悪かったな。お詫《わ》びに最新鋭の艦艇を送ってやるから許せ」

最新鋭の艦艇と聞いて、セドリックの表情が一瞬だけ緩む。

しかし、すぐに頭を振っていた。

『その程度で許せるかよ！　俺は宮廷のドロドロした争いには関わらないつもりだったのに！　おかげで、軍では今まで以上に腫れ物扱いだ！』

今のセドリックは正規艦隊に配属されている。

軍で言えば花形の配属先だが、俺がクレオの後ろ盾になったことで状況が変わった。

継承権争いに巻き込まれては敵《かな》わない、と周囲がセドリックを煙たがり始めたらしい。

本来なら皇族などすり寄る相手だろうが、帝国の後継者争いは違う。

下手に仲良くなると、巻き込まれて死ぬ場合が多い。

そんな状況では、わざわざ親しくしようとは思わないだろう。

『しかもクレオって何だよ！　勝ち目ないじゃん！　助けるだけなら、極秘裏に逃がすとか色々とあるだろ！』

「それでは意味がない。俺はあいつを皇帝にすると決めた」

『無理だって！』

その方が俺の利益になるからな。

あと、皇帝や他の皇子たちは敵である可能性が高いし、ライナスはもう敵だ。

「セドリック、もう逃げ場はないんだ。大人しく、俺に従って艦隊を掌握しておけ。潤沢な予算と、最新鋭の兵器を回してやるから」

後方支援は任せろと告げると、セドリックは悩みながらも納得した顔をする。

『――そこまでされれば、俺だって部下たちを抱き込めるさ。だけどよ、俺が動かせるのは一千隻程度だ。元特務参謀の役には立たないだろ？』

確かに一千隻では足りない。

だったら増やせばいい。

「問題ない。すぐに昇進させてやる」

俺が昇進させてやると言うと、セドリックは慌てて拒否してくる。

『止《や》めろよ！　やっかみもあるんだ。俺は普通に功績を立てて昇進したいの！　あんたの力で昇進したら、周囲から冷たい目で見られるだろうが』

やる気があるようで何よりだ。

「ならば喜べ。活躍させてやるよ」

『え？』

使わない兵器に意味はない。

セドリックが正規艦隊で冷遇されているのなら、引き抜いて活躍できる場所に配置してやろう。

「実はクレオ――殿下のところに、陳状が来るようになった。海賊退治の依頼も多いが、俺の艦隊でも手に余る多さだ。お前にも働いてもらう」

『え!?』

「欲しいものをリストにまとめろ。それから、追加で一千隻を用意してやる。軍の冷や飯食らいをしている連中は沢山いるぞ！　声をかけたら集まってきた」

帝国には付け入る隙がいくらでもある！

そもそも、星間国家など隙だらけだ。

規模が大きすぎて、全体を完璧に管理するなど不可能だった。

以前のパトロール艦隊でやり方は覚えた。

冷や飯食らいの連中をかき集めて、俺が有効活用してやろう。

「宇宙軍にいる知り合いの司令官たちには、既にお前のことを話している。補給を受けたいなら、そっちの司令官たちを頼れ」

毎年の賄賂――ではなく、挨拶の贈り物はとても重要である。

皆、快く引き受けてくれた。

『ちょっとま――』

セドリックとの会話を切り上げた俺は、嬉々《きき》として次の手を考える。

「さて、次はどんな悪いことをしようかな！」

悪徳領主は楽しいな！

◇　◆　◇　◆　◇

バンフィールド家の領地。

震えているブライアンは、侍女長であるセリーナと報告書を読んでいた。

「領地の開発に全力を出すばかりではなく、軍隊まで総動員態勢ですと？」

現在、バンフィールド家は新しく手に入れた惑星の開発に大忙しだ。

入植も始まっており、そちらに莫大《ばくだい》な予算と人手やら資源やらが投じられている。

その最中に、軍隊もほぼ全てに命令が出されていた。

再編成やら、訓練中の艦隊を除いて三万隻の艦隊が動き回っている。

残っている艦隊も、領内に分散配置されて守備には欠かせない。

セリーナも驚いていた。

「まるでノーガードで殴り合っているような状態だね。一つでも歯車が狂うと、そこから崩れてしまう危うさがあるよ」

何か一つでも失敗があると、そこで大きくつまずいてしまう。

下手をすればバンフィールド家が潰れてしまう危うさだ。

「リアム様！　どうして、このブライアンに相談してくださらないのですか！」

泣いているブライアンをセリーナが面白がる。

「相談してきても私たちでは止められないよ。それにしても大博打《おおばくち》だね。これは、成功したらクレオ殿下にも可能性が出てくるよ」

今までゼロだった可能性が、数パーセントくらいには上昇しそうだ。

リアムが本気でクレオを皇帝にしようとしていると感じるセリーナだが、ブライアンにはそんなことは関係ない。

「どうしていつも極端なのか！　し、しかし、やはりリアム様ですね。この非常時にも、領民にはあまり負担がない」

領民を総動員することも可能だが、リアムはそれをしなかった。

それを優しさだとブライアンは感じ取る。

セリーナが頭を振る。

「甘ちゃんだが、私は嫌いじゃないよ。それにしても、周辺国に目を向けるなんて何かあるのかね？　ブライアン、何か聞いていないのかい？」

「このブライアンは何も聞いておりませんね。まぁ、レアメタルの取引をしないのなら、犯罪ではありませんから問題ないでしょう」

「そうだね。本当にレアメタルを取り扱わないのなら、ね」

セリーナは随分と気にしている様子だった。

ブライアンは笑って答える。

「取り扱う品のリストは拝見しましたが、問題ないものばかりでしたぞ。セリーナも気にしすぎですな」

「そう願いたいね」

第四話 他の星間国家

星間国家ルストワール統一政府が所有する宇宙港。

そこでは、統一政府の軍隊である統一軍の艦艇が守りを固めていた。

物々しい警備が敷かれた宇宙港にやって来たのは、パトリスの率いる船団だった。

物資を輸送するための大型宇宙船と、護衛である傭兵《ようへい》団の戦艦も港に停泊している。

統一政府が秘密裏に所有する宇宙港は、採掘が終わった小惑星を再利用している。

要塞と言った方が適切だろう。

内部には人が居住可能な環境が備わっているが、外から見れば放棄された小惑星にしか見えない。

この宇宙港は、極秘の会談などを行う際に利用されていた。

また、他の星間国家から受け入れた要人などを押し込める檻《おり》でもある。

宇宙港から内部に移動したパトリス一行は、自分たちが用意した高級感のある小型艇に乗って案内通りに進んでいる。

何もない空中にラインが投影され、その通りに進めばいい。

パトリスが窓の外を眺めながら、隣に座る護衛のマリーに話しかける。

「まさか要塞で商談をするとは思いませんでしたね」

マリーの方は椅子に座って脚を組み、極秘の資料に目を通していた。

タブレット端末を手に持って、統一政府の情報を確認している。

パトリスは正直「今更？」という気持ちだったが、マリーは統一政府について詳しいようだ。

「あたくしたちと商売をするのが嫌なのよ。統一政府は昔から貴族制が嫌いなようね」

「文民統制の民主主義国家ですからね。貴族制とは相容《あいい》れませんよ」

統一政府は民主主義国家の集まりだ。

民主主義を採用する惑星が集まり、巨大な星間国家を作り出していた。

「有象無象の集まりよ。統一政府なんて名乗っていても、権力を持つのは一部の発展した惑星を持つ奴《やつ》らね」

「お詳しいですね」

「貴族制を批判しながら、内部の権力闘争のためなら外国だろうと国内だろうと戦争をする連中よ。今も昔も変わらないわね」

「昔？」

今更情報を確認しているマリーが、妙に統一政府の事情に詳しいのがパトリスには不思議だった。

マリーがタブレットの画面を見せると、そこには統一政府の最新ニュースが表示されている。いつの間にか、閲覧している情報が変わっていた。

「最近のニュース記事を読んだけど、本当に昔から変わってない。世襲制を批判しながら、統一政府の政治家は過半数が政治家の家に生まれた者たちだそうよ」

パトリスが記事の内容を確認すると、政治家の大半が何代にも渡って当選している。

まるで政治家という地位を世襲で受け継いでいるようだ。

それを皮肉った記事が公開されているくらいには、統一政府は帝国よりも自由が保障されているらしい。

ただ、パトリスは素直に呟《つぶや》く。

「まるで貴族ですわね」

自分の護衛として派遣されたマリーを見て、パトリスは心の中でリアムに感謝する。

(実力は申し分なし。オマケに、統一政府の内情にも詳しい騎士を派遣してくれるとは、リアム様は気が利くお方だわ)

最適な人材を寄越《よこ》したリアムに感心しつつ、パトリスはマリーとの雑談を続ける。

「それにしても、ただの商談に極秘にしている要塞を使用するとは驚きました。それだけ焦っているのでしょうか？」

マリーは統一政府のニュースを閲覧しながら、パトリスの問いに答える。

「この程度の要塞、統一政府は幾つも所有しているわ。その内の一つが知られても、奴らはいたくも痒《かゆ》くもないのよ」

パトリスは視線を窓の外に戻した。

小惑星の内部をくりぬいた形状で、その中央には太陽の代わりに照明が用意されている。中央に向かって建物が伸びているように見える光景が広がり、閉塞感が強かった。

（さて、どのように商談をまとめようかしら）

◇　◆　◇　◆　◇

要塞内の貴賓室。

待っていたのは統一政府の政治家や高級官僚に加え、統一軍の軍人たちだった。

無愛想な軍人たちとは対照的に、官僚の一人が笑顔でパトリスに手を伸ばす。

「ニューランズ商会のパトリス様ですね。お待ちしておりました」

握手をするパトリスも、笑顔で応える。

「こちらこそ」

長いテーブルを挟んで着席するパトリスの後ろに、護衛であるマリーが立った。

部屋の中には統一軍の軍人たちも護衛として壁際に立ち、パトリスたちを睨《にら》んでいる。

(歓迎されていないわね)

統一政府。特に統一軍から見れば、帝国の貴族制は時代錯誤な統治方法だ。

民主主義国家の人々からすれば、理解できない国だろう。

更に、普段は互いに殺し合っている国同士だ。

笑顔を見せる政治家や官僚たちも、内心では腹立たしいことだろう。

先程パトリスと握手をした官僚が、会議を仕切るようだ。

「早速ですが、取引内容を確認しましょう」

「構いませんよ」

帝国の人間と取引するというのが許せない軍人たちは、苦々しい顔をしていた。

軍人たちの雰囲気を察した官僚は、あまり長引かせてはいけないと判断したのだろう。

急いで商談をまとめようとしている。

パトリスも商談さえまとまれば、何の不満もない。

官僚がリストをパトリスの前に投影する。

「これが購入を希望する品のリストです」

「随分と多いですね」

「色々と事情がありましてね。こちらは継続的な取引を希望しております」

「今後も、と?」

「はい。そちらにとっても悪くない話では？　統一政府との継続的な取引は大きな利益になるはずです」

パトリスが喜んで飛び付くだろうと思ったのか、官僚はやや上から目線で話を進めている。確かにパトリスにとっても大きな取引になる。

何もなければ、すぐにでも条件面の交渉に入っただろう。

しかし、今のパトリスには怖い後ろ盾がいる。

今はリアムの部下であるマリーが、パトリスの動向を監視している。

「その話は一旦保留にしましょうか」

「保留？　どういう意味ですか？　我々はあなたの商会から大量の物資を継続的に購入すると言っているのですよ？」

官僚が理解できないという顔をすると、パトリスも内心で愚痴をこぼす。

(私だってさっさと商談を進めたいわよ！)

トーマスの言葉がパトリスの頭の中に思い浮かぶ。

リアムは大義なき側に助力するのは許さないだろう、と。

「――統一政府内で何が起きているのか、その詳細を教えて頂けますか？」

今何が起きているのか？

たったこれだけ尋ねると、政治家や官僚たちからも取り繕った笑みが消えた。

「その質問をする理由をお伺いしても？」

官僚の声は、先程よりもトーンが低くなっている。

パトリスの方は、笑顔のままだ。

「こちらの商品を揃《そろ》えたのはバンフィールド伯爵です。伯爵は大義なき陣営に加担することを嫌っておられる」

それを聞いた軍人の一人が、拳をテーブルに振り下ろした。

激しい音を立てたのは、軍服に勲章を幾つもつけた将軍だった。

「ヌケヌケとよくも！」

激高する軍人たち。

パトリスの後ろに控えていたマリーが威圧すると、壁際に立っていた軍人たちも武器を手に取ろうと動き出す。

交渉が今にも決裂しそうになると、官僚が慌てて席を立って場を収める。

「待ってください！——失礼しました。そちらは状況がまだ理解できていないのですね」

怒りをあらわにする軍人たちを周囲が押しとどめていた。

パトリスは、交渉が決裂せずに済んで安堵《あんど》する。

「ありがとうございます」

（軍人たちは相当お怒りのようね）

官僚は力なく頭を振ると、席についてパトリスに現状を簡単に説明し始める。

二人の間には幾つもの資料や立体映像が投影された。

「はじまりは独立運動でした」

「独立？」

「統一政府に加盟している国々の中から、独立して新しい星間国家を立ち上げる動きがありました」

独立自体は帝国でも起きるため、珍しい話ではない。

それは、統一政府も同じだったらしい。

「統一政府でも独立する国家が現れるのですね。すぐに鎮圧を？」

帝国では、独立しようとするとすぐに鎮圧される。

場合によっては惑星ごと滅ぼされるのだが、統一政府は事情が異なる。

政治家の一人が、パトリスの言葉を鼻で笑った。

「逆らえばすぐに武力とは、帝国は野蛮人の集まりだな」

政治家の言葉を、官僚がパトリスに謝罪する。

「申し訳ありません」

「いえ、構いませんよ」

「統一政府では、独立する国家が現れても即座に武力行使はしません」

官僚は今回の独立運動が、非常に厄介であるとパトリスに語る。

「独裁者が誕生して独立を宣言したならば、我々も即座に鎮圧します。ですが、民主主義により独立が決められた場合、我々には認めることしかできません」

軍隊を率いて無理矢理にでも国民を従わせるような相手なら、統一政府もすぐに鎮圧するために行動を起こす。

だが、民主的に選ばれたリーダーが独立を宣言すると話は別だ。

民主主義により独立が選ばれてしまったのなら、認めるのが統一政府だった。

パトリスは統一政府独自の事情に、関心を持ちながら話を聞く。

「帝国とは事情が違いますね」

「これで終われば、何の問題もありませんでした。しかし、独立を主張する国家が次々に現れ、今度は同盟を結び統一政府に戦争を仕掛けてきました」

パトリスは資料を眺め、そして一つ気が付いた。

独立したのは、これまで統一政府で権力を持たず冷遇された国家ばかり。

統一政府に加盟する国家の中でも、国力は低い国ばかりの集まりだ。

そんな国々が独立して集結したからと言って、即座に統一政府を相手に戦争を仕掛けられる軍事力はないはずだ。

(誰かが支援した?)

パトリスが裏に誰かがいると予想すると、官僚が冷めた視線を自分たちに向けていることに気が付く。

「彼らの使う兵器は、偽装されていますが帝国製です」

空中に投影される映像を見て、パトリスはすぐにどこの兵器工場が建造した艦艇かを割り出す。

（これは第一兵器工場の艦艇や機動騎士かしら？　第二兵器工場も関わっているわね。それも新型じゃないの）

第一と第二は、以前にバークリー家に味方した兵器工場だ。

そんな二つの兵器工場の新型が、独立したばかりの国家に流れ着くなど不自然すぎる。

（新型を引き渡したとなれば、可能なのは帝国でもかなり上の人間たちね）

パトリスが可能な人物を思い浮かべながら、官僚たちの態度を責める。

「敵を支援しているのが帝国である、ということですね？　それでみなさんがお怒りなのは理解しました。ですが、それを私にぶつけられても困ります。私は商人です。それに、私の後援者であるバンフィールド伯爵は統一政府の敵を支援していません」

官僚も理解はしているようだが、納得していないのが表情から読み取れる。

「失礼しました。ですが、問題なのは各地で独立の動きが出てきたことです。統一政府の軍隊は不用意に動けず、各地を監視していて戦力を思うように集められません」

統一軍が動けない間に、敵は最新鋭の武器を揃えて周辺を武力で制圧していた。

パトリスが率直に問う。

「敵の支援者について何か情報をお持ちですか？」

官僚は「不確定情報ですが」と前置きをしてから、支援者について話す。

「帝国のライナス殿下と考えられています。正確に言えば、その関係者が動いているところでは情報を得ています」

帝国により内部を荒らされた統一政府が、どうして自分たちを頼ったのか？

「第二皇子のライナス殿下ですか？　それでよく、我々と接触しようとしましたね」

パトリスの疑問に、官僚は微笑した。

「パトリスさんの後ろ盾は、バンフィールド伯爵ですよね？　統一政府も要注意人物の一人としてマークしていました」

帝国内で目立っていたリアムは、既に他国からもマークされつつあるようだ。

それはつまり、ライナスと敵対していたのも知られていたということになる。

「はじめから、ライナス殿下と敵対していたのを知っていたと？」

「我々の情報網を侮ってもらっては困ります。さて、商談に戻りましょうか」

パトリスは内心で冷や汗をかく。

「えぇ、構いませんよ」

（情報というカードでは、統一政府が一枚上手か。厄介ね）

◇　◆　◇　◆　◇

パトリスが商談を行っている中、マリーは一時的に護衛を部下に任せて部屋を出て廊下を歩いていた。

目を大きく開き爛々《らんらん》とさせ、先程の話に興奮していた。

「ロゼッタ様が案じていたのはこの件だったのね。それにしても、相変わらずリアム様の采配は神がかっているわ」

ライナスと敵対してすぐに、弱みともなり得る情報を入手できた。

リアムの読みというよりも幸運に近いが、だからこそ神がかっている。

「宇宙がリアム様の勝利を望んでいるわ。やはり、あの方こそが――」

化粧直しにトイレに来ると、そこにいたのは統一政府の関係者を護衛する女性だった。

黒いスーツにサングラスという姿で、マリーを見るとニヤリと笑みを浮かべる。

その姿がドロドロの液体に変化すると、元の形に戻る。

仮面を着けたククリの部下。

バンフィールド家の暗部の一人が、マリーの前に姿を見せた。

マリーは目を細める。

「どうだった？」

結果を尋ねると、ククリの部下は「キヒヒ」と不気味に笑った後に詳細を報告する。

「マークしていたのは事実ですよ。ただし、統一政府が重要人物に認定したのはつい最近です。実際はライナスに関して情報を求めていたら、リアム様の名前が出てきたというのが真相です」

「ハッタリか」

「あちらはバンフィールド家の詳しい情報を持っていません」

「最初に敵意を向けてきたのは、演技でもなく本心からか？」

以前からリアムをマークしていた、というのは官僚の嘘《うそ》だった。

マリーは舌打ちをしてから、ククリの部下に尋ねる。

「統一政府の目的は探れたか？」

「物資が不足しているのは事実ですね。長距離ワープの装置を幾つも破壊され、補給に問題が出てきています」

「他は？」

「護衛が持っている情報はここまでです。詳細はこれから調べます」

マリーはククリの部下に命令する。

「リアム様が利用されるなど、絶対に許されない。お前は今後も情報を収集して、統一政府の弱みを探れ」

ククリの部下が再び姿を護衛の女性に変えた。

「御意」

護衛に変身したククリの部下は、そのままマリーの横を通り過ぎて持ち場へと戻る。

マリーが薄《うっす》らと笑みを浮かべる。

「統一政府はリアム様の手の平の上で踊っていればいいのよ」

◇　◆　◇　◆　◇

オクシス連合王国。

そこは帝国と同じく貴族制を採用する星間国家だ。

違いがあるとすれば、貴族制の国家の集合体という点だ。

国家元首である王たちが会議を行い、方針を決める議会制が行われている。

そんなオクシス連合王国に加盟する国家――その更に下にいる貴族の一人と面会するのは、トーマスだった。

トーマスにとっては、かつての商売相手でもある。

パイプ型の水煙草を吹かす貴族の執務室。

トーマスは多額の献金と引き換えに、連合王国の内情を知ることができた。

貴族は堂々と国内事情をトーマスに暴露する。

そこに後ろめたさといった感情は、少しもないようだ。

「帝国のライナス殿下が連合王国を構成する複数の国家に支援をしている。ライナス殿下が皇帝になった際は、係争地を連合王国に譲るという裏取引があってね」

「裏取引ですと!?」

トーマスが驚いて見せたが、そのような話があっても不思議ではなかった。

そもそも、帝国の領地――支配宙域は広い。

少し削れたところで、ライナスには痛くも痒《かゆ》くもない。

むしろ、その程度の見返りで皇帝になれるのならば、安いものだと考えてもおかしくなかった。

貴族は口から煙を吐くと、それが鳥の姿になり羽ばたくように飛んでいく。

煙に形を持たせ、自由に動かせる機能があるパイプだった。

煙の鳥が壁にぶつかり消えてしまうと、続きを話す。

「連合王国内では、裏取引をした連中が勢いを増している。国内の小競り合いも増えているから、必要な物資をかき集めているのさ。うちにも商売に来なさい。安くしてくれるのだろう？」

当然のように安く売れと言ってくる貴族に、トーマスは情報料代わりと割り切った。

頷《うなず》きながら、更に詳しい情報を求める。

「ライナス殿下と裏取引をした国はご存じでしょうか？」

「もちろんだ。我が君もその一人だよ」

自分が所属する国家の王もライナスの支援を受けている、と聞いてトーマスは唖然《あぜん》とする。

「も、もしや、あなたまでも」

ライナスの協力者なのか？　そう問い掛ける前に、貴族は笑いながら答える。

「君、国と貴族は別だよ。王はライナス殿下に協力しているが、私個人は違うからね」

その言葉をトーマスは信用できなかった。

最悪の場合、協力するふりをして裏切るくらいする相手だ。

トーマスが目の前の貴族との商売から手を引いたのは、結局は信用できなかったためだ。

「――安心しましたよ」

内心を隠し、口でそう言うと貴族は上機嫌に話を続ける。

「連合王国――いや、我が国としてはライナス殿下を支持している。彼が次の皇帝になれば、係争地が手に入るのだからね。連合王国にとっても大きな利益だよ」

国のためと言う貴族に、トーマスは不快感を抱いた。

（支援を受けるために、国内で小競り合いを起こしている人の台詞《せりふ》ではないな。国のためを思うのならば、むしろ小競り合いを避けた方がいい）

自分たちの都合を優先しているだけだった。

そんな貴族が、不思議そうに首をかしげる。

「だが、最近は色々と不自然に感じるね」

「不自然？」

「今までは帝国が干渉しているからといって、ここまで荒れることはなかった。タイミングの問題もあるだろうが、今回は小競り合いで終わりそうにない。全く、頭の痛い話だよ」

トーマスはそれを聞いて考え込む。

（他に何かあるのだろうか？）

すると、貴族がわざとらしい咳払《せきばら》いをする。

「おかげでこちらも懐《ふところ》事情が苦しくてね。今後とも継続的な支援を期待しているよ。いっそ、当家の御用商人にならんかね？」

御用商人に、と誘われたトーマスは必死に笑顔を作る。

気を抜けば苦笑いになってしまいそうだから。

「既にバンフィールド家の後ろ盾を得ておりますので、御用商人の話は難しいですね」

（あんたの御用商人になったら、使い潰されるだけだろうに）

リアムの御用商人でよかったと、トーマスは目の前の貴族を見て再確認した。

◇　◆　◇　◆　◇

大学で講義を受けている俺は、隣で日々やつれていくウォーレスを横目で見ていた。

クレオに助力すると決まってから、ウォーレスの酒量は増えるばかりだ。

「いくら肉体強化を行った丈夫な体でも、度が過ぎれば体を壊すぞ」

この世界には優れた薬がいくつも存在する。

前世では夢のような薬が、現実となっていた。

二日酔いなどすぐに治る薬もあるから、浴びるように毎晩飲んでも次の日も大丈夫だ。

そもそも、肉体からして強化されているので問題ない。

多少の酒では翌日に何の影響もない。

ウォーレスがやつれているのは、酒の量が多すぎる上に精神的な問題が大きいからだ。

「放っておいてくれ。どうせ私はすぐに殺されるんだ。暗殺者を向けられて、病死として扱われ消えていく――ふふ、これがその他大勢の皇族の末路さ」

悲観的すぎて嫌になる。

「お前にも護衛を付けているから安心しろよ」

「皇族のドロドロした歴史は長いんだ。その長い歴史の間に、特殊な暗殺集団がいくつも生まれている。強いだけじゃ勝てない奴《やつ》らもいるのさ」

嫌な理由で誕生した暗殺集団だな。

だが、そうした備えは重要だ。

俺も自分の護衛には、もっと金をかけるとしよう。

悲観しているウォーレスを慰めていると、緊急の報告が送られてきた。

講義中に机の下で確認すると、外国で活動しているトーマスとパトリスからの報告だった。

ついでに、マリーからの報告もある。

トーマスからの報告では、オクシス連合王国内で起きている小競り合いはライナスが原因であると判明したそうだ。

ライナスも俺と同じく悪い奴だな。

それよりも、気になる情報があった。

トーマスが情報を得た相手だが、味方の情報を平気で売る貴族らしい。

気に入った！

トーマスには、そのまま裏切り者の貴族と繋《つな》がりを持つように指示を出しておく。

しかし、支援まではできないな。

今回ばかりは、ライナスの支援を受けていないまっとうな連中を支援させよう。

パトリスからの報告は――ルストワール統一政府で独立の気運が高まっており、それを支援しているのがライナスらしい。

こいつはどこにでも名前が出てくるな。

帝国としては、独立しそうな国を支援して統一政府をかき乱した方がいい。

だが、俺はライナスとは敵同士。

個人的な立場から、今回は統一政府を支援することにした。

ふっ、我ながら悪い奴である。

帝国のことなど一切考えず、身勝手な判断をする自分が恐ろしくなってくる。

俺も悪徳領主らしくなってきたな。

最後にマリーの報告を読むと、どうでもいい内容が書かれていて腹が立った。

「誰がオカルト話を報告しろと言った？」

マリーの報告書には、どうにも帝国が介入したために周辺国で争いが起きているとは考えられないと書かれている。

他国から干渉を受けるなど、星間国家だろうと珍しくはない。

今までにもあったことだ。

だが、今回ばかりは何かが違う——ライナスとは別に、もっと大きな存在が陰で糸を引いているような感触がある、と。

陰謀論か？　馬鹿馬鹿しい。

年がら年中戦っているような世界だ。

たまたまタイミングが嚙《か》み合って、各地で小競り合いが頻発して激化しただけだ。

そんな裏で何かが動いているとか——ちょっと待てよ？

俺はここで、一つの可能性に辿《たど》り着いた。

皇子たちと争おうとしているタイミングで、俺に都合よく周辺国で騒ぎが起きた。

おかげで、外国との商売もうまくいきそうだ。

あまりにも俺に都合が良すぎる展開だった。

——まさか!?

俺は大声を出しそうになり、自分の手で口を塞ぐ。

思わずこの場で、感謝の言葉を叫びそうになったからだ。

俺にとって都合が良すぎるタイミング——この働きの裏には奴がいるはずだ。

そう、案内人だ！

「どうした、リアム？」

ウォーレスが疲れた顔を向けてくるので、俺は満面の笑みを見せてやる。

「喜べ、俺の勝利が確定したぞ」

「寝ぼけているの？」

俺は無表情になると、ウォーレスの頭を叩《はた》いた。

人が真剣な話をしているというのに、茶化すとは何事だ。

◇　◆　◇　◆　◇

「かんぱ～い！」

薄暗く高級感漂う飲み屋に、明るい声とグラス同士がぶつかった甲高い音がする。

着飾った女性たちがリアムの周囲に侍《はべ》り、酒を注いだグラスを手に持っていた。

そんなリアムの近くには、泣きながら酒を瓶から飲んでいるウォーレスがいた。

「ちくしょうぉぉぉ！」

やけ酒である。

「ウォーレス、せっかく高級店に来たんだからもっと楽しめよ」

「楽しめないよ！　全然楽しめないの！」

暗殺の危機に怯《おび》えているウォーレスは、酒で気を紛らわせていた。

皇族として生まれ、いかに暗殺が高度化しているのか知っているためだ。

最も苛烈だったのは二千年前だ。

当時、増えすぎた皇族たちによる、血みどろの争いが長く続いた時代があった。

争いの中で暗殺集団が幾つも誕生しては、殺し合いの中で消えていった。

そんな時代を生き残り活躍した暗殺集団は、最後に雇い主であった皇帝から裏切られ石にされた、という話がある。

そいつらの封印が解かれれば、皇族は皆殺しにされるだろう、と。

ウォーレスはこの話を、戒めのおとぎ話と考えていた。

だが、暗殺集団が高度化しているのは事実だ。

「どうせ私なんて、誰にも知られず消えてしまうんだ。短い人生だったな」

悲しむウォーレスの隣で、リアムは首をかしげている。

「短いか？　もう八十年は生きているぞ」

「たったの八十年だろ！　私はもっと長生きしたいんだよ！」

泣き喚《わめ》くウォーレスに、リアムも戸惑っていた。

小声で。

「八十年って短いのか」

などと呟《つぶや》いている。

リアムたちが騒いでいるテーブルから、一人の女性がトイレに向かうため立ち上がる。

「ちょっと失礼しますね」

◇　◆　◇　◆　◇

女性はトイレに入ると、笑顔を消して真顔になった。

一人であるのを確認してから、その女性は小さな鞄《かばん》の中から針を取り出した。

「馬鹿な男。剣の腕だけで生き残れると思っているのかしら？　男を殺すのに、強さなんていらないのよ」

暗殺用の道具を確認し、リアムのもとに戻ろうとする。

だが、トイレの出入り口に大きな壁が立ちはだかっていた。

「え？」

女性が見上げると、黒い壁は笑っていた。

「その意見には賛成ですよ。ただ～し、あの方を殺すにはその程度の針では届きませんけどね～」

楽しそうに笑っている仮面を着けた大男は、黒いローブをまとっていた。

女性が声を出そうとすると、後ろから伸びた手に口を塞がれる。

気付かない内に、後ろにも敵がいたようだ。

首を動かし確認すると、後ろにも似たような仮面を着けた女がいた。

仮面の女が女性の顔に手を伸ばし、そのまま皮を剝《は》ぎ取る。

凄惨な光景が起きることなく、皮を剝がれたはずの女性は無事だった。

その代わり、違う顔がそこにある。

先程までの姿は、成り代わった接待をする女性のものだった。

姿を見破られた女性は、眉根に皺《しわ》を寄せる。

仮面の男が女性に顔を近付けてくる。

「お粗末な変装だ。我々の時代では考えられない技量ですよ。他の組織や一族は、技を失伝しているのでしょうか？」

女性が何とか抜け出そうと関節を外して体を柔らかくするが、羽交い締めにしている仮面の女から離れられなかった。

「っ！」

仮面の女の皮膚が、体に吸い付き離れない。

そして、女性だけが床に体が沈み込んでいく。

「ん〜！」

抵抗する女性を見ながら、仮面の男は興味深そうにしていた。

「弱体化したと考えてもいいですが、現在の暗部が違った技術を発展させた可能性もありますね。ふむ、君には色々と聞きましょう。何しろ、我々には二千年のブランクがありますからね～」

同類の気配を感じ取った女性は、このまま捕まるというのがいかに危険かを知っていた。

(に、逃げないと)

女性が何かしようとすると、仮面の女が意識を奪い取る。

◇　◆　◇　◆　◇

気絶した女性を、仮面の女が見下ろしていた。

「これが皇族に仕える暗部でしょうか？　あまりにも拙《つたな》すぎます」

仮面の女の素朴な疑問に、仮面の男――ククリは困ったように答える。

「質が落ちたのでしょうかね？　まぁ、我々とは違う方向に発展した可能性もあります。その辺りもゆっくり調べましょう。あ、お前はこいつに――この者が成り代わっていた女に変装してリアム様のお相手をしなさい」

騒ぎを起こさないように、ククリは仮面の女――部下に命令する。

部下は命令に異論を唱えない。

「はい」

仮面の女は、気絶した女性の頭部を摑《つか》む。

すると、徐々に仮面の女の姿が気絶した女性が成り代わっていた姿に変貌する。

容姿だけではない。

服やアクセサリーも完璧に再現していた。

そのまま女性の頭部を摑んで魔法を使用する。

女性がガクガクと震えだし、そして泡を吹き始める。

しばらくすると、仮面の女が手を離した。

女性は床に沈み込みこの場から消えてしまう。

「想定通り末端のようです。ろくな知識も技術もありませんでした」

女性から記憶を読み取った仮面の女の答えに、ククリは残念そうに肩を落とした。

「リアム様の命を狙うのに、こんな雑魚を送り込むとは予想外でしたね。まぁ、いいでしょう。では、後は頼みますよ」

ククリも床に沈み込むように消えていく。

女性とククリが消えると、こちらに近付いてくる足音が聞こえてきた。

お店の男性スタッフだ。

「キャサリン、早く戻ってよ〜。今日のお客様は怒らせたくないからさ〜」

猫なで声の男性スタッフに、仮面の女は少し苛立《いらだ》ちながら答える演技をする。

（こいつは気の強い女と成り代わったから、ここでの受け答えは――）

「五月蠅《うるさ》いわね。すぐに戻るわよ！」

「もう、いつも刺々《とげとげ》しいんだから～」

男性スタッフは何の違和感も抱かずに去って行く。

仮面の女は、トイレを出てリアムのもとへ向かった。

◇　◆　◇　◆　◇

帝国大学に通い出して三年が過ぎた頃。

俺が暮らしている老舗高級ホテルの大会議室には、大勢の貴族たちが集まっていた。

集めたのは俺だ。

「お集まりいただき感謝します」

どいつもこいつも悪い顔をしている貴族たちを前に、俺は白々しい挨拶をしている。

中でも雰囲気を出しているのが三人。

その三人は周囲の貴族たちよりも目立っていた。

一人は若いのに白髪のオールバックの優男で、飄々《ひょうひょう》とした態度でいる。

物腰の柔らかい紳士的な男は、【フランシス・セラ・ギャンヌ】伯爵だ。

だが、油断できないと俺の勘が告げている。

「まさか首都星に呼び出され、派閥の立ち上げに関われるとは思いませんでした。感謝しておりますよ、バンフィールド伯爵」

ニコニコしているが、内心で何を考えているのか悟らせないタイプだ。

悪党によくいるタイプだ。

更にもう一人は、いかにもという男である。

眼帯を着けた筋骨隆々の男【ジェリコ・セラ・ゴール】伯爵は、腕を組んで豪快に笑っている。

「まさかこの俺が、若造に呼び出される日が来るとは思わなかった。これがバンフィールド伯爵でなければ、無視していたところだぞ」

豪快な態度の割に言葉には嫌みも含まれていた。

体中に傷痕が多く、歴戦の猛者という雰囲気を出しているのに器の小さい男だな。

今の医療なら簡単に消せるのに、それをしないのは周囲を威圧する格好を好んでいるからだろう。

見た目の割に小物臭い奴《やつ》だが、ゴール家は辺境貴族の中では力を持っている家だ。

個人はともかく、家を考えると侮れない奴である。

個性豊かな面々が集う会議室を仕切るのを手伝ってくれるのは、クルトの父親であるエクスナー男爵だ。

「本題に入りましょう。リアム殿、本気でクレオ殿下を支援するため派閥を立ち上げるつもりなのですか？」

もっとも帝位から遠い皇子のために、派閥を立ち上げる。

これを聞いて不安に思う貴族が多いのは事実だ。

俺の名前で大勢をかき集めたが、実際に派閥入りが決まっている貴族はいない。

支援したところで無意味ではないか？　それが大半の貴族の考えだ。

しかし、俺には勝算があった。

「もちろんです。クレオ殿下を次の皇帝にすると約束しました」

会議室を貴族たちのざわめきが埋め尽くす。

俺が集めたのは主に領主貴族たちだ。皆が自領を持つ貴族である。

普段は首都星にすら近付かない領主も多く、宮廷の内情に詳しくない者も多い。

エクスナー男爵が不安がっている。

「陛下の覚えもその――あまりよろしくないと聞いているが？」

「でしょうね。だからこそ価値がある」

俺にとって今の陛下は敵である可能性が高いため、排除するしかないのだ。

ただ、ギャンヌ伯爵が強い興味を示していた。

かなり不利な状況下にあって、派閥入りに乗り気のようだ。

「本当に可能ならば面白い話だ。うちは数代前の陛下の怒りに触れて冷遇された経緯がありますからね。これを機に、盛り返したいところです」

こいつの実家は、いったいどんな悪事を働いたんだ？

まぁ、悪徳領主仲間として頼もしい限りだ。

ギャンヌ伯爵が賛成すると、ゴール伯爵も興味を示す。

「宮廷でのゴタゴタが、俺の領地にまで影響するのは困るからな。俺としても都合のいい皇帝陛下が欲しいのが本音だが、カルヴァン殿下もライナス殿下も手強《てごわ》いと聞くが？」

俺は会議室に資料を提示する。

空中に投影された資料を、貴族たちが眺める。

「こちらをご覧ください。ライナス殿下が外国との裏取引をした内容です」

表示したのは、統一政府や連合王国で行われた裏取引の内容だ。

資料を凝視するギャンヌ伯爵が、アゴに手を当てる。

「この程度では弱い。珍しい話でもないからな。証拠があっても、ライナス殿下は白を切り通すでしょう」

「ライナス殿下をこの程度で追い落とせるとは考えていませんよ」

責め立てなくてもいい。

ライナスが裏で他国と繋《つな》がっている、と周囲に触れ回るだけでいい。

「評判を落としてやるだけで十分です。それに、クレオ殿下には実力で帝位を勝ち取ってもらいます」

ゴール伯爵が実力と聞いて、少し嬉《うれ》しそうにする。

「それが可能なら俺好みの話だ。しかし、ライナス殿下と争うとなれば、かなり無茶をすることになるぞ」

ライナスを支援する貴族は多い。

この場に集めた貴族たちよりも、質や量で勝っているのは間違いない。

そんな彼らと争うのは避けたい、と思うのが普通だ。

エクスナー男爵が冷や汗をかいていた。

「私のような力のない男爵家には、荷が重い話ですね」

自分には手に余るとでも考えているのだろう。

「何の問題もありません。矢面に立つのはクレオ殿下で、この俺が支援します。皆さんにも協力してもらいますが、酷使などしませんよ」

俺が派閥に求めているのは数の力だ。

数は力だ。

大勢がクレオを支援していると周りが認識すれば、勘違いをして協力を申し出てくる貴族も現れるはずだ。

ゴール伯爵が周囲に視線を巡らせる。

「バークリー家を滅ぼした男の台詞《せりふ》でなければ、戯言《たわごと》だと思っていただろうな。面白い。俺は協力してやろう」

ギャンヌ伯爵は口元を拳で隠し、クスクスと笑っている。

「私も参加しますよ」

影響力のある二人が参加を表明すると、我も我もと続々と貴族たちがクレオ派閥への参加を希望する。

エクスナー男爵が俺を見て呆《あき》れていた。

「リアム殿の呼びかけでなければ、誰も参加しませんでしたよ」

バークリー家を滅ぼした実績が、ここに来て大きな影響力を生み出したようだ。

俺のような若造だろうと、実績があれば信用される。

実にありがたい――などという話だけではない。

「ここからが本番ですよ。まぁ、最後に勝つのは俺たちです」

俺は集まった顔ぶれに視線を巡らせる。

どいつもこいつも一癖も二癖もある悪い顔をした貴族たちばかりだ。

悪党というのは自分に利益を生み出す話に敏感なものだ。

今回も俺を利用して利益を出そうとしているのだろう。

何しろ、クレオが皇帝に即位すれば、以降は俺たちが好き勝手に振る舞えるのだから。

俺たちの時代が来る。

それを理解した貴族たちが、こうして俺のもとに集まってきたわけだ。

真の悪党である俺の周りには、悪党共が集まるのさ。

「次の時代を作るのは俺たちだ」

ニヤリと笑みを浮かべると、居並ぶ貴族たちも意味ありげに笑みを作っていた。

◇　◆　◇　◆　◇

会議が終わると、ギャンヌ伯爵とゴール伯爵が首都星にあるホテルで面会していた。

部屋を用意したのはギャンヌ伯爵で、ゴール伯爵は窓の前に立って首都星の風景を眺めていた。

「次の時代を作る、か。バンフィールドでなければ、鼻で笑っていただろうな」

ゴール伯爵は、背中を向けたままギャンヌ伯爵と会話をしている。

ギャンヌ伯爵はグラスに入った酒を眺めながら、ゴール伯爵との会話を楽しんでいる。

「彼のような傑物が、辺境に生まれたのは幸運でしたね」

「祖父母と両親は愚物だったが、アリスター殿の血は絶えてなかったわけだ」

「辺境の雄と呼ばれた彼の曽祖父ですか？　私も尊敬していましたよ。あの方は偉大な領主でしたね」

リアムの曽祖父であるアリスターの話題は、辺境領主の間では有名だった。

辺境の雄。そして名君として。

ゴールがクツクツと笑い出す。

「それにしても、呼び集めた貴族たちの顔ぶれを見たか？　揃《そろ》いも揃って不器用な奴らばかりだ」

「バンフィールド伯爵は口が悪いという噂《うわさ》でしたが、中身は善良ですね。今回集めた者たちの顔ぶれで確定ですよ。利益よりも意地や尊厳を重視する連中ばかりです」

リアムが呼び集めた辺境貴族たちは、力はなくとも領主としての意地を持つ善良な領主たちであった。

ゴール伯爵や、ギャンヌ伯爵も同様だ。

「中央は常に辺境を見捨ててきた。俺もクレオ殿下を即位させ、辺境の問題を片付けたいと考えている。お前はどうだ、フランシス？」

「私も同意見ですよ、ジェリコ殿。バンフィールド伯爵には是非とも勝ってもらわなければなりません」

◇　◆　◇　◆　◇

リアムが派閥の代表となり、クレオを支持すると大々的に宣言した。

その日の夕方には、クレオのところにライナスが面会に来た。

応接間で面会する二人。

ライナスは挨拶も手短に済ませて本題に入る。

「クレオ、私はお前を誤解していた」

「どういう意味ですか？」

「立場はともかく、慎《つつ》ましく穏やかに生きてくれると思っていたのだよ。だからこそ、今日まで見逃してきた」

「そうですか」

ライナスはソファーから立ち上がると、クレオを冷たい目で見下ろす。

「今日からお前には、心穏やかに眠れる日は二度と来ないだろう」

ライナスからクレオへの宣戦布告だった。

「わざわざ宣戦布告ですか？　余裕ですね、兄上」

律儀なライナスがおかしくなったのか、クレオは微笑する。

その態度が気に入らなかったのか、ライナスの表情が険しくなった。

「ガキが私を侮るな」

ライナスが取り繕うのを止《や》めた。

「自分の派閥ができたから、私と並んだつもりか？　有象無象が集まったところで、お前など私の敵ではないのだよ」

ライナスが随分と苛立《いらだ》っていた。

有象無象の集まりならば、ここまで敵視する必要はない。

「随分と苛立っている様子ですね。何かありましたか？」

ライナスの目が血走り、何かしようと動いたところでクレオの後ろに控えていたティアが声をかける。

クレオのそばに護衛として控えるティアの視線は鋭かった。

「見えていますよ、ライナス殿下」

ライナスが動きを止め、背筋を伸ばして部屋を出ていく。

ティアに睨《にら》まれ、僅かに怯《おび》えたようにも見えた。

だが、部屋を出る前には普段通りの強がりを見せる。

「――皇位争いに加わったことを後悔するのだな。お前はもう私の敵だ」

出ていくライナスを見送り、クレオはソファーに背中を預けた。

「最初から私たちは敵同士ですよ、兄上」

そんなクレオにティアがお茶を用意する。

その所作を見て、クレオはティアがどれだけ優れた人物なのかを察していた。

強さに加えて礼儀作法も完璧な騎士。

自身の姉も騎士としては優秀な部類だと思っていたが、ティアはそれ以上だ。

「クレオ殿下はライナス殿下がお嫌いですか？」

ティアの質問に困ってしまう。

「嫌い、とは違うな。お互いに立場がある。出会いが違っていれば、仲良くなれたかもしれないとは思うよ」

皇族でなければ、もっと親しくなれたのだろうか？　そんなことを想像するクレオは、無意味な妄想だと頭を振る。

そんな仮定の話に意味はない。

ティアが用意した飲み物に口を付けていると、部屋にセシリアがやって来た。

ストレートロングの亜麻色の髪が、サラサラと揺れている。

おっとりとした雰囲気で、クレオに話しかけてくる。

「クレオちゃん、ライナスお兄様が怒っていたけどどうしたの？」

何が起きているのか理解していないセシリアを見て、クレオは不安になってくる。

(出来ればこの人だけは後宮から出しておきたいな)

これから苛烈な争いが始まる。

争い事に向かないセシリアだけは、何とかしたかった。

「何でもありませんよ、姉上。それはそうと、ティア」

「何でしょう?」

「バンフィールド伯爵に一つ頼めないだろうか?　姉上の婚約者を見つけて欲しい」

「婚約者、ですか?　それは宮廷の領分になりますが?」

「用意できないから困っている。宮廷も本気で姉上の婚約者を見つけるつもりがないのさ」

クレオ自身が微妙な立場にあり、その影響は姉のセシリアにも出ていた。

セシリアは皇族ながら、継承権も低い上に婚約者もいない。

いずれ消されるかもしれない皇女だ。

貴族たちも巻き添えはごめんだ、と婚約者として名乗り出る者がいなかった。

ある意味、ウォーレスより立場が悪い。

ティアは二人の立場を察して、すぐに報告すると約束する。

「リアム様にお伝えしましょう」

ただ、急に婚約の話をされたセシリアは、話について行けず戸惑っていた。

「え？　えぇぇぇ!?　何で私の婚約の話になっちゃうの!?」

◇　◆　◇　◆　◇

貴族たちとの晩餐《ばんさん》が終わり、俺はエクスナー男爵と酒を飲んでいた。

クルトの父親だから親しくしておこうと思ったのが、これがまずかった。

「わかるかな、伯爵!?　自分のポスターが売られ、オマケに部下たちのロッカーに貼られていた気持ちが!!」

何やら色々と溜《た》め込んでいるようで、悪い酔い方をしていた。

絡み酒だ。

「大変ですね」

エクスナー男爵の気持ちなど俺には少しも理解できなかった。

部下たちが俺の写真を持ち歩く？　中にはいるかもしれないが、領主がアイドルのようにファンを持っているのが信じられない。

悪徳領主ながら、人心を掌握していると言えば――聞こえはいいな。

だが、エクスナー男爵は本気で悩んでいた。

「普段は真面目で頼りになる部下が、裏で自分の写真を見て興奮している姿を見ると、何もかも信じられなくなってしまうんですよ」

泣き出したエクスナー男爵には同情したくなるな。

そんなエクスナー男爵だが、自分の人気を利用しているらしい。

「グッズを売って稼いでいる自分が情けない。おまけに、息子の婚約は決まらないし。あっ！　娘の修行先として受け入れる話は消えていないですよね？」

自分のグッズを売ってまで稼ぐ商魂には脱帽ものだ。

俺もこれくらいの悪徳領主としての気概を持たねばならないか？

いや、駄目だな。

俺のグッズを販売しても、売れるとは思えない。

一度作ろうという計画もあったが、自分の手で潰してしまった。

おっと、今はエクスナー男爵の相手をしなければ。

「忘れていませんよ。いつでもお預かりします。それよりも、クルトの婚約が決まらないというのは本当ですか？」

「うちは成り上がりですからね。あの子には苦労をかけますよ」

クルトに申し訳ないと落ち込むエクスナー男爵。

成り上がりという立場もあり、貴族社会ではクルトは認められていないのだろう。

俺の知らないところで、きっと苦労しているのだろう。

――あいつ、本当に大丈夫だろうか？

エクスナー男爵と飲んでいると、クレオ殿下に預けたティアから連絡が入った。

「こんな時に。失礼、部下からです」

エクスナー男爵に謝罪してから席を立ち、ティアとの間に通信を開く。

「何だ？」

小さい声で「あ〜、リアム様の声」とか艶を帯びた声が聞こえてきた気がするが、きっと気のせいだろう。

報告を聞くと、どうやらクレオからの頼みがあるようだ。

『クレオ殿下からリアム様のお力をお借りしたいと』

「金の話か？」

いくら都合してやればいいのか尋ねると、ティアが頭を振る。

『いえ、予算の追加ではなく、セシリア殿下の婚姻についてです。年齢的に百五十歳を過ぎており、そろそろ結婚していてもおかしくないのですが、立場もあってお相手が見つかっておりません』

セシリアの婚約者を用意しろ、だと？　そんなことを言われても困る。

面会した際にセシリアも見かけたが、ポワポワした感じの美人だった。

「俺に相手を用意できると思うのか？　婚約も婚姻も、宮廷が決める話だぞ」

勝手に決められるならば苦労しない。

だが、セシリアも面倒な立場にいるらしい。

『そこについては問題ありません。お相手がいないため放置されている状態です。この際ですから、リアム様と親しい貴族様に嫁がせてはいかがかと』

ティアの提案は、セシリア殿下を使って他家に恩を売れるというものだった。

セシリア殿下は皇族であり、帝国ではこれ以上はない血筋だ。

血筋に文句を付ける奴《やつ》がいれば、それこそ大問題になる。

父は皇帝陛下で、母の実家は大貴族——ただし、クレオの立場もあって貴族たちが婚約に踏み切れなかったそうだ。

ウォーレスとは違い、クレオの問題さえ片付けばすぐに結婚が決まりそうな人物だな。

「結婚か」

『はい。血筋は確かですし、気立てのいい方です。良縁があるといいのですが』

急に相手を見つけろと言われて困っていると、俺の視界に酔って眠っているエクスナー男爵が入る。

婚約者を求めている家、か。

「成り上がりの家は、高貴な血筋が欲しいよな？」

『心当たりがあるのですか？』

俺はティアとの通信を開いたまま、エクスナー男爵を起こして話をする。

エクスナー男爵は、意識が朦朧《もうろう》としているが何とか話せるようだ。

「エクスナー男爵、実はクルトの結婚についてお話があります」

「クルトですか？　あ〜、早く相手を見つけないといけませんね〜」

酒に酔っているエクスナー男爵だが、話は通じるらしい。

「俺の知り合いに、血筋のしっかりした女性がいます。年齢はかなり年上ですけど」

問題なのは年齢だろう。

クルトは俺と同じく八十代。

対して、セシリアは百五十歳を超えている。

見た目はお似合いでも、年の差がありすぎるように感じた。

「年上ですか〜？　それはクルトが可哀想《かわいそう》ですね」

エクスナー男爵も難色を示している。

この話は駄目だな。

「確かに七十歳くらいの差があるときついですね」

年齢差を俺が口にすると、エクスナー男爵が驚く。

「七十!?――許容範囲内では？」

――え？　いけるのか!?

「ほ、本当によろしいので？」

俺が念押しして確認する。

酔った勢いで、何か勘違いしていると思ったからだ。

しかし、エクスナー男爵は正気らしい。

「年上の女性はいいらしいですからね。クルトにも頼れる姐《あね》さん女房がいれば、自分としても助かりますよ」

この世界で七十歳程度の年の差は、許容範囲内らしい。

「クルトは大丈夫ですか？　年の差に悩んだりしないでしょうか？」

友人であるクルトの反応を気にかけると、エクスナー男爵は考え込む。

「百歳差があると悩みますが、あの子もそれくらいなら大丈夫と言っていたような気がします」

本当だろうか？

それならすぐに紹介してやるべきだろう。

「では、すぐに二人にはお見合いをしてもらいましょう」

お見合いと言っても、ここまで話が進んでいる場合は婚約前提の顔合わせだ。

何だかクルトに申し訳なくなってきた。

だが、俺たちは貴族だ。

結婚相手が気に入らなければ、愛人でも囲えばいい。

エクスナー男爵も乗り気だった。

「いいですな！　これでようやくクルトも一人前になりますよ。あれ？　士官学校を出てからの方がいいのか？」

酔ってフラフラしているエクスナー男爵だが、先々を心配しているので大丈夫だろう。

「それなら士官学校を卒業してから結婚ということで、今は婚約だけ済ませておきましょう」

「うむ！　それなら問題なし！」

俺は会話を聞いていたティアに伝える。

「話はついた。セシリア殿下とクルトを面会させる」

『はい。クルト殿は、士官学校から呼び出しますか？』

「当然だ」

ふっ、友人の結婚の面倒を見てやったぜ。

血筋もしっかりしているし、美人さんだからクルトも大喜びだろう。

俺は喜んですぐに寝てしまったエクスナー男爵を見る。

「ご祝儀は期待していてください」

◇　◆　◇　◆　◇

エクスナー男爵が領地に戻ると大騒ぎだった。

髪を振り乱し、大声を出すのはエクスナー男爵の妻である夫人だ。

「皇族の女性が嫁いでくるってどういうことですか!?」

成り上がりの男爵家に、皇族の女性が嫁いでくる。

信じられない事態に、エクスナー男爵家は混乱していた。

エクスナー男爵は、男爵夫人に詰め寄られて仰《の》け反りながら言い訳する。

「し、知らない。俺は知らないんだ！　酔って眠っていたら、その間にクルトの結婚が決まっていたんだ！」

起きたら息子のクルトと、皇女であるセシリアとの婚約がほぼ内定していた。

これからお見合いをするわけだが、拒否などできない。

これは決定事項だった。

今更拒否すれば、エクスナー家は帝国貴族として終わってしまう。

「うちは成り上がったばかりの男爵家ですよ。皇族の女性をお迎えするにしても、格が足りませんよ」

男爵夫人が泣き出すと、エクスナー男爵が慰めつつ言い訳をする。

「俺だって無理だと言ったんだ。そしたら、伯爵が『いける、いける！』って言うから！」

リアムに押し切られたと告げると、男爵夫人が大声を出す。

「いけませんよ！　大体、うちは貧乏なのよ！」

騒がしい両親から少し距離を取っている少女がいた。

クルトの妹である【シエル・セラ・エクスナー】だ。

ふんわりとボリュームのある銀色の髪。

クルトと同じく紫色の瞳の持ち主だ。

顔立ちはクルトに似ており、目鼻立ちがくっきりした美少女だ。

小柄な体型で、スレンダーな体つきをしている。

両親の会話を聞きながら、シエルは兄であるクルトに事情を知らせていた。

「お兄様も聞いていましたか？」

空中に映し出されたクルトは、困った顔で笑っていた。

両親の言い合いを聞けば、大体の事情を察することができたのだろう。

『聞こえていたよ。まさか、僕の婚約者が皇女様とは思わなかったよ』

「お兄様の婚約を勝手に決めるなんて、バンフィールド伯爵は酷《ひど》すぎます。お兄様がお可哀想です」

『アハハハ、シエルは大袈裟《おおげさ》だね』

「お兄様はもっと怒っていいんですよ」

『リアムからの縁談だし、僕では断れないよ』

少し寂しそうに言うクルトを見て、シエルはリアムに対して不満を募らせる。

(お兄様を困らせるなんて、バンフィールド伯爵は酷い人です)

シエルにとってクルトは理想の兄だ。

理想の男性と問われれば、迷わずクルトと答える。

そんな兄が悩んでいる姿を見せられれば、原因であるリアムに対して不満も抱く。

それに、シエルには気になることがあった。

「お兄様、最近はずっと疲れているように見えます。何か悩みでもあるんですか？」

少し前からクルトの様子がおかしい。

心配するシエルに、クルトは露骨に話題を逸《そ》らす。

『士官学校の訓練が厳しくてね。それより、シエルもそろそろ本格的に修行が始まる頃だろ？　そっちは大丈夫？』

「はい！　近い内に首都星に向かい、そこで挨拶をする予定です」

シエルはバンフィールド家にしばらく預けられることになった。

だが、先に首都星にいるリアムとロゼッタに挨拶を、という話になっている。

『リアムは厳しいから、しっかりね』

どこか普段よりも弱々しく見えるクルトの姿に、シエルは不安になった。

「お兄様、本当に大丈夫ですか？」

『大丈夫だよ。シエルは心配性だな』

◇　◆　◇　◆　◇

妹との通信を終えたクルトは、部屋に戻るとベッドに腰掛ける。

同室の生徒はどこかに出かけており、今は一人だった。

「——僕が結婚か」

随分と思い詰めたような顔をするクルトは、士官学校に持ち込んだ荷物の中から箱を取り出す。

その中には薬の入った小瓶が幾つも用意されている。

首都星の地下街で手に入れた薬だ。

薬を手に取ろうとするクルトの手は震えていた。

「一回。一回だけなら」

小瓶を手に取るクルトは、随分と苦しそうな表情をしていた。

宰相の執務室。

宰相はセリーナから届いた情報を確認すると、体を背もたれに預けて天井を見上げ大きなため息を吐《つ》いた。

「他国との取引を軽く考えすぎている。焦っているのだろうが、ライナス殿下は軽挙が目立つな」

ライナスが他国との裏取引をしていたという情報を摑《つか》み、宰相は頭痛を覚える。

帝国にとっては広大な領地の一部を失うだけ。

痛くも痒《かゆ》くもないのは事実だが、宰相はライナスの考えが不満だった。

「責任を取るのは本人ではなく、いつも我々の仕事だな」

継承権争いにライナスが勝てば、裏取引をした相手との繫《つな》がりができてしまう。

逆にライナスが負ければ、今度は他国が難癖をつけてくる。

どちらにしても、面倒になるのは皇族ではなく宰相や皇帝の家臣たちだ。

「皇帝陛下になられたわけでもないのに、随分と羽振りがいい」

宰相とすれば面倒な仕事が増えた、程度の出来事だ。

第五話　リアムのナンパ

長い帝国の歴史の中、このような話は日常茶飯事だった。

慌てる必要すらない。

むしろ、問題なのはリアムの方だ。

積極的に他国と関係を築いており、今では大量の物資を他国に支援している。

ライナスが支援した陣営とは反対の――敵対する側に味方していた。

この動きはライナスも察知しているはずだ。

「ライナス殿下は荒れるだろうな」

派閥入りを拒否したリアムに対する仕置きのつもりだったのだろう。

しかし、リアムはライナスに反抗した。

帝位から最も遠い第三皇子クレオを擁立し、派閥まで立ち上げてしまった。

派閥入りした貴族たちは二百名にも満たない。

立ち上げは百名程度だったが、徐々に増え始めている。

増えたのは自力では領地経営もおぼつかない辺境の領主貴族が多いが、中には辺境で力を持つ貴族たちの姿もある。

帝国から見れば、一部を除けば力のない家ばかり。

宮廷にも寄りつかず、今まで派閥争いで数にすら数えられなかった名ばかりの貴族たち。

そんな貴族たちをリアムが支援して、クレオの存在感を高めている。

だが、実質的に支援しているのはリアムだ。

宮廷にいれば、これがライナスとリアムの争いだと皆が知っている。

宰相はバンフィールド家の経営状況を確認すると、僅かに顔が緩む。

「経済制裁を受けて駄目になると思っていたが、どうやら予想が外れたな。荒稼ぎしつつも、健全な領地経営で地力を得ていたか。憎らしいくらいに地に足の付いた若造だよ」

口では憎らしいと言いながら、宰相はリアムを評価していた。

レアメタルが採取できるから、と他を軽視しない領地経営には宰相も好感が持てる。

ただし、これが意味するのは――リアムとライナスの争いの激化だ。

リアムに何の痛手もないと知れば、ライナスが激怒して次の手を打つだろう。

「さて、ライナス殿下がどう動くか」

宰相はこの勝負がどう転ぶのか、不謹慎ながらも少しだけ楽しみにしていた。

◇　◆　◇　◆　◇

ライナスの部屋。

そこでライナスは、机の上にある物を手でなぎ払った。

仕事で使う机の上には、高価な道具が幾つも置かれていた。

機能性よりも見た目や価値を重視したそれら置物が、床に転がる。

「あの小僧がぁぁぁ!!」

ここ最近、ライナスについて悪い噂《うわさ》が広がっていた。

他国と裏取引をしたという噂だ。

内容は「皇帝でもないのに帝国の領地を切り売りして、他国の協力を得ようとしていた」というものだ。

質《たち》が悪いことに事実である。

リアムの情報収集能力の高さを見せつけられてしまった。

「私を出し抜いたつもりか」

ライナスが激怒している理由だが、その噂を流したクレオ派閥――リアムが、直接ライナスに抗議をしないことだ。

この噂を利用してライナスを追い落とそうとするのは、むしろ皇太子であるカルヴァンの派閥だった。

カルヴァンの派閥が、毎日のようにいやらしくライナスを責めてくる。

宮廷事情に詳しいカルヴァンの派閥に所属する貴族たちが、あの手この手で嫌がらせをしてくる毎日が続いていた。

「本気で私を怒らせたな。必ず後悔させてやる」

ライナスにとって、クレオよりもリアムの方が憎い敵になっていた。

しかし、本気でリアムを潰すのは難しかった。

何しろライナスは、リアムよりも厄介なカルヴァンと継承権争いの最中だ。

カルヴァンに隙を見せられないため、全力でリアムを潰すことができなかった。

「出て来い」

ライナスが指を鳴らすと、床から男たちが姿を見せる。

独特の仮面を着けた男たちは、ライナスの前で片膝をついていた。

帝国の裏で暗躍する組織の者たち。

いくつも存在する組織の一つをライナスは従えていた。

赤い仮面を装着したリーダー格の男が代表してライナスと会話をする。

仮面につけられた機能なのか、男の声は合成された電子音声に変換されている。

「お困りのようですね、ライナス殿下」

ライナスは乱暴に椅子に座ると、赤い仮面の男に命令を出す。

「お前らの出番だ。クレオを見せしめにしろ。そして――リアムを殺せ。関係者も可能な限り巻き込めよ」

ライナスは酷く冷たい声で、暗殺を命じた。

赤い仮面の男たちは、暗殺などの後ろ暗い仕事をする組織だ。

現在はライナスの手足となり、後ろ暗い仕事を請け負っていた。

「その二人の暗殺となれば、相応の報酬を用意して頂かなければなりませんね。手練《てだ》れも用意しているようですからね」

ライナスに金で雇われた者たち。

ライナスは額に血管が浮かび上がり、片目がピクピクと動いていた。

「それがどうした？　さっさと消してこい。この私に逆らった馬鹿共を消してやれ」

ライナスは提示された高額な報酬をすぐに支払う約束をする。

赤い仮面の男は、電子音声でクツクツと笑っていた。

「うちも手の者を殺されましたからね。丁度いい機会です。末端とは言え、報復は必要でしたから。ですが、本当によろしいのですか？　カルヴァン殿下がいるというのに、クレオ殿下に戦力を割いても？」

赤い仮面の男が率いる組織は、ライナスの護衛や諜報《ちようほう》活動も行っている。

そんな彼らをリアムやクレオに差し向ければ、当然だが人手が足りなくなる。

ライナスも理解はしていた。

クレオなど無視して、カルヴァンとの戦いに専念するべきだ、と。

しかし、リアムを無視できなかった。

「――消せ」

ライナスの言葉に赤い仮面の男が、膝をついた格好のまま床に沈み込み消えていく。

部屋に一人になったライナスは、リアムが死ぬ姿を想像してにやついた。

「剣の腕に自信があるようだが、帝国の闇で暗躍してきた者たちだ。お前程度が、どうにか出来ると思うなよ、リアム」

彼らは長年、帝国で暗躍してきた者たちだ。

強い騎士もその手腕で暗殺してきた。

強いだけでは、対処するのが困難な相手だ。

「リアムも暗部を持っているだろうが、帝国ほどの人材はいないだろう。お前は、怒らせる相手を間違えたな」

◇　◆　◇　◆　◇

「馬鹿な。どうしてこんなことに」

大学生としての生活も半ばを過ぎ、そろそろ終わりが見えてきた。

「この数年、俺は何一つ成し遂げられなかっただと」

首都星で暮らしているホテルの自室。

事実に打ちひしがれた俺は、床に両手両足をついて項垂《うなだ》れていた。

俺の近くには、天城《あまぎ》が立っている。

項垂れる俺を呆《あき》れた視線で見下ろしている。

「旦那様がこの数年で成したことは、大変立派でございます。第三皇子殿下を擁立し、派閥を立ち上げました。首都星、特に宮廷内では大騒ぎになったそうですよ。それに、大学では優秀な成績を修められているご様子。ご立派でございます」

「俺が思い描いていた大学生活じゃない！」

顔を上げて抗議するが、天城は呆れたまま。

他の奴《やつ》が見れば普段と変わらない無表情でも、俺には呆れているのが伝わってくる。

「それは女遊びの件、でございましょうか？　諦めていなかったのですね」

クルトと再会して酒を飲んだ日に、俺はみんなの前で女遊びをすると公言した。

俺の地位や財産があれば、不可能など何もない！　そう思っていた。

だが、蓋を開けてみれば貴族社会で派閥の立ち上げやら、普通に学業で忙しい日々。

こんな時に頼りになるはずのウォーレスは、継承権争いに巻き込まれてから酒に逃げるようになっていた。

酒で駄目になることもないのだが、一人で飲みたいと毎晩のように出歩いている。

合コンのセッティングをしてくれない。

本当にあいつは役に立たないな。

「みんなの前で約束したんだぞ。それなのに何もなかったとなれば、あいつらに俺が生暖かい目で見られるんだ。そんなの耐えられない」

その時の恥ずかしさを想像するだけで、顔が赤くなってくる。

「もう時間がないんだ」

「そうですね。クルト様がセシリア皇女殿下とのお見合いで、首都星に来られますからね。その際にまた友人同士でお集まりになるでしょうし」

セシリアとのお見合いのため、一時的に士官学校を離れてクルトが首都星にやって来る。

本来であれば許されないのだが、士官学校もさすがに皇族が絡むと特例を出すらしい。

クルトが首都星に来る際は、またみんなで飲もう！　とエイラが言っていた。

「もうエイラが飲み会の日取りまで決めたんだよ！　あと数日しかないのに、俺は女遊び一つできていない。――みんなに笑われてしまう」

悪徳領主が女遊び一つまともにできない。

悪徳仲間のクルトやエイラからすれば、情けない奴と笑われてしまうだろう。

「クルト様は健全な男女の関係を求められます。笑う、というのは考えられません。また、エイラ様も今回の件で旦那様を責める可能性は低いでしょう。精々、からかわれるだけかと」

「からかわれたら同じだろうが！」

酒の席でみんなにからかわれるのだ。

きっと――。

クルトは笑顔で。

『リアムは口では悪党だとか言うけど、やっぱり女遊びができなかったね。僕はリアムに女遊びは無理だと思うよ』

エイラもきっと。

『ロゼッタさん一筋のリアム君は、むしろ純粋だよね。それなのに悪ぶってさ。リアム君てば可愛《かわい》い～』

ウォーレスの奴は。

『リアムに悪徳領主は向いてないね。そんなリアムには、私が直々に女遊びを教えてあげようじゃないか』

――友人たちが俺を笑っている姿が想像できた。

腹立たしいから、ウォーレスだけは心の中で殴ってやった。

「天城は俺が笑われてもいいのか!?」

天城のスカートにすがりつくと、子供の頃のように両脇に手を入れられて持ち上げられる。

抱きかかえずに途中で止めて、俺を立ち上がらせた。

「女遊びがお望みならば、領地から連れて来た女性はいかがでしょう？　ロゼッタ様が連れて来た娘たちの他にも、騎士や官僚、その関係者と大勢おります。旦那様のご命令があれば、今すぐにでも呼び出し可能です」

俺が暮らす高級老舗ホテルだが、バンフィールド家の関係者が宿泊している。

当然だが女性も多い。

俺が呼び出せば、従わざるを得ない者たちだ。

すぐにでも女遊びが可能な状況だ。

しかし、ここまで来て方針を変更したくない。

「俺のハーレムは厳選されるべきだ。妥協なんかしたくない」

天城が目を細める。怒りよりも、嬉《うれ》しさ？　だろうか？

「手を出せば責任を取る姿勢が旦那様らしいですね」

「妥協したくないだけだ！」

俺が拗《す》ねて天城に背を向けると、別件を振ってくる。

「旦那様、話は変わりますが」

「ん？」

振り返ると、天城が俺の目の前に、ある人物の情報を表示させた。

空中に履歴書が浮かび上がると、その人物について天城が説明する。

「エクスナー家から行儀見習いとして受け入れが決まっている、シエル様が首都星に到着しました。本日中には、このホテルに到着予定です」

「クルトの妹が？　修行にはまだ早いだろうに」

男爵家以上の家柄から、バンフィールド家が修行する子弟を受け入れるのは初めてのことだ。

シエルはその第一号である。

受け入れと言っても、行儀見習いとして数年間預かるだけだ。

修行というよりも風習に近い。

ただ、バンフィールド家が他家から子弟を受け入れるくらいには、貴族社会で認められた証《あかし》でもある。

シエルはその第一号であると同時に、大事なお客様でもあった。

天城はシエルが首都星に来た理由を話す。

「旦那様とロゼッタ様が、しばらく首都星を離れられませんからね。本星で預かる前に、面会しておきたかったのでしょう」

「顔合わせか」

「それから、本人が首都星に向かうのを強く希望したそうです」

「都会に興味があったのか？」

若者が都会に憧れるのは、今世も前世も同じだな。

首都星で遊びたいのだろう。

俺は大事なお客様のシエルを、もてなすように天城に頼む。

「それなら案内を用意させて観光させろ。小遣いも用意してやれ」

ご機嫌取りには十分だろうと思ったが、どうやらシエルの目的は別にあるらしい。

「いえ、本人はこの機会にクルト様と会うつもりのようです。兄妹仲が大変よろしいようで、クルト様に会うのを楽しみにしているようです」

「クルトに会うために俺を口実にしたのか？」

利用された気分だが、以前にクルトが暗い表情を見せたのを覚えていた。

久しぶりに妹と会えれば、気分転換になるだろう。

「ま、いいか。丁重にもてなせよ」

「承知しました」

天城が俺に頭を下げてくる。

それより、シエルの問題は解決したが――俺の問題が未解決のままだな。

◇　◆　◇　◆　◇

「シエル・セラ・エクスナーです」

高級老舗ホテルの応接室。

緊張しながらカーテシーという挨拶をするシエルの前には、微笑《ほほえ》んでいる金髪の女性が立っていた。

その人物はロゼッタだ。

周囲にはバンフィールド家の関係者が数名おり、二人の面会を見守っている。

ロゼッタはシエルに座るように勧める。

「よろしくね、シエル。さぁ、座って」

「は、はい」

高級感のある部屋。

実際に調度品はどれも高級品ばかりで、シエルは気後れしてしまっていた。

座ったソファーもいったい幾らの値がするのか、気になって仕方がない。

緊張しているシエラに、ロゼッタは優しく話しかける。

「本格的な修行はまだ先になるから、今は気にしなくていいわ。あなたはお客様よ」

「そう言われても、これからお世話になるわけですし」

お客様と言われたから、と好き勝手にすれば実家であるエクスナー家に迷惑がかかってしまう。

それに、バンフィールド家はエクスナー家よりも格上だ。

失礼があってはならない、とシエルもそれくらい理解していた。

ロゼッタは緊張を解かないシエルに少し困った顔をする。

「今から緊張していると疲れるわよ。そうだわ！　せっかく首都星に来たのだから観光をするといいわ」

急な提案にシエルは戸惑ってしまう。

「い、いえ、今回は挨拶に来ただけですから」

遠慮するシエルに、ロゼッタは優しく諭す。

「知見を広げるのも勉強よ。シエルも首都星がどんな場所か体験しなさい」

「――はい」

確かに、と納得したシエルはロゼッタの提案に従うことに。

ロゼッタは少し困った顔をする。

「本当はダーリンも来るはずだったんだけどね。急に出かけてしまって、今は不在なの」

「そうですか」

「夜には戻ると思うわ。それとね――」

ロゼッタはシエルに嬉しい知らせを届ける。

「――クルトさんもホテルに入ったわよ。出かけているみたいだけど、あとで部屋を教えるから戻ってきたら訪ねるといいわ」

「本当ですか！」

大好きな兄と会えると聞いて、シエルは大喜びする。

その姿をロゼッタが微笑ましそうに見ていた。

◇　◆　◇　◆　◇

田舎から都会に出てくると、人の多さに驚かないだろうか？

まるで祭りでも開催しているように見えるが、それが都会の日常だと聞いて更にビックリする――という話だ。

だが、この世界は違う。

首都星では常に、毎日のように、どこかでお祭りが行われている。

大小様々なお祭りやイベントが、途切れることなく開催されている。

種類にもよるが、多くは参加者が楽しめるものだ。

だから、参加して誰かナンパしようと考えたのだが――。

「最悪だな。今日に限って開催しているのが、新型機動騎士のお披露目イベントだけかよ」

とりあえずホテルを飛び出したが、開催しているイベントがナンパ向けではなかった。

機動騎士のお披露目イベントなど、軍事企業が新型兵器の展示会をしているだけだ。

そんな場所でナンパするだろうか？

「もう帰ろうかな」

大きなため息を吐《つ》くと、一人の女性が視界に入った。

一言で説明すると、周囲から浮いた女性だった。

悪目立ちをしているのではなく、際立っているため浮いているように見えた。

首都星は色々と詰め込んで息苦しい感じの場所だ。

建物はひしめき合い、ファッションは多彩すぎて仮装に見える。これもあって、首都星は毎日お祭りが開催されているように見えていた。

だが、その女性はストレートロングのサラサラした青い髪を揺らして歩いていた。

着ている服は白のワンピース。

肌は白く、何というか質素だった。

周囲が派手すぎるために、逆に目立たないはずの女性が浮いているように見える。

それは俺以外も同じだったのか、すれ違う人たちが振り返っては見惚《みと》れている。

首都星では見かけないような女性に、俺は興味が出た。

近付くと、歩いていた女性が立ち止まってショーウィンドウに体を向けた。

ガラスに映った姿を見ると、体付きはスレンダーでモデル体型だ。

胸の大きさは普通だろうか？　確かな膨らみがあるが、大きいという程でもない。

気になる顔は、物憂げな表情をした美女だった。

小さくため息を吐くと、女性は来た道を引き返そうか悩み出す。

ショーウィンドウに並べられたように見える商品。それらはモニターに表示されているだけだが、実際にそこに存在しているようにしか見えない。

それらを買おうか悩んでいる、ようには見えない。

立ち去る女性の後ろ姿を見た俺は、自分の心が惹《ひ》かれていることに気付いた。

「――気に入った」

物憂げで儚《はかな》そうな女性。

俺の周囲にいるまともな女性は天城《あまぎ》くらい。

その他は美しくても中身が酷《ひど》すぎるため、まったく魅力的に見えない。

しかし、目の前の女性にはどうにも心がざわつく。

勇気を出して声をかけることに。

だが、女性の周りにいかにも軽薄そうな男たちが集まって囲んでいた。

数は三人。

逃げ道を塞ぎ、女性に声をかけている。

「もしかして、首都星は初めて？　それなら俺たちが案内するぜ」

「一人だろ？　人数が多い方が楽しいって」

女性に声をかけることになれた男たちの登場に、俺はやや足早に近付いて三人組に声をかける。

「俺の連れだ」

女性が俺に振り返ると、驚いたのかパチパチと何度も目を瞬《またた》かせていた。

だから小声で教えてやる。

「困っているんだろう？」

女性が慌てながらも小さく頷《うなず》くのを確認してから、男たちの前に出る。

「そういうわけだ。さっさと去れ」

命令すると、男たちは顔を見合わせてにやけてから俺の胸倉に手を伸ばしてきた。

「威勢の良い彼氏くんじゃないか。お前もちょっと面《つら》を貸せ――え？」

伸ばした男の手を摑《つか》んでやると、そこからミシミシと音がする。

腕を摑まれた男の顔が歪《ゆが》み、脂汗が噴き出していた。

「や、止《や》めて」

「止めて？　止めてください、だろ？　このまま握り潰してやろうか？」

脅してやると、男たちは青い顔をして逃げ去っていく。

俺が摑んでいた男も情けない顔をしていたので、放してやった。

ナンパ野郎共がいなくなったところで、俺は女性に振り返ると声をかける。

「――助けてやったんだから付き合え」

貴族らしく傲慢な態度で話しかけると、女性は俺を見て酷く驚いた顔をしていた。

「え、あの」

怖がらせたかと不安になったが、どうやら俺を前にして戸惑っている？　もしかして、知り合いだろうか？

しかし、覚えがない。

「もしかして知り合いか？　悪いが思い出せない。どこかで会ったことがあるのか？」

これだけの女性なら面会すれば覚えているはずだ。

俺が悩むと、女性は顔を赤くして頭を振る。

青い髪が大きく揺れた。

「あ、会うのは――はじめて、です」

顔を合わせたことはなし、と。

「そうか。もしかして、俺のことを知っているのか？」

俺もちょっとした有名人だから、名前が知られているのか？

しかし、目の前の女性の反応が問題だ。

「――知っています」

顔を赤くして俯《うつむ》き、両手でワンピースのスカート部分を握りしめている。

好意的に見えるのは気のせいだろうか？

どうするべきか悩んだ結果、俺は機動騎士のお披露目イベントを思い出す。

「これから暇を潰そうと思っていたところだ。一人ではつまらないし、お前も来るか？」

我ながらうまく誘えたと思うが、これが正しいナンパかどうか微妙である。

転生して八十年が過ぎたというのに、こっちに来てからのナンパは初めての経験だ。

前世だってそんなに経験はない。

「え？」

顔を上げた女性は、俺の提案が意外だったのかきょとんとした表情だった。

「だから、暇潰しだ。新型機動騎士のお披露目がある。会場に行けば出店くらいあるだろうからな。ど、どうだ？」

ちょっとしたお祭り気分が味わえるはずだ。

本当ならもっとムードのある場所に連れて行きたいのだが、残念なことに俺が利用するのは大学関連の飲食店かホテル内の店に限られている。

周辺の店を利用したことがない。

大学に連れて行くわけにもいかず、かといってホテル内に連れて行くのはまずい。

あそこにいるのはバンフィールド家の関係者ばかりだ。

俺が女を連れていたら、必ずロゼッタの耳に入ってしまう。

あいつが乗り込んでくるとは思わないが、余計な騒ぎを起こしたくない。

無難な選択肢が、機動騎士のお披露目イベントしかなかった。

女性が困惑しているのを見て、俺はナンパが失敗したと判断する。

「嫌ならいい。邪魔をして悪かったな」

貴族の地位を利用して強引に連れ回すこともできる。

悪徳領主として正しいだろうが、何というか目の前の女性は純粋無垢《じゅんすいむく》という言葉がピッタリな存在だ。

これがティアやマリーならば、ぶん殴っても心が痛まない。

ニアスやユリーシアでも同じだ。

雑に扱っても何とも思わないが、目の前の女性は何かが違った。

俺がこの場を離れようとすると、女性が慌てて俺の腕を掴む。

先程まで儚げで弱々しい女性だと思っていたが、どうやら俺の認識は間違っていた。

意外、というか驚きだな。

「――お前」

俺の腕を掴んだ女性に振り返り、目を細めて眺める。

本人は右手を胸元に当てて、随分と恥ずかしそうにしていた。

だが、俺を灰色の瞳で見つめていた。

さっきよりも顔を赤くして。

「い、行きます」

◇　◆　◇　◆　◇

その頃、シエルは案内役の女性騎士と一緒にホテル周辺を散策していた。

一通り説明を受けた後、喫茶店に入って席に着き、窓から外を眺めていた。

女性騎士は席を外している。

「首都星って本当に凄《すご》いわね。――あれ？」

そんなシエルの目の前を通り過ぎるのは、女性を連れたリアムだった。

シエルは以前に実家を訪れたリアムを見かけている。

首都星に来る前にもリアムの姿を確認しているため、見間違いではなかった。

俯いた青髪の女性を連れている姿を見て、僅かにムッとする。

「ロゼッタ様がいるのに、違う女の人と歩いている。男の人って本当に理解できないわ。お兄様だったら絶対にあり得ないわよ」

婚約者がいながら、違う女性と街を歩く姿に腹を立てた。

しかし、リアムくらいの立場になれば、複数の女性と付き合うのも珍しいことではない。

結婚のパートナーと、恋愛のパートナーが別に存在する貴族は多い。

問題があるとすれば、ロゼッタがリアムを恋愛のパートナーとして求めていることだ。

シエルからすると、酷い裏切りに見えてロゼッタが可哀想《かわいそう》だった。

相手の女性を見る。

「結構可愛《かわい》いわね」

相手の女性にケチをつけるつもりだったが、想像以上に綺麗《きれい》で何も言えなかった。

シエルの中で、また少しリアムの評価が下がった。

◇　◆　◇　◆　◇

首都星にある広場。

イベントなどを行うための場所なのだが、今日は機械の巨人たちが十数機も展示されていた。

「巨人の国に迷い込んだ気分だね」

「あっちに可愛いのがあるよ」

「やっぱり機動騎士は見た目がよくないとね」

興味本位で訪れた客たちが、機動騎士を見上げて騒いでいた。

普段から機動騎士を見慣れている俺は、何の珍しさもない。

精々、色んな機動騎士が展示されているな〜という普通の感想を抱くばかりだ。

隣を歩く女性も興味がないのだろうが、一応説明しておく。

「各兵器工場が新型機を発表するイベントだ。面白くないだろうから、一通り見たらどこか店にでも入ろう」

帝国軍の兵器を製造する兵器工場はいくつも存在し、互いに競い合って新兵器の開発を行っている。

ニアスがいる第七兵器工場も、ユリーシアが所属していた第三兵器工場も同じ帝国に所属しながら、ライバル関係というわけだ。

そんな兵器工場だが、各工場の特色が機動騎士にも現れていた。

女性が足を止める。

「第三兵器工場のネヴァンですね」

「詳しいな」

女性の意外な一面に興味を示すと、恥ずかしそうにしていた。

「えっと、バンフィールド家でも採用していると聞きましたよ」

「次世代機の最有力候補だからな。値は張るが、優秀な機体だ」

大勢の観客に囲まれているのは、翼を持った騎士という外見の機動騎士だ。

スマートで見た目も良いが、性能面でも優秀だ。

第三兵器工場は外見の良さに加え、安定性を重視しながら高性能な兵器を製造する帝国でも人気の工場だ。

女性が違う方に視線を向ける。

そこは第七兵器工場の展示エリアだった。

ネヴァンと違って丸みを帯びたフォルムの機動騎士が展示されており、子供たちが集まっていた。

「あちらはラクーンですよね？」

「マニアなのか？　アレは開発したばかりで、まだ知られていない機体だぞ」

「調べればちゃんと情報は出てきますよ」

思っていたよりもこのイベントを楽しんでいる女性は、興味深そうに機動騎士を眺めている。

第七兵器工場の連中をからかうために、ラクーンの展示場所に向かって歩き出す。

楽しそうな女性の横顔を見て、俺はまだ名前を聞いていないことに気付いた。

「まだ互いに名乗っていなかったな。俺はリアムだ。お前は？」

女性は俺と並んで歩いていたが、歩を止めてしまう。

俺が数歩先を進み、振り返るとやや困った顔で。

「――リーリエです」

悩んでいる様子から、実名を名乗れない理由もあるのだろう。

女性は【リーリエ】と名乗ったが、きっと偽名だろう。

リーリエ――前世ならば百合《ゆり》か？　確かに目の前の女性には相応《ふさわ》しい。

「似合っているじゃないか」

「そ、そうかな？」

ぎこちない態度ながら、恥ずかしながらも嬉《うれ》しそうに微笑《ほほえ》む。

貴族の箱入り娘だろうか？

世の中には子供を溺愛するあまり、屋敷からほとんど出さずに育てる貴族もいるそうだ。

厳しく育てられている場合もあるが、もしかするとお忍びで家を飛び出しているのだろうか？

だから、純粋に。周囲から浮いたように見えるのかもしれない。

ここで実名を聞くのは無粋だろう。

「思ったより砕けた口調だな。そっちが素なら、そのままでいいぞ。俺は気にしない」

口調を指摘されて驚いたリーリエが、両手で口を隠す。

「ち、違います」

「好きにしろ。それより、次はラクーンを見に行くぞ。第七兵器工場とは付き合いも長いからな。大人には不人気そうだから、からかいに行く」

「それはちょっと趣味が悪いですよ」

リーリエが俺を責めるが、隣に来ると一緒に並んで歩く。

時々腕が軽く触れるが、その程度でもリーリエは恥ずかしそうにする。

何て可愛いんだ。

俺の周囲には、ぶん殴っても喜ぶような変態が多いから余計に新鮮に見える。

俺まで緊張してきた。

「そ、そろそろだな。――ん？」

ラクーンの展示エリアにやって来ると、知り合いが泣きながら屋台でお菓子を作っていた。たこ焼きのような何かを作っている。

屋台の周りには子供たちが集まり、知り合いをからかっていた。――いや、同情だろうか？　子供たちがニアスを囲んで慰めている。

「お姉ちゃん、昨日はさすがに下手だとか不味《まず》いとか言い過ぎたけどさ。料理の勉強をしないで、機械を持ち込むのは違うと思うよ」

「屋台にこんな大きな機械を持ち込むと、お祭り気分じゃなくなるよ」

「お姉ちゃん、どうして泣いているの？」

屋台に不釣り合いな機械が用意されていた。

その隣で泣いているのはニアスだった。

「私だって頑張ったの！　でも、お菓子を作るより製造機を造った方が簡単だったのよ。おいしいんだから文句を言わない！」

子供たちの会話から推測すると、ニアスは屋台を任されたが料理が下手だったらしい。

その解決策に、料理を製造する機械を造ってしまったそうだ。

無駄に凄いのは、作っているお菓子がお祭りに出てくるクオリティではない豪華さという点だ。屋台を何だと思っているんだ？

この場はチープなお菓子を楽しむ場だろうに。

「お前は本当に残念な女だな」

俺が冷ややかな目を向けると、ニアスが屋台を放り出して来た。

エプロン姿のまま俺の方に来ると、タブレット端末を取り出す。

「リアム様、こんな場所で偶然ですね！」

「何でお前がいるんだよ？　お前、販売より製造とか開発方面だろうに」

ニアスという女だが、非常に残念な性格をしているが優秀な奴《やつ》だ。

そんな奴に屋台を任せるなど、人材の無駄遣いである。

　ニアスは眼鏡を外して涙を拭っている。

「当初の計画通りにラクーンが売れなかったから、お前は屋台で頑張れって上司に言われました。リアム様がラクーンを買ってくれないから！」

「買ってやっただろうが！　三百機も！」

「次世代機として開発したのに、三百機しか売れなかったら赤字なんですよ！　お願いですからもっと買ってください！　何でもしますからぁぁぁ!!」

　人目も気にせず俺にすがりついて泣くニアスを、周囲の子供たちが見ていた。

「姉ちゃん、残念だから捨てられたんだな」

「残念なお姉ちゃんよりも、若くて綺麗な方がいいよね」

　――子供たちが容赦のない台詞《せりふ》を口にしている。

　通りかかる観客たちも、ヒソヒソと話している。

「痴情のもつれか？」

「こんな場所で？」

「可哀想に。あの女性、捨てられたんだな」

　俺の隣にリーリエがいて、ニアスが俺にすがりついて泣いている状況を勘違いされた。

　俺がニアスを捨てて、リーリエと付き合いだした悪い男みたいに思われている。

　確かに俺は悪い奴だが、身に覚えのない悪さで責められるのは我慢ならない。

「離せよ！」

「買ってくれるまで絶対に離しません。リアム様のために、特別なラクーンも用意したんですから」

「特別？」

俺が興味を示すと、ニアスがタブレット端末の画面を見せてくる。

そこにはラクーンの画像が表示されていた。

いたのだが。

「ほら！　リアム様の大好きな金色のラクーンですよ。趣味の悪い――じゃなかった、独創的なリアム様のための特別仕様です。アヴィドの代機としていかがです？　お安くしておきますよ」

このラクーンという機体だが、見た目は可愛いのだが狸《たぬき》を思わせる姿をしている。

それ自体は問題ないのだが、そんな狸が黄金――。

前世の焼き物の狸を思い出してしまった。

金と結びついて卑猥《ひわい》な想像をしてしまった俺は、タブレット端末を叩《たた》き落としてやった。

「ふん！」

「嫌ぁぁぁ!!　どうしてそんな酷《ひど》いことをするんですか!?」

「その程度で壊れる端末じゃないだろうが。それより、趣味が悪いから買わない」

「え!?　アヴィドを黄金に塗装しようとしたリアム様が、それを言うんですか!?　私だって悪趣味だと思いながら、頑張って塗装したのに！」

人の趣味を悪趣味とか言いたい放題だな。

「お前じゃなかったら手打ちにしていたところだぞ」

貴族である俺に対して無礼すぎる。

こいつがアヴィドの整備をしていなければ、即座に斬り殺していた。

隣で困った顔をするリーリエが、誰かが近付いてきたためにそちらに顔を向けて俺を呼ぶ。

「リアム」

「ん？」

俺が顔を向けると、ストライプの入った紫色のスーツを着た男がやって来た。

全身にブランド物を着けた男は、今回のイベントの関係者を示す身分証を下げている。

整髪料で整えた髪と髭《ひげ》が自慢らしい。

「まったく、見ていられませんね。もう少し大人の態度を見せられませんか？　目の前で騒がれては、我々の品位まで疑われてしまいますよ」

男の視線はニアスを見ていた。

ニアスがタブレット端末を拾って立ち上がると、露骨に嫌そうな顔をする。

「第六兵器工場のメイスン。わざわざ絡みに来るなんて、相変わらず嫌みな奴ね」

男の名前は【メイスン】。

第六兵器工場で販売員をしている人物らしい。

ニアスと面識があるのか、この場で言い合いを始める。

「第七兵器工場の方たちは、どうしてこうも雑なのでしょうね。性能さえ良ければ外見など無視する姿勢が、働く者たちにもにじみ出ていますよ」

「はっ！　無駄に外見ばかりこだわるのが、第六兵器工場の悪癖よね。そうやって見た目や性能ばかり追い求めて、生産性と整備性を無視するあなたたちらしいわ」

「先程まで無様に泣いていた女性に言われても、ね」

「きぃぃぃぃ!!」

感じの悪い男なのだが、ニアスを睨《にら》み付けて。

「私がここに来たのは、周囲に迷惑がかかっていると教えるためですよ。大体、お得意様にすがりついて泣き出すとは何事ですか？　悪目立ちをしているので、止《や》めなさいと注意するのが間違っているのですか？」

「ぐっ！」

正論で返され、ニアスがチラチラと俺に視線を向けて助けを求めてくる。

腕を組んだ俺はニアスから顔を背けた。

「少しくらい反省しろ」

「リアム様!?」

俺が助けないことにショックを受けて、ニアスがその場に座り込む。

ため息を吐《つ》いた俺は、メイスンに視線を向けた。

「俺のことを知っていたのか？」

俺を見て第七兵器工場のお得意様と見抜いたようだ。

メイスンは深く頭を下げてくる。

「バンフィールド伯爵家のリアム様にお目にかかれて、大変光栄でございます」

ニアスとのやり取りからか、そもそも俺のことを事前に調べていたのか。

とにかく、販売員という点ではニアスよりも確実に優秀だな。

リーリエが困ったように俺とニアスを交互に見ていた。

「あの、放置していいの？」

「問題ない。それより、第六兵器工場に興味が出てきた」

俺が興味を示すと、メイスンはキビキビとした動きで第六兵器工場の展示エリアに案内する。

「ありがとうございます。それでは、ご案内いたします」

◇　◆　◇　◆　◇

第六兵器工場の展示エリアは、ラクーンを展示していた場所と雰囲気が違った。

機動騎士を眺めている客たちの多くは、金持ちばかりである。

派手な格好をしている人が多い。

「他とは雰囲気が違うね」

リーリエも気付いているようで、俺の意見を求めてきた。

「ニアスの話からすれば、生産性と整備性を度外視して外見と性能を追い求める工場らしいからな」

俺たちの会話を聞いて、メイスンは笑顔で第六兵器工場の説明に入る。

「誤解が多いようですね。確かに外見と性能を追い求めておりますが、生産性と整備性を無視してはいません。実際に次世代機はこれまでよりも生産性と整備性が三割増しになっていますからね」

データを表示して解説してくれるが、しょせんは「当社比」というやつだ。

元から生産性と整備性が悪い商品ばかりなのに、そこと比べて三割増しと言われても信用できない。

「気にするな。俺は生産性と整備性を無視した機体も好きだ」

メイスンが困ったように笑う。

「信じてもらえないようですね。ですが、それでしたら次世代機よりもこちらの展示品の方がリアム様好みでしょう」

メイスンが次世代機――量産機の前を通り過ぎると、その隣に展示されているもう一機の機動騎士の前に立った。

大勢の客が集まっており、イベント会場でもかなり目立っている。

リーリエが驚いていた。

「まさかワンオフ機!?」

一点物。

量産されず、この世に一機しか存在しない特別な機体だ。

機体近くにそのような説明が空中に投影されていた。

――俺のアヴィドですら今でこそワンオフ機のようなものだが、元々は限定品でそれなりの数が建造された機体だ。

この世に一機だけというワンオフ機ではない。

メイスンが胸を張って説明する。

「最先端のデザインを採用した機体です。現在の主流は中型で細身の機体ですからね。ですが、機体は細くとも性能は従来の機動騎士を凌駕《りょうが》しておりますよ。見た目ばかりでなく、性能も追い求めた最高の機体ですからね。それに、全てのパーツがこの機体のためだけに製造されています。厳しい基準を突破したパーツのみを厳選して組み上げております」

その説明を聞いて、リーリエが絶句していた。

口元を両手で押さえ、信じられないと驚いている。

当然だ。

ワンオフ機だろうと量産機のパーツや規格を共有して運用するのが普通だ。

それを、全てのパーツを設計したというのがあり得ない。

機動騎士は戦場で使われる兵器だ。

こいつら第六兵器工場が建造したのは、前世で言えば高級スポーツカーみたいなものだ。

戦場にスポーツカーで乗り込まないだろう。

「本当に展示用の機体だな」

率直な感想を呟《つぶや》くと、メイスンが心外だと言わんばかりに解説する。

「見た目だけではありません。この機体の優れた点は、外見からは想像できない程の出力があります。その出力に耐えられるだけの素材を使用し、完璧に設計された機体から生み出されるパワーは量産機など比べるまでもありません。戦場だろうと一騎当千の活躍をしてみせるでしょう」

完璧であると言って黙ってしまうメイスンに、リーリエが続きを急《せ》かす。

「つまり？」

「超強いです。我々第六兵器工場の技術の粋《すい》を集めた機体ですからね。きっと活躍してくれるでしょう。この機体こそが、我々の象徴なのです」

メイスンは自慢の機体が戦場で使われると思っているらしい。

俺たち三人は第六兵器工場が生み出した、この世に一機だけの機体を見上げる。

細身のシルエット。

高出力の機体であるそうだが、細身の機体からどれだけのパワーを生み出すのだろうか？

ただ——何となくこいつは人気が出ないと思った。

「見た目と性能は最高だな。だが、整備性は最悪だろう？　こいつのためにパーツを製造するなら、維持費が馬鹿みたいに高くなるだろうに」

俺が機体の弱点を言うと、メイスンが僅かに視線を逸《そ》らした。

やはり問題だと思っているのだろうが、メイスンの答えが酷すぎる。

「も、もちろん戦場での運用を考えておりますから、整備は可能です。多少維持費は高くなりますが、これだけの機体ならば仕方がありません。リアム様のアヴィドも、相当な維持費がかかるはずですが？」

「アヴィドも帝国の規格を守っているから、お前らの機体ほどじゃないけどな。それで、こいつの整備環境はどうなっている？」

ニヤニヤしながら問えば、メイスンがしどろもどろになりながらも答える。

「専属の整備士を我々が派遣します。整備士たちの人件費に加え、運用を想定する戦艦や基地に、専用のハンガーを設置して頂きます。ま、また――パーツは現在のところ、完全受注生産の体制であり、必要になった際に注文して頂ければ大急ぎで用意させて頂きます」

リーリエがゆっくりと頭を振っていた。

あまりにもあり得ないからだ。

「それは戦場で運用できないと思います。それにお値段は？　安くはありませんよね？」

メイスンが空中で電卓を叩《たた》くように指を動かすと、俺たちの前にとんでもない金額が表示された。

その金額にリーリエが悲鳴を上げる。

「ひっ！　こ、こんなに!?」

驚くリーリエに、メイスンはメリットを提示し続ける。

「一騎当千の機動騎士が手に入るのです。このくらい安い出費ですよ。それに、エース級の実力者が搭乗すれば、更なる活躍が約束されます！」

必死なメイスンが面白くて、俺は横から茶々を入れる。

「それより戦艦を買った方が活躍してくれそうだな。いったい、何隻購入できるかな？　維持費を考えれば、戦艦を揃《そろ》えた方がお得だ」

「そ、それは」

「それに、こいつは戦場には出ないだろうな」

「え？」

メイスンたちは気付いていないらしい。

見た目と性能を重視した機動騎士。

俺としては好きなのだが、購入するかと問われると微妙だ。

趣味で購入できるが、天城《あまぎ》に怒られてまで買おうとは思わない。

リーリエがアゴに拳を当てる。

「そうだよね。見た目はいいと思うけど、細すぎるというか――女性型だからね」

俺たちが見上げている機動騎士は、そのシルエットが女性を連想させる。

胸の膨らみに腰のくびれ。

確かに見た目は良いが、騎士が乗るには繊細すぎる。

メイスンは納得できないらしい。

「今は細身の機体が主流ですから、女性型も受け入れられるはずですよ。それに、女性騎士も珍しくありませんからね。見た目を重視する方たちも多いはずです」

ないことだ。

実際に好きそうな奴《やつ》らは多いが、問題なのはそういう奴らが購入できるような機体では
「パイロットは、な」

俺がメイスンの勘違いを正してやる。

「金持ち連中は展示できればいいし、戦場に持ち込んでも実際に乗らない。見た目重視ではあるが、どちらかと言えば強そうな見た目の方がいいな」

俺の意見にリーリエも賛成のようだ。

しきりに頷《うなず》いている。

「そうだよね。確かに見た目は良いし、好きな人もいると思う。けど、購入できるのは裕福な貴族かな？　そうなってくると、実戦に出る機会はないからむしろ性能が高くても意味がないかも」

いっそメンテナンスが楽な機体の方が、売れたのではないだろうか？

馬鹿みたいな維持費がかかる鑑賞用の機動騎士など邪魔なだけだ。

金持ちが道楽で購入するだろうが、そうなると無駄に高い性能など意味がない。

第六が期待するような戦場での活躍の機会は、訪れないだろう。

メイスンが冷や汗を流していた。

「は、ははは、まだお披露目したばかりですからね。もしかしたら、購入者が押し寄せて

抽選販売になる可能性も――」

　強がるメイスンのところに、青ざめた表情の同僚がやって来た。

「メイスン！」

「今はお客様との話し中です」

「――評判が悪いんだ」

「へ!?」

　間の抜けた返事をするメイスンに、同僚が非常に焦った顔でまくし立てる。

「量産機の方は予想よりも少ないが、興味を持ってくれるお客様がいた。だけど、こっちは駄目だ。最初は興味を持ってくださるんだが、無駄な性能と高い維持費がネックになって商談に繋《つな》がらない。正直、評判は最悪だ。もっとニーズを理解しろと言われたよ」

　第六兵器工場はとんでもないミスを犯してしまったようだ。

　最近は細身の機体が好まれるし、その傾向は数百年続いているらしい。

　女性型も人気が出ているが、ターゲットは金持ちだ。

　探せば一人か二人は購入を決めるだろうが、メイスンが想像するような戦場での運用は絶対にしないだろう。

　高級スポーツカーで、オフロードを走り回りたいと言っているのと同じだ。

◇　◆　◇　◆　◇

機動騎士の展示会場。

そこに侵入したのは、赤い仮面の男の部下たちだ。

末端の構成員たちで、一般人を装い会場入りすると休憩所に来てベンチに座り、今後の話をしている。

「可愛《かわい》い彼女を連れているじゃないか」

「資料にはいなかった奴だ。ナンパでもしたのかね？」

「金持ち貴族は羨ましいね」

雑談を交えつつ笑い合っている構成員たちは、リアムの状況を確認していた。

資料には存在しなかった、白いワンピースの女を連れているのが気になっている。

しかし、命令通りに動くだけだ。

「今回は騒ぎを起こすだけの予定だったが、大物が釣れたな。頭領への報告は済ませたか？」

彼らの目的は、展示会場で騒ぎを起こすこと。

この場にリアムが現れたため、上に判断を求めていた。

人通りが多い場所で、堂々と会話をする構成員たち。

しかし、周囲の人々は気にもとめない。

何しろ、周囲に聞こえているのはありきたりな会話だから。

彼らは作戦について話をしているが、近くにいる人たちには日常会話にしか聞こえなかった。

だから、堂々と打ち合わせができている。

「可能なら巻き込んで殺せ、だとさ。女の方は身元が不明らしいから、逃がした場合は追跡調査をしろとも命令された」

構成員たちの目的は、イベント会場で機動騎士を奪って暴れることだった。

帝国の支配体制に不満を持つ活動家たちが、暴れたように見せかけるためだ。

「それなら、さっさと終わらせるとしよう」

一人が席を立って帽子を深くかぶり、目星をつけていた機動騎士――ネヴァンの方へと向かっていく。

他の二人も席を立つ。

その動きに合わせて、一般人の格好をした構成員たちが動き出した。

帽子の男が両方の口角を上げて笑う。

「喧嘩《けんか》を売った相手が悪かったな、坊や」

リアムを坊や呼ばわりし、騒ぎに紛れて暗殺するため行動を開始する。

全てはライナスの仕込み。

騒ぎを起こし、自らが不穏分子を鎮圧することで帝国内での評価を上げようとする作戦だった。

その騒ぎを利用して、リアムを葬るつもりだった。

◇　◆　◇　◆　◇

第六兵器工場の展示エリア。

疲れた表情をするメイスンが、俺とリーリエを機動騎士のコックピットに案内した。

細身の機動騎士は胴体部分もコンパクトだが、内部は空間魔法が施されているため十分な広さがある。

「趣味全開だな」

デザイン性に優れたシートを見て感想を言えば、メイスンがこれでもかと勧めてくる。

「乗り心地も最高です！　第六兵器工場が培ってきた技術が、全て注ぎ込まれていますからね。リアム様の予備機に。いえ、乗機としても立派に役目を果たせるはずですよ」

「俺の愛機はアヴィドだ。それに、この機体は外見が好みじゃない」

素直な感想を添えて拒否すると、メイスンが肩を落とした。

「そうですか」

リーリエが興味深そうにコックピットを眺めていた。触れていいのか悩んでおり、伸ばした手を一度引っ込める仕草に奥ゆかしさを感じる。

「気になるなら座ればいい」

「いいのかな？」

遠慮するリーリエに、構わないから座るように言う。

「メイスンの許可は得ているからな」

「それなら」

リーリエは嬉《うれ》しそうにしながら、シートへと座る。

その際にスカートの中が見えそうになったが、俺もメイスンも顔を背けた。

メイスンも紳士だな。

気付かないリーリエは、シートに座って操縦桿《そうじゅうかん》を握ると大喜びだった。

「凄《すご》い。座った瞬間に調整が完了したよ」

リーリエが座ると同時に、操縦桿やペダル、その他が適切な位置に移動した。

ほとんど数秒で調整が終わったのだが、その理由をメイスンが自慢気に語る。

「パイロットの身体データを基に最適な位置を自動で割り出していますからね」

随分と金のかかっている機体だ。

アヴィドには負けるが、究極のワンオフ機というのは浪漫《ロマン》を感じるな。

これも贅沢《ぜいたく》と言えば贅沢だ。

「外見さえ良ければ購入したんだけどな」

俺が残念そうに呟《つぶや》くと、メイスンがチャンスと判断して売り込んでくる。

「リアム様、オプションでアーマーを装着すれば外見も変更できますよ」

「買わないって言っただろうが」

俺たちの会話だが、リーリエはコックピットに夢中で聞いていなかった。

「凄い。こんな機体をいつか操縦してみたいな」

瞳を輝かせて子供のようにはしゃぐリーリエは、見た目はお淑《しと》やかだが、内面は子供っぽく可愛らしい。

眺めていると、メイスンが俺に囁《ささや》いてくる。

「リアム様、お連れ様が欲しそうにしておりますね。どうでしょう？　ここはプレゼントということで？」

「お前は女に機動騎士を贈るのか？」

確かに、宝石やブランド物よりも高価だろう。

しかし、女性が喜ぶとは思えない。

リーリエも初対面の男に、いきなり機動騎士をプレゼントされても困るだろう。

メイスンに辟易《へきえき》していると、開いたハッチから強い風が吹き込んできた。

同時に爆発音と悲鳴が聞こえてくる。

開いたハッチから顔を出そうとするのは、慌てたメイスンだ。

「何事で――ぐへっ！」

そんなメイスンの背中を摑《つか》んで引っ張り、出ないようにする。

――外で俺たちを待ち構えている気配があった。

リーリエが素早くシートから離れ、俺の側《そば》に来る。

泣き叫ぶとは思わなかったが、かなり荒事に慣れているようだ。

「リアム、外で何か起きたみたいだよ」

「お前は見た目より強いな。もう少し見た目通りの可愛げがあってもいいと思うぞ」

外の様子を気にかけるリーリエに、俺は関係ない返事をした。

リーリエの方は、顔を赤くしながら怒ってくる。

「こんな時に何を言っているのさ！」

「お前は武術をやっているだろう？　荒事にも慣れているとは思わなかったが、もしかして騎士か？」

リーリエの素性を詮索するつもりはなかったが、外で事件が起きたなら話は別だ。

この騒ぎから抜け出すためにも、リーリエがどこまでできるのか知りたかった。

「気付いていたの？」

目を見開いて驚くリーリエを笑ってやる。

「はっ！　俺を誰だと思っている？　それよりも、今は外に出ると危険だな。俺たちを待ち構えている奴《やつ》らもいるからな」

開いたハッチから伝わってくる振動音には、機動騎士が動いている気配がある。

暴れ回っているのは機動騎士だな。

他にも地上に仲間がいるようだ。

メイスンが床に尻餅をついて、痛そうにしながらも機体をどうにかしようとしていた。

「首都星で騒ぎなど正気じゃありません」

「正気じゃないから騒ぎを起こしたんだろ？」

「とにかく、この機体をすぐに安全な場所に移動させなくては」

メイスンはこの場から逃げ出すため、機体を操縦しようとする。

俺はメイスンの肩を摑んで止めた。

「おい、この機体を貸せ。外で機動騎士が暴れているなら面倒だ。この機体で鎮圧する」

俺が操縦すると言えば、メイスンが拒否してくる。

「駄目です！　この機体だけはお貸しできません。隣にある量産機なら、担当者に言って頂ければ」

担当者を探している時間が惜しいし面倒だ。

俺はポケットからカードを取り出して、メイスンに見せつける。

「この場で買ってやるよ」

俺が財力に物を言わせて購入してやると言えば、メイスンが佇《たたず》まいを正してから九十度を超えるお辞儀をする。

「お買い上げ、ありがとうございます！」

人としてどうかと思うが、販売員としては凄い奴なのだろうか？

こいつちょっと面白いな。

この場で俺が機動騎士を購入すると、リーリエが呆気《あっけ》にとられていた。

「本当に購入しちゃった」

俺がシートに座ると、操縦桿が全て適切な位置に来る。

操縦桿を握りしめると、ハッチが閉じてコックピットの内壁に外の景色が投影された。

「性能の高さは本物だな」

操縦桿の感触やら色々と確かめると、ネヴァンやテウメッサを超える性能を感じる。

「さて――騒いだ馬鹿共をひねり潰すか」

◇　◆　◇　◆　◇

機動騎士の展示会場は、炎と煙に包まれていた。

悲鳴を上げて逃げ惑う人々を追い回すのは、機動騎士に乗った構成員の一人だ。

乗り込んだ機体はネヴァン。

逃げ惑う人々を追い回しながら、展示会に持ち込まれたソードを振り下ろす。

「さっさと逃げないと、丸焼けになるか踏み潰されるぞ」

人の命など何とも思わない者たち。

「重火器があれば、もっと楽だったんだけどな」

周囲では、ネヴァンと同じく奪われた機動騎士たちが暴れ回っていた。

ラクーンをはじめ、展示されていた機動騎士たちがほとんど奪われている。

「ネヴァンか。バンフィールド家には勿体《もったい》ない機体だな」

構成員はネヴァンを操縦しながら、その性能を褒める。

「バンフィールド家が正式採用するだけある。こんな機体でリアムを殺せれば、さぞ愉快な話になるだろうな」

自らが採用した機体に殺されたリアムは、貴族社会で笑い物になるだろう。

そんな未来を妄想する構成員だったが、暴れ回る味方の機体が吹き飛ぶのを見た。

爆発により炎と煙が発生した中から、機動騎士が飛び出て地面を転がる。

巻き込まれて吹き飛ばされたようには見えなかった。

『た、助け――っ』

「おい、どうした！」

近付いて起こそうとするが、炎と煙の中から一機の機動騎士が飛び出してきた。

その機動騎士は女性型で、展示会場でも目立っていた機体だ。

あまりに目立ちすぎるため、構成員たちが奪えずにいた第六兵器工場のワンオフ機だった。

「ちっ！　面倒な機体が出てきたな」

高級品である機体だ。

構成員たちは、騒ぎが起きれば関係者がすぐにこの場から持ち去るだろうと考えていた。

しかし、自分たちの前に立っている。

女性型の機動騎士は、倒れた味方に近付くと右手に握った剣をコックピットへと突き刺す。

迷いのない一撃に、構成員は乗っているのがプロだと判断する。

「場慣れしている奴か。地上班！　リアムはどうした!?」

撤退も視野に入れて報告を待つが、返事がなかった。

構成員は顔をしかめる。

「──やられたのか？」

目の前の敵機が、剣を抜いてこちらに近付いてくる。

そんな敵機を味方が囲み、三方向から斬りかかるがアッサリと斬り伏せられていた。

「性能？　いや、こいつはエースか」

構成員が機体だけでなく、中身のパイロットも一流であると判断する。

敵機との通信が開くと、コックピットの内壁のモニターにリアムの顔が表示された。

『サウンドオンリー？　顔くらい見せたらどうだ？』

構成員のコックピットの様子は、リアム側に見られていなかった。

奥歯を噛《か》みしめる。

「あの機体に乗っていたのか」

まさかリアムが、女性型に搭乗しているとは予想していなかった。

しかし、構成員はこれをチャンスと考えた。

（リアムが活躍できたのは、馬鹿みたいな性能の機動騎士があればこそ。生身でも強いらしいが、今は機動騎士同士の戦いだ。今なら──）

──勝てる。

ネヴァンの性能もあって、構成員は機体を前進させる。

「舐《な》めるなよ、ガキが！」

（俺も昔は戦場でエースと呼ばれた男だ。お前とは経験の差が――）

駆け出そうとネヴァンが勢いよく一歩目を踏み込むと、周囲の景色が一変した。

気付いた時にはコックピット内が激しく揺れていた。

何が起きたのか理解する前に、リアムの声が聞こえてくる。

『もう少し歯応えが欲しかったな』

そのままネヴァンのコックピットは、女性型に踏み潰された。

◇　◆　◇　◆　◇

第六兵器工場自慢の機動騎士。

整備性に致命的とも言える欠陥を数多く持ちながら、その性能は確かにずば抜けていた。

「この機体を量産型と比べるのは酷だな」

展示会場に転がる機動騎士は、全て女性型に斬り伏せられた量産機たちだ。

その中にはネヴァンの姿もあった。

空中にウィンドウ画面が出現すると、コックピットを出たメイスンの顔が表示された。

今はオペレーターを担当してくれている。

『いかがですか、リアム様？　第六が誇る最新鋭機の性能は？』

「アヴィドには劣るが、かなりの出力だ。細身なのにパワーが出るのも気に入った。だけど、どうして戦闘中はコックピットが狭まるんだ？」

戦闘を開始する前は広々としていたコックピットが、狭まっていた。

一人ならば余裕で過ごせるが、二人となると厳しい。

『戦闘中にシートから離れる必要性はありませんし、広さを維持するエネルギーは無駄ですからね』

「それにしても狭すぎる」

メイスンが俺ではなく、俺の膝の上に座っているリーリエに視線を向けた。

『だから、先程お一人の方がいいと提案したのですが？』

リーリエが顔を赤くして縮こまっている。

俺の視界を塞がないように、頭部は俺の胸元に押しつけて――抱きついている格好だ。

「こんなことになるとは思わなくて」

恥ずかしそうなリーリエが申し訳ないと謝ってくるが、そもそもコックピットが戦闘中に狭くなるとは思わなかった。

俺は小さくため息を吐《つ》く。

「俺の判断ミスだから気にするな。悪いが、しばらく窮屈な思いをしてもらうぞ。さて、残りは何機だ？」

視線を動かして敵の数を確認すると、メイスンが残敵の数と場所を知らせてくれる。

『残りは三機ですね。厄介なのは第七のラクーンです』

苦々しい表情で、第七兵器工場が開発したラクーンを厄介と評価していた。

ニアスの前では色々と言っていたが、性能は認めているらしい。

「ラクーンとは一度戦ってみたかった」

操縦《そうじゅう》桿《かん》を動かし、ペダルを軽く踏み込む。

女性型には、倒した敵機が手放して地面に突き刺さる剣を手に取らせた。

二刀流の構えを取らせる。

俺の顔を抱きつきながら見上げてくるリーリエは、意外そうな顔をする。

「二刀流？　え、でも」

「俺の流派も知っているのか？　普段は刀一本で終わらせるが、これはお遊びだからな」

ただの児戯だ。

圧倒的な性能を持つ女性型で――そういえば、こいつの名前は何だろう？

「メイスン、この機体の名前は？」

『我々は【ヴァナディース】と呼んでいます』

それらしい名前だと思っていると、リーリエが呟《つぶや》く。

「ヴァナディース？　いい名前じゃないかな？」

「そうだな」

女性型の名前も判明してスッキリしていると、メイスンが追加の注文をしてくる。

『ところでリアム様』

「何だ？」

『ヴァナディースの初戦闘を記録として録画しているのですが、あまりに圧倒する映像ばかりで単調です。もう少し時間をかけてください』

「は？」

『宣伝動画に利用しようと思いまして』

商魂たくましい奴《やつ》らだ。

呆《あき》れていると、二機の機動騎士がヴァナディースに斬りかかってくる。

展示会では重火器の持ち込みが許されなかったため、銃器は全て飾りである。

そのため、機動騎士たちが手に持っている武器はどれも近接戦闘向けの武器だった。

「敵が両方から」

リーリエが知らせてくれる通り、敵はヴァナディースを挟み込むように斬りかかってきた。

「実戦経験があるらしいな。パイロットは手練《てだ》れの騎士か？　だが、相手が悪かったな」

ヴァナディースが両手にそれぞれ持った剣を振り回し、その場で一回転。

相手の攻撃を弾《はじ》き、回転した勢いでそのまま斬り裂いた。

斬るというよりも、叩《たた》き潰すというのが正しい。

ミドルサイズで細身の機動騎士が、いかにも強そうな新型機動騎士を圧倒していた。

そして、最後に出てくるのはラクーンだ。

敵に奪われたラクーンと向かい合う。

大斧《おおおの》を構えるラクーンは、こちらを見て怯《おび》えているようだった。

リーリエは腑《ふ》に落ちないらしい。

「どうして首都星でこんな騒ぎを起こしたのかな？」

俺は敵の考えなど知らないため、リーリエの疑問にぞんざいに答える。

「どうでもいい。俺に逆らった。それがこいつらの死ぬ理由だ」

――手の込んだ騒ぎを起こす割に、たいした成果が得られているようには見えない。

展示会で機動騎士を盗んだ手腕。

俺たちを殺そうと狙っていた連中もいた。

既に全て始末しているだろうが、リーリエを巻き込んでしまったな。

『く、くそが！』

サウンドオンリーの通信回線が開いているが、どうやら敵パイロットは逃げるつもりらしい。背中を見せると、バーニアを吹かしていた。

勝てない敵から逃げるのは正しいが、判断が遅かった。

背中を見せた敵に、ヴァナディースは容赦なく斬りかかるためバーニアを吹かす。

その加速力は想像以上だ。

急加速に体がシートに押しつけられ、リーリエが俺の胸にしがみついていた。

左手で体を支えてやる。

「すぐに終わらせるから我慢しろ」

「う、うん」

リーリエが小さく頷《うなず》くのを見てから、逃げるラクーンの背面を見る。

すでに剣が届く範囲だ。

両手に持たせた二本の剣を振り下ろすと、ラクーンの重装甲を突き破る。両肩から胴体中央までが斬り裂かれると内部が放電を起こしていた。

そのまま爆発が起きて、ヴァナディースも巻き込まれる。

吹き飛ばされたヴァナディースだが、空中で一回転すると地面に着地した。

タイミングよく膝を曲げて、衝撃を吸収させている。

「――思ったよりも頑丈じゃないか。整備に問題を抱えているが、これなら一度や二度なら実戦でも使えるか」

感想を漏らすと、モニターの一部に涙目のニアスの顔がアップで表示される。

『どうしてラクーンを破壊したんですか！』

「何の用だ？」

『しかも見栄《みえ》っ張《ぱ》りの第六の機体に乗って暴れ回るなんて、リアム様は酷すぎますよ！　うちとの長年の付き合いを無視して、第六に寝返るなんてあんまりです！　そうやって第七を捨てるんですね。リアム様は悪い男ですよ！』

まるでドロドロした昼ドラの人間関係を語るような説明に、俺は嫌気が差して大きなため息を吐いた。

メイスンが割り込んでくる。

『リアム様、憲兵隊が到着しました。ヴァナディースを停止させ、コックピットから出るようにと求めています』

ようやく鎮圧のための部隊が到着したらしい。

「随分と遅かったたな」

『リアム様が手早く片付けたおかげです。本来なら、もっと被害が出ていたはずですよ』

ヴァナディースの活躍が嬉《うれ》しいのか、随分と上機嫌になっている。

メイスンの周囲では第六の関係者たちが、圧倒的な性能に喜んでいた。

こいつらも第七とは違った意味でぶっ飛んでいるな。

「すぐに降りる」

通信を切ってコックピットから降りる準備をすると、コックピット内部が広がる。

膝の上に座っているリーリエに声をかける。

「巻き込んで悪かったな」

「い、いえ」

俺の膝の上に座ったまま、上目遣いをするリーリエの瞳が潤んでいた。

ほんのりと頬が赤く、そして僅かに呼吸が乱れている。

疲れているのだろう。

戦闘に巻き込まれた緊張感から解放され、惚《ほう》けているように見えた。

リーリエを抱きかかえると、恥ずかしかったのか身悶《みもだ》える。

「ちょ、ちょっと」

「暴れるな。これから外に出る。外には憲兵たちが来ているから、このまま取り調べだろうな。お前は少し休んでからの方がいいか？」

疲れている上に、取り調べまで受ければ辛《つら》いだろう。

そう思って休むように言えば、リーリエが慌てて左腕に装着したブレスレットに視線を向ける。ブレスレットが視線に反応して、現在の時刻が表示された。

「あっ!?　ど、どうしよう。もう、戻らないといけないのに」

これから取り調べを受けていては、どうやっても間に合わないと言って涙目になる。

「まずいのか?」

「――うん」

先程まで赤くなっていた顔が、今は青ざめている。

戻らなければならない理由があるらしい。

「そっか。それなら、後は俺に任せて先に帰るといい。俺の部下に案内させる」

「いいの?」

「事情を話すのに二人もいらないからな」

憲兵からすれば俺たち二人共から話を聞きたいだろうが、そんなの知ったことではない。

コックピットのハッチが開くと、ヴァナディースの手がコックピット前に来る。

そこにリーリエを乗せると、本人は複雑そうな顔をしていた。

「あ、あの、本当にごめんなさい。勝手なことばかり言って」

「気にするな。じゃあ、またな」

「え?」

また会おうと言うと、リーリエは酷《ひど》く驚いた顔をしていた。

ヴァナディースの手が動くと、リーリエを地面に降ろす。

リーリエはしきりに俺の方を気にかけながらも、走り去っていく。

その姿を見ていると、コックピット内の壁からククリが姿を現した。

壁から上半身を出した格好で、俺にリーリエの扱いを問う。

「追わせますか？」

「必要ない。安全な場所に出るまで送り届けてやれ」

「かしこまりました」

ククリの部下たちにリーリエを追わせれば、どこの誰だかすぐに判明するだろう。だが、それをするのは気が引けた。

何より、すぐに会える気がしたから。

それにしても面白い女だったな。

純粋無垢《じゅんすいむく》な儚《はかな》げな印象を受けるのに、武術に精通して機動騎士が好き。

新田《にった》君が言っていたギャップ萌《も》え、というやつだろうか？

不思議と笑みになる自分に気が付き、頭を振って表情を改める。

俺が真剣な顔つきになると、察したククリが今回の騒ぎの報告をしてくる。

「――今回の騒ぎを引き起こした者たちですが、訓練を受けた者たちでした」

思いつきでホテルを飛び出した俺だが、本当に一人で歩き回るほど馬鹿でもない。

当然のようにククリたちを護衛にしていた。

機動騎士で暴れ回った奴らは俺が倒したが、地上で動き回っていた連中を始末したのはククリたちだ。

「訓練？」

「軍のデータベースに記録が残っている元騎士たちを確認しました。露骨に消去されたデータもありましたので、後ろ暗い仕事をするために用意された者たちでしょう」

「お前らの同業者か？」

ククリたちのような暗部を想像したが、その割には手応えがなさ過ぎた。

「末端の者たちかと。使い捨て可能なコマのようです」

「――捕らえたか？」

「捕らえた直後に死亡しました。随分と念入りに訓練されたコマのようで」

それなりの実力者たちを使い捨てのコマにする組織？

思い浮かんだのはライナスだった。

「ライナスか？」

ライナスの手の者か、と問えばククリは答えを濁す。

「現段階では可能性が高い、としか答えられません」

俺はククリに命令する。

「お前たちの出番だな。俺にお前らの存在価値を示せ」

暗部が動いているのなら、同じ暗部をぶつければいい。

ククリは短く、そして力強く返事をする。

「御意」

◇　◆　◇　◆　◇

バンフィールド家が利用しているホテル。

割と近くで行われていた機動騎士の展示会イベントで、騒ぎが起きたという噂《うわさ》で持ちきりだった。

「どうなっているんだ？」

「首都星で事件なんて重罪だぞ」

「リアム様も巻き込まれたらしいが、無事で何よりだ」

シエルがラウンジに来ると、官僚や騎士たちが集まって安堵《あんど》した表情をしている。

騒ぎの起きた会場には、リアムもいたらしい。

安否確認ができているため落ち着いているが、一時は大騒ぎになっていた。

ホテル周辺を見て回り、今度はホテル内の施設を見て回っていたシエルも安心する。

「初日に大きな事件が起きるなんて思わなかったわ。でも、何事もなくて良かった」

リアムに対して思うところはあるが、事件に巻き込まれたのを心配していた。

これから世話になる家の主人だ。

女癖が悪くとも、死んでしまえとまでは思わない。

シエルがラウンジで待っていると、案内役を任された女性騎士がやって来る。

騎士服ではなく、スーツ姿の彼女はシエルに近付くと笑顔を向けてくる。

「シエル様、クルト様がお部屋に戻られたそうですよ」

「本当ですか！」

シエルがラウンジにいたのは、兄の心配をしていたからだ。

この騒ぎに巻き込まれていたらどうしよう、と不安に思っていた。

連絡しても繋《つな》がらず、女性騎士に確認を取ってもらっていた。

「はい。お部屋にて散髪などを行っていたそうです。お見合いも近いですからね。そのための衣装のチェックなども行っており、端末を外していたそうですよ」

「よかったぁ。ありがとうございました」

胸をなで下ろすシエルは、女性騎士にお礼を言ってからクルトの部屋へと向かう。

◇　◆　◇　◆　◇

クルトの部屋の前。

ホテルが用意したのは、ランクの高い部屋だった。

リアムの友人であるクルトは、ホテルからも特別待遇を受けている。

「お兄様、シエルです」

ドアに向かって語りかけると、しばらく時間が過ぎる。

「あれ？　きこえていないのかな？」

部屋にクルトがいないのかと不安になっていると、ドアの表面にクルトの顔が映る。

『シエル、よく来たね』

「お兄様！」

『少し待っていてね。バタバタしていて部屋が汚いから、ホテル内のレストランで話をしよう。時間も丁度いいからね』

「はい！」

クルトが部屋から出てくると、シエルは一緒にレストランへと向かった。

◇　◆　◇　◆　◇

赤い仮面の男は、展示会の様子を遠くから見ていた。

失敗を悟ると、すぐに決断する。

「騒ぎを起こしただけで十分だな。今回使用した連中は、生き残りも全て破棄しろ」

「はっ」

そばにいた部下が、破棄と聞いてすぐに手に持っていたスイッチを押した。

そのスイッチは、構成員たちを破棄する——殺すためのものだった。

展示会場から逃げ出した構成員たちも、その命を奪われる。

構成員たちが死ねば、取り調べを受ける心配もない。

科学や魔法で調査は可能だろうが、痕跡はできる限り消し去っている。

調べるために時間はかかるだろう。

仮に自分たちにたどり着いたとしても、暗殺や権力を使えば簡単に事件を握り潰すことができる。

部下が赤い仮面の男に、今回の騒ぎで動いていた者たちについて尋ねる。

「騒ぎは起きましたが、こちらも投入したコマを全て失いました。バンフィールド家の暗部は侮れませんが、何者でしょうか？」

自分たちには及ばないが、訓練を受けた部下たちをアッサリ倒してしまうバンフィールド家の暗部が気になっているようだ。

赤い仮面の男は首をすくめる。

「捕まえて調べればいい。——それでは、我々も動くとしよう」

事件が起きた日の夜。
後宮で過ごしているクレオは、自室で落ち着かなかった。
横になっても寝付きが悪く、変な汗が出てくる。
「嫌な気分だな」
ライナスから宣戦布告されてから、不安な日々が続いていた。
いつ暗殺者が送り込まれてくるのか？　そんな恐怖に怯《おび》えていた。
自分の気の弱さが、クレオは情けなかった。
ベッドを出て窓に近付き、そこから見える景色を眺める。
「首都星で大きな事件が起きたと聞いたが、何か関係があるのだろうか？」
リアムも巻き込まれた事件の話は、クレオにも届いていた。
考え込むクレオの後ろ。
床から仮面を着けた者たちがゆっくりと姿を現してくる。
振り返るクレオは、現れた不審者に気が付き驚いて一歩下がる。
隠し持っていた剣の柄《つか》をすぐに手に取ると、レーザーブレードが出現した。

「何者か!?」

仮面を着けた者たちは、どこか雰囲気がおかしかった。

騎士とは違う異質な雰囲気が、クレオには酷《ひど》く危険に感じられた。

仮面を着けた者たちが、床から出て全身を見せると——その手には同じように仮面を着けた者たちの頭部を摑《つか》んでいた。

クレオは冷や汗が止まらない。

(こいつらはいったい何者だ!? 何が目的だ!!)

自分を殺しに来たのか?

助けを呼ぼうとすると、その人物がドアを乱暴に開け放って入室してくる。

駆け込んできたのはティアだった。

「ご無事ですか、クレオ殿下!」

ティアの手にはレイピアが握られており、返り血を浴びたのか体も刃も汚れていた。

激しい戦闘があったのだろう。

クレオはティアに、不審者たちがいることを知らせる。

「気を付けろ! この者たちは危険だ」

そんな危険な連中が、ティアを見ると道を空けた。

「なっ!?」

理解できないクレオに、ティアは近付くと無事であることを確認した。

「大丈夫そうですね」

驚いたクレオは、仮面を着けた者たちを見て理解する。

わざわざ姿を見せて襲ってこなかった理由は、自分を殺すつもりがなかったからだろう。

「味方なのか？」

「はい」

ティアはクレオの安全を確認すると、通信機を使って連絡を取り始めた。

「私だ。――そうか、わかった。リアム様のお命が最優先だ」

通信を切ったティアは、クレオを見て状況を説明する。

「ライナス殿下が動きました。我々、そして同時にクラーベ商会のエリオット殿へ暗殺者を派遣したようです」

「暗殺者？」

クレオは後宮にも出入りしている暗部を思い出し、仮面の者たちが持つ死体を見た。

（まさかこいつらが？　初めて見た）

しかし、そうなると仮面を着けた連中が問題だ。

何しろ、同じような仮面を着けている。

どちらが敵か味方か、初見では判断が難しい。

「こいつらは本当に味方なのだろうな？　似たような格好をしているが？」

同じ組織の者同士が、敵味方に分かれて雇われているのだろうか？

そんなことを考えていると、ティアが急《せ》かしてくる。

「問題ありません。それよりも、急いで移動しましょう。リアム様が心配されています」

「――そうだな」

◇　◆　◇　◆　◇

クラーベ商会の本社ビル。

その会議室は血で汚れていた。

椅子に座るエリオットは、目の前の光景に動じないふりをしている。

脚と手を組み、床に座り込んだ裏切り者たちを見下ろしている。

「私を裏切ったのはライナス殿下の指示ですか。まさか、身近な幹部にまで裏切り者がいるとは思いませんでしたよ」

捕らえられたスーツ姿の男たちは、クラーベ商会の幹部たちだ。

彼らの周りには、雇われた暗殺者たちが転がっていた。

エリオットに必死に懇願している。

「会長、申し訳ありません！」

「で、ですが、こちらもクラーベ商会の存続を考えた結果で！」

「二度とこのようなことはいたしません！」

エリオットの周りには、仮面を着けた男たちがいた。

ナイフをクルクル回して遊んでいる男が、幹部たちに顔を近付けて赤い瞳を見せる。

すると、幹部たちが泡を吹いて倒れていく。

リアムから派遣された護衛の暗部たちだ。

会議室の窓は貫かれて、細かいひびがびっしりと入っている。

狙撃によりエリオットを殺そうとした跡だ。

「エリオット会長さん――どうやらこいつらは、ライナス殿下の動きに合わせてあんたを亡き者にしようとしたみたいですね。独自の判断というやつですよ」

仮面の男が、淡々とエリオットに事情を話してくる。

それを聞いて、エリオットは小さく頷《うなず》く。

「そうですか。残念ですね」

エリオットは背中が汗で濡《ぬ》れていた。

（これほどの人材を抱えているとは思いませんでしたよ）

護衛として派遣されるのは、腕の良い騎士と考えていた。

しかし、実際に派遣されたのはククリの部下たちだ。

雇われた暗殺者たちの数は十人を超えていたが、彼らにより倒されていた。

窓の外――狙撃手も既に始末したようだ。

仮面を着けた男たちが相談を始める。

「リアム様は？」

「頭目が護衛している」

「それよりも面白い話がある」

死体を前に嬉々《きき》として話し合っている護衛を見て、エリオットは複雑な心境だった。

（これは、下手に裏切れば私もこいつらと同じ道を辿《たど》りますね）

リアムが恐ろしい。

しかし、同時にとても頼もしく思うのだった。

（リアム様、利用させてもらいますよ。私がこの商会で名実ともにトップに立ち、商会を大きくするには貴方《あなた》の力が必要だ）

大商会を引き継いだ時から、荒事も覚悟していた。

今は強力な味方が手に入ったと喜ぶエリオットだった。

◇　◆　◇　◆　◇

その頃。

リアムが宿泊しているホテルの屋上では、仮面を着けた者同士が激しく争っていた。

ククリと戦っているのは、組織の中でも指折りの実力者である赤い仮面の男だった。

そんな男が焦っていた。

「お前たちは何者だ？　どうして我々と同じ技を使う!?」

男が焦った理由は、ククリたちが自分たちと同じ技を使うから。

似ているのではなく、同じであるとすぐに理解できた。

その疑問にククリが答える。

「同じ？　いいえ、違いますよ～。同じではなく、貴方たちが私たちを真似《まね》たのです」

「何を言っている!?」

混乱する赤い仮面の男を前にして、ククリは肩を震わせて笑っていた。

「同族ではないですね。我々の技術を盗み、新たな組織を立ち上げたのでしょうか？　道理で技術が拙《つたな》いわけだ。口伝が失われている」

赤い仮面の男が周囲に気を配る。

仲間たちが次々に討ち取られていくため、焦りが増していた。

旗色が悪いと逃げようとするが、ククリの部下たちが囲んで逃がさない。

数名が床に手を触れると、床一面に禍々《まがまが》しいルーン文字が浮かんで移動魔法を阻害した。

同じ技を使うということは、対策も知り尽くしていると同義だ。

男は逃げ場がないと判断すると、逆に冷静になった。

「――惑わせるつもりだろうが、そうはいかんぞ」

ククリたちが石化されてから、二千年の歳月が過ぎている。

何者かがククリたちの技術を盗み、新しい組織を立ち上げたのだろう。その際に経緯が説明されていなければ、ククリの言葉を疑っても仕方がない。

彼らからすれば、そんな事情を知らずに受け継いできた技なのだ。

まさか二千年前の存在が、この時代に蘇《よみがえ》るとは思わないだろう。

「惑わす？　ふむ、職業病ですね。非常に疑《うたぐ》り深い。しかし、お互いの理解など無意味。さっさと終わらせてしまいましょう」

ククリは赤い仮面の男との距離を縮めて、その大きな腕を伸ばす。

すると赤い仮面の男は、仰《の》け反ってその腕を避《よ》けた。

ククリの手が男の赤い仮面に触れて、口元の部分がさらけ出される。

赤い仮面の男の口元は笑みを浮かべていた。

「一矢報いたな」

赤い仮面の男がそう言うと、その背中からまるで昆虫の脚――先端が鋭い八本の脚が服を突き破って出現する。

その脚が一度広がってから、ククリを抱きしめるように閉じていく。

先端がククリの背中から突き刺さり、胸から飛び出した。

周囲にいたククリの部下たちが驚いていた。

助けるために武器を持って近付いてくる。

赤い仮面の男は、死を覚悟しながらもククリを道連れに出来て笑っていた。

「このままお前ら全員を道連れだ！」

赤い仮面の男は、自分の体に仕込んだ爆弾を起動する。

それは、リアムが利用するホテルごと吹き飛ばす威力を持っていた。

命と引き換えに任務を遂行できたと笑っている男だったが、殺したと思い込んでいたククリが動き出す。

胸を八本の脚で貫かれても、平気で動いていた。

赤い瞳が強く光ると、ククリは嬉《うれ》しそうに男の胸に手を突き刺して爆弾を引き抜く。

爆弾は解除されていた。

口から血を吐く赤い仮面の男は、ククリを信じられない目で見ていた。

「な、何故《なぜ》だ？」

「この程度で安心してはいけませんね～。だが、実に素晴らしい。今の技は我々にはない技術だ。君のことは徹底的に調べ上げましょう」

　ククリは自分に突き刺さった脚を引き抜く。

　その様子は、命に関わる怪我《けが》をしたようには見えない。

　赤い仮面の男は、ククリの部下たちに拘束された。

　ククリはそのまま赤い仮面の男の体を興味深く観察し、触れていく。

「蜘蛛《くも》をモデルにした隠し武器ですか。しっかりと毒もある。ふむ――悪くはないが、良くもないですね。だが、興味はありますね。他の生物の特徴を再現する技術でしょうか？」

　興味深く調べていたククリに、部下が話しかけた。

「リアム様がお呼びです」

　ククリは名残惜しそうにしながらも、雇い主を優先する。

「ん～、残念！　では、半数は死体を回収して徹底的に調べるように。我々の後輩たちですから、死体は丁寧に扱うのですよ。それから、彼は生きたまま調べたいので生かしておきなさい」

　気を失いかけていた赤い仮面の男の口が塞がれ、そして治療が開始された。

　ククリはリアムのもとへと向かう。

◇　◆　◇　◆　◇

ククリを呼び出すと、暗殺者たちは片付いた後だった。

「もう終わったのか」

「はい。ライナス殿下は本気のようです。送り込まれた者たちは、昼の騒動と違い本物の手練《てだ》れでした」

「短絡的すぎるな」

ライナスのことを連合王国との裏取引の件で煽《あお》りはしたが、条件反射のように暗殺してくるとは思わなかった。

皇子ならもっと思慮深くあるべきだ。

「ライナスにはガッカリした」

ククリは相手の気持ちを推察する。

「カルヴァン殿下との争いの最中ですからね。こちらを先に片付けたかったのでしょう」

「俺たちなら簡単に始末できると考えたか」

つまり、俺など眼中になかったわけだ。

面白くない話だ。

敵が油断するのは歓迎するが、俺を軽視するのが気に入らない。

だが、ライナスにすれば本命はカルヴァンだ。

俺たちなどいつでも始末できる邪魔な存在、程度の感覚だろう。

——おかげで俺にとても有利な状況ができあがった。

対処するなら一人ずつがいいからな。

ライナスなんて小物にはすぐに消えてもらうとしよう。

この程度で我慢できずにこちらを消しにくるのだから、ライナスはいずれカルヴァンに負けていたはずだ。

「それはそうと、お前たちが手練れというくらいには強い連中が送られてきたなら、クレオは危険じゃないのか？」

「無事に救出しておりますので、ご安心ください」

ククリは仕事が出来るし、働き者で実に偉いな。

どこかの馬鹿二人とは大違いだ。

こんな優秀な部下と出会えて幸せだ。

もしかして、これも案内人のおかげだろうか？

あいつには本当に頭が上がらない。

今日も念入りにお祈りしておこう。

だが、それはそれ、これはこれ。

俺はクレオの無事を自分で確認することにした。

「クレオのところに行く」

「かしこまりました」

◇　◆　◇　◆　◇

ライナスは報告を受けると唖然《あぜん》としていた。

目の前にいる膝をついた仮面を着けた男――赤い仮面の男の後継に、机の上にあった物を投げ付ける。

「失敗しただと！　貴様ら、それでも帝国の暗部か!?　わざわざ首都星で騒ぎを起こしておいて、その様《ざま》か!?」

ライナスが激怒する理由は、暗殺が失敗しただけではないからだ。

クラーベ商会の幹部たちが、ライナスとの繋《つな》がりを暴露してしまった。

自分たちが暗殺の首謀者だ、とリアムたちに知られたのが問題だった。

「お前たちが動きやすいように、わざわざ騒ぎを起こす許可まで出したのだぞ！　この首都星で、だぞ！　どうしてくれる!?」

「申し訳ございません」

厄介なのは、憲兵やら治安維持を行う組織の目をリアムやクレオから背けるために、首都星で大きな騒ぎを起こした点だ。

帝国の首都星は、皇帝陛下が住む宮殿が存在する。

そんな惑星で大事件を起こせば、非常に重い罪に問われる。

皇族だろうと、その罪からは逃れられない。

首都星で機動騎士を持ち出して暴れたなど、ライナスにとっても大きな痛手だった。

その計画に許可を出した理由は、それだけの大事件であればこそ周囲の目を集めることができたから。

リアムやクレオの暗殺に踏み切ったのも、大事件が起きた後では憲兵や治安維持を行う組織の手が回らないと考えたからだ。

大事件の後で慌ただしい中、暗殺事件を起こせば証拠のもみ消しも容易《たやす》い、と。

元々不穏分子たちの起こした騒ぎを自分たちの派閥で処理するつもりであり、騒ぎの証拠も隠滅するはずだった。

しかし、騒ぎをリアムが迅速に解決してしまったためにそれが不可能になってしまった。

今宵《こよい》の暗殺騒ぎにしても、リアムを殺せなかったライナスの焦りにより強行されている。

だが、失敗した今となってはライナスの方が破滅する。

後継である仮面の男もライナスと同様に焦っている。

「敵は我々のやり方を知り尽くしておりました。あまりにも手際がよく、リアムの側《そば》にいる者たちも相当な手練れかと」

リアムが帝国の暗部と同等の組織を保有している。

それを聞いたライナスは背筋が寒くなった。

自分が小物と見ていた敵が、実はとても厄介だと再認識したから。

それも、手遅れの段階で、だ。

「――リアムを何としても潰せ。クレオはどうにでもなるが、今動かなければ私の地位が危うくなる」

この認識は間違いであると、ライナス自身も理解していた。

暗殺が失敗した段階で、もうライナスは終わっていたのだ。

仮面の男がライナスを諫《いさ》める。

「リアムはクレオ殿下に面会を求め、宮殿に入るそうです。宮殿内でこれ以上の騒ぎを起こせば、ライナス殿下とて無事ではいられません」

「まだ終わりではない。リアムとクレオを葬れば、まだ巻き返しが可能だ。何としても二人を――リアムを殺せ。どんな手段を使っても構わない」

ライナスは選択を間違えた。

手早くリアムたちを暗殺するために、強引な手段を採用してしまった。

失敗することなど考えていなかったのは、カルヴァンに注力するあまりリアムを過小評価したためだ。

　カルヴァンには慎重だったライナスだが、リアムは小物と判断して油断した結果が今回の失敗に繋がっている。

　仮面の男がライナスに問い掛ける。

「本当によろしいのですね？」

　ライナスは俯《うつむ》き、そして呟《つぶや》く。

「やれ」

　仮面の男が床に沈み込むように消えながら、どこか残念そうに返事をする。

「はっ」

　仮面の男が消えた部屋で、ライナスは絶望から虚《うつ》ろな表情になる。

「このまま失敗を受け入れ生き延びたところで、その後に待っているのは負け犬の人生だ。それならいっそ――」

　ライナスにとって、この無謀な選択肢は最後の賭だった。

◇　◆　◇　◆　◇

　クレオ殿下の無事を確かめるため、俺は護衛を伴い宮殿に入った。

ただ、首都星の宮殿はとても広い。

暗殺騒ぎがあったというのに、それを感じさせない静けさがあった。

夜というのも原因だろうが、静かすぎる。

俺からすれば異様な雰囲気だった。

道路の上を浮かんで移動する車に乗り込み、窓の外を見ている俺は殺気を感じ取る。

「人間、追い詰められると悪手だろうと打つのか」

車内には俺の他に、護衛のクラウスたち騎士もいる。

しかし、殺気に気が付いていなかった。

「リアム様、何か？」

「車を止めろ」

車を停《と》めさせた俺は、ドアを開けると護衛と共に外に出た。

隠れて俺を護衛していたククリたちも気付いたようで、俺が外に出た時には部下たちと一緒に姿を現していた。

車から降りた場所は、綺麗《きれい》に舗装された道路だ。

両脇には街路樹と街灯が並び、花壇も用意されている。

道幅は――前世で言うなら八車線くらいか？

俺たち以外には誰もいないその場所に立っていると、周囲の護衛たちが戸惑っていた。

だが、護衛の中にいたチェンシーだけは違う。

「敵がいるわね」

武器を手に取ったチェンシーがそう言うと、夜の静けさの中に発砲音が響き渡った。

俺が半歩だけ体を横に移動させると、弾丸が通過して地面に撃ち込まれた。

耳がキーンと嫌な音を立てる程度で済むのは、肉体強化をしているからだ。

クラウスが慌てて武器を手にして、俺の前に飛び出す。

「リアム様、お下がりください！」

「俺に構うな。お前らは自分の身を守れ」

クラウスを押しのけて前に出た俺は、持っていた刀を抜いた。

違う場所から俺を狙っているスナイパーが撃った弾丸を、次々に斬り落としていく。

前世で見た弾丸を斬るという達人技を再現できて、俺は少しばかり嬉《うれ》しくなった。

まぁ、肉体強化を受けた上に、一閃《いっせん》流の技術があればこの程度は造作もない。

俺からすれば児戯に等しい。

ククリたち暗部に視線を向け命令する。

「狙撃手が邪魔だ」

「はっ」

ククリの部下たち数名が、素早く闇に消えていく。

すぐに銃声が止《や》むと、物陰から人の姿が続々と現れる。

異変を察知して駆けつけた宮殿内を警備する者たちではなく、殺気を漂わせている者たちだ。

騎士、軍人、それに傭兵《ようへい》だろうか？　大勢が俺たちを取り囲んでいる。

全員が武器を所持し、顔を目出し帽のようなマスクで隠していた。

そんな連中を前に、クラウスをはじめとした護衛たちが剣を向ける。

「何者だ！」

クラウスが相手に尋ねるが、当然ながら敵は答えない。

「俺の獲物だ。クラウス、お前たちは邪魔をするな」

「リアム様!?」

敵を前に軽くアゴを上げて挑発してやる。

「どうした？　かかってこないのか？」

集められた者たちの中には、強い奴《やつ》らもいるのだろう。

ライナスの抱える凄腕《すごうで》たちが、どの程度の実力なのか試したい。

俺に挑発された敵は、無言で襲いかかって来た。

騎士と思われる者たちは、その手に持った武器で斬りかかってくる。

軍人たちは銃器を向けてくる。

その他も同様だ。持っていた武器を俺に向けていた。

「それでいい」

尊大な態度で敵の前に立つ俺は、襲いかかってくる奴らを眺めていた。

構えは変えず、ただ眺めているだけ。

そして、次の瞬間には襲いかかって来た敵の体から次々に血が噴き出す。

護衛である騎士たちからは、驚きの声が聞こえてくる。

「今のが」

「本当に斬撃が見えなかったぞ」

「これがリアム様の一閃流か」

畏怖の念が込められたような感嘆した声に、俺が満足していると一人だけ異質な奴がいた。見た目で護衛に採用したチェンシーだ。

「これが噂《うわさ》の一閃ですか。ふふっ、本当に素晴らしいですね」

感心しているのは伝わってくるが、熱のこもった吐息も聞こえてくる。

どうやら興奮しているらしい。

目の前の敵、特に傭兵たちが俺の一閃を見て腰が引けていた。

そんな傭兵たちを騎士が怒鳴りつける。

「怯《ひる》むな！　全員で一斉にかかれば、勝機が――」

口を開いた騎士の首が体から落ちて、血を噴いて倒れる。

その周囲にいた敵たちも、次々に倒れていく。

俺は生き残った敵たちを前にして、酷《ひど》く悪い顔をしているのだろう。

「気概だけでどうにかなると思うなよ」

怯《おび》える襲撃者たち。

逃げ出す者が次々に現れるが――全て斬り伏せた。

生き残ったのは、あまりに驚きすぎてこの場から動けなかった者ばかり。

周囲から見れば、何もしていないのに敵がバタバタ倒れていくように見えるだろう。

その様子を見ていたクラウスが、唖然《あぜん》としていたので注意する。

「見るのは勝手だが、警戒は怠るなよ」

「は、はい！」

騎士たちが倒れたのを見ているしかない、傭兵たち――バウンティーハンターと言うのだろうか？

賞金稼ぎたちが俺を見て震えている。

「どうした？　お前たちは俺の首が欲しいんだろう？　なら、武器を構えないと命を取れないぞ」

一歩踏み出すと、怯えた彼らが武器を捨てて逃げようとする。

俺に背中を向けた奴から斬る。

逃げ惑う連中が泣き叫んでいた。

「ふざけるな！　刀の間合いでもないはずなのに！　斬撃だって飛ばしている様子もないのに、どうして――」

五月蠅《うるさ》いので首を斬り飛ばしてやった。

敵が言うように、俺との間にはかなりの距離がある。

普通の刀や、他の流派では間合いの外になるだろう。

だが、一閃流は違う。

「確かに刀の間合いではないが、お前たちがいる場所は既に俺の間合いだ。俺に武器を向けた段階で、お前らもお前らの主人も死ぬしかない。残念だったな」

賞金稼ぎたちが錯乱しながら武器を向けてきたので、俺は刀を鞘《さや》に納める。

パチン、と音がすると同時に敵がバタバタと倒れていく。

見ている方からすれば理解できない光景だろうな。

クラウスが困惑している。

「な、何が何やら」

「クラウス、もう終わりだ。別ルートでクレオ殿下に会いに行くぞ。宮殿内の警備隊にも知らせておけよ」

周囲の光景はとても酷いものだった。

クラウスが頭を振ると、真面目な顔になる。

「予定通りのコースは危険ですか？」

「馬鹿正直に進んでやる必要はない。嫌な気配がするからな」

車へと戻ろうとする俺に、ククリが近付いてきた。

「リアム様、お耳に入れたいことがあります」

◇　◆　◇　◆　◇

クレオが逃げ延びたのは、後宮から出た場所にある施設だ。

そこには警備隊が常駐しており、いざという時の避難所に定められている。

そんな施設に逃げ延びたクレオは、護衛のリシテアと安堵《あんど》していた。

リシテアはため息を吐《つ》く。

「セシリア姉上が後宮を出ていてよかった」

荒事に向かないセシリアが、見合いのために後宮を離れていたのは幸運だった。

クレオは逃げてきた使用人たちの顔を見る。

全員が必死に逃げてきたため、息も絶え絶えで床に座り込んでいる。

「ティア、数名が見当たらないが？」

護衛として武装したティアに尋ねると、見当たらない使用人たちに対しては酷く冷たい言葉を放つ。

「襲撃を予想していたのか、今日は理由を作って外泊していましたよ」

クレオはそれを聞いて察した。

「そう、か。長く仕えてくれた者もいるのだが」

襲撃を予見していた――つまり、裏切り者だ。

それでも、身を寄せ合って怯えている使用人たちを前にして、クレオは不安そうな態度を見せられない。

堂々とするよう心掛ける。お飾りの皇子だろうと、クレオにも意地があった。

そんなクレオの態度を見て、ティアが褒めてくる。

「立派でございますよ、クレオ殿下」

「子供扱いは止めて欲しい。それよりも、伯爵には連絡が付いたのか？」

「はい。途中で襲撃を受けたご様子ですが、問題なくこちらに向かっているとのことです。後、五分もすれば――」

そこまで言ったティアは、レイピアを抜いてクレオのそばに駆け寄る。

乱暴にクレオを摑《つか》むと、自分の後ろに引っ張った。

何が起きたか理解が追いつかないクレオだったが、すぐに金属同士のぶつかる音が聞こえてくる。

顔を向けると、クレオに投擲《とうてき》された武器をティアが弾《はじ》き返したようだ。

出入り口からは、返り血を浴びた者たちが続々と侵入してくる。

施設を守っていた警備隊の騎士たちの返り血だろう。

リシテアもようやく武器を手に取り構える。

「こんな場所まで攻め込まれたのか!?」

リシテアが困惑するのも無理はない。

極秘とされていた避難場所に敵がいたのだから。

敵が困惑するクレオやリシテアを前に、返り血を浴びた姿で微笑《ほほえ》む。

「宮廷事情は摩訶不思議《まかふしぎ》。この程度の事は、日常茶飯事でございますよ」

場にそぐわない飄々《ひょうひょう》とした声だった。

そして、リシテアが気付く。

「お、お前、どこかで見たことがあるぞ！」

「えぇ、普段は宮殿で騎士として仕事をしていますからね」

素直に答える男は、宮殿内に出仕している騎士だった。

普段は普通の騎士として働いていながら、この襲撃に参加しているという事実がクレオには理解できない。

細い目が特徴的な男だが、態度や口調からは想像できない冷たい目をしていた。

ティアは部下たちにクレオを守るように命令し、その男の前に立つ。

普段と同じく落ち着いた様子で、ティアは糸目の男と話をする。

「お前たちの主人は、なりふり構っていられないようだな」

それを聞いた男たちが、クツクツと笑い始めた。

不審に思ったティアが、目を細める。

「何がおかしい？」

糸目の男が少しだけ手を広げ、ついでに肩もすくめて見せた。

「的外れなことを言い出すので、笑ってしまっただけですよ」

「──ライナス殿下の手の者ではないのか？」

情報を聞き出そうとするティアに、糸目の男は指で頬をかきながら相手をする。

「宮廷事情に疎いようですね。教えることはできませんが、我々の本当の雇い主を知れば、きっと皆さんショックを受けるでしょうね」

「話したくないなら構わないわよ。──お前たちを捕らえてから、ゆっくり聞き出せばいいのだからね」

ティアは糸目の男たちを前にして、余裕を崩さなかった。

「随分と強気な人ですね。――やれ」

糸目の男のそばにいた騎士二人が、武器を構えると一瞬でティアに接近した。

敵は全員が手練《てだ》れの騎士。

しかし、ティアはそれ以上だった。

「甘いわね」

襲いかかってきた二人の騎士を、ティアはレイピアで斬り裂いていた。

一瞬の攻防。

クレオには何が起きたのか見えなかった。

（これが一流の戦いなのか？）

仲間を殺された糸目の男だが、のんきにティアに拍手をしていた。

ティアとの実力差を感じ取りながらも、こちらも余裕を崩さない。

「お見事です。どうやら我々では、あなたには勝てないようだ。バンフィールド伯爵は、優秀な手駒をお持ちのようだ。いっそこの場でスカウトしたいくらいですよ」

糸目の男の申し出に、ティアは無表情になっていた。

「私の主人はリアム様だけ。他に仕えるなど虫唾《むしず》が走る」

糸目の男を殺そうと踏み出したティアだが、すぐにその場から後ろへと飛び退《の》いた。

直後、ティアのいた場所に剣が振り下ろされる。

剣を振り下ろしたのは、身長が三メートルに達しそうな大男だった。

自分の体と同じくらいに大きな剣を振り下ろしてきたその男は、ティアの反応速度に驚いていた。

何故《なぜ》か嬉《うれ》しそうにしている。

「俺の初撃を避《よ》けた者は数年ぶりだ」

鍛えられた肉体の持ち主が、厳《いか》つい顔で嬉しそうに微笑んでいる。

クレオはその男に見覚えがあった。

「どうして剣聖のあなたが――ゲルート殿!?」

長剣を肩に担いだ大男の名前は【ゲルート】。

帝国から剣聖の称号を与えられた剣士だった。

剣一本で成り上がった強者《つわもの》であり、騎士にも貴族にも興味を示さない戦いに生きる剣士。

そんな剣聖が、自分たちを襲ってきた。

クレオにどうして、と問われたゲルートだが、本人は糸目の男に視線を向けている。

わざわざ説明する気はないのか、糸目の男に丸投げした。

「帝国の闇というのはとても深い。そこを覗《のぞ》いたと思えば、それがまだ入り口だった、などよくある話ですよ。剣聖の一人が、あなたたちを襲撃するのも闇の一部です」

帝国には剣聖が複数名存在する。

時代によって人数は違うが、現代では四名が剣聖の称号を得ていた。

流派や派閥に関係なく、剣の腕だけで上り詰めた者――その最高位の剣士が自分たちの目の前に敵として現れた。

流石《さすが》のティアも、この事態に警戒を強めていた。

先程よりも余裕が感じられないティアに、ゲルートが声をかける。

「お前は強いな。それだけの腕を持つ剣士をこのような場で殺すのは惜しい。こちら側に付け」

強者からの誘いをティアは拒否する。

「私の主君はリアム様のみ。寝返るなどあり得ない」

レイピアを構えるティアを見て、ゲルートは本当に残念そうに小さなため息を吐いた。

「残念だよ。――もっと腕を磨いたお前を殺したかったのだがなっ！」

一瞬で距離を詰めてきたゲルートが、ティアと剣を交える。

金属同士がぶつかり、火花や甲高い音を上げていた。

一瞬の内に何度も、激しい音と火花が数えるのが間に合わないくらい発生していた。

ゲルートとティアの激しい剣撃は、常人のクレオには理解が追いつかなかった。

（これが最上位の騎士たちの戦いか）

二人の動きが速すぎて目で追えず、気が付けばティアが吹き飛ばされて壁に激突していた。

糸目の男がゲルートを褒め称《たた》える。

「流石《さすが》は剣聖殿です。当代きっての実力は伊達《だて》ではありませんね」

しかし、露骨なおべっかにゲルートは眉をひそめる。

「白々しいお世辞はいい。それよりも、片付けはお前たちがしろ。弱者を斬っても面白くない」

剣聖は強者との戦いを求めるタイプだったのか、ティアの方へと向かってクレオたちには見向きもしなかった。

騎士として並の実力しか持たないリシテアなど、眼中にないらしい。

糸目の男が髪をかく。

「それでは片付けを始めましょうか。あまり時間をかけたくないので、手早く終わらせましょう。ほら、仕事の時間ですよ」

糸目の男が振り返って部下たちに命令するが、反応がおかしかった。

命令されたのに動こうとしない。

糸目の男は、そんな部下たちに腹を立てて僅かに怒気を含ませて命令する。

「どうしました？　早く片付けなさい」

それでも動かない部下たちに代わり、出入り口の奥から返事がする。

「――もう死んでいるから仕事は無理だな」

コツコツ、と足音を立てて近付いてくる者の声を聞いて、クレオは呟《つぶや》く。

「誰だ!?」

「バンフィールド伯爵」

暗闇から姿を現すのは、笑みを浮かべたリアムだった。

「随分と楽しそうじゃないか。俺も交ぜてくれよ」

リアムが糸目の男の部下たちを無視して通り過ぎると、バタバタと倒れて血を流していく。

壁にめり込んだティアは、苦しそうにしながらもリアムを見て嬉しそうな顔をしていた。

「リアム――さ――ま」

リアムはティアを見て、それから剣聖に視線を向けた。

長身の剣聖を見上げる形になる。

「剣聖には一度会ってみたかった。なぁ、お前の称号を俺にくれよ」

剣聖と対峙《たいじ》したリアムは、まるでゲームで対戦を挑むような感覚で喧嘩《けんか》を売った。

第七話 ∨ 剣聖

剣聖ゲルートと対峙するリアム。

その姿を見ていたリシテアは、本当に信じられなかった。

(この男、どうして剣聖と向かい合えるんだ!?)

剣を手に取ったゲルートは、日頃から鍛えているリシテアでも震えが来るほどの威圧感を放っていた。

一流を超えて、武の頂点を目指すために生きているような人間だ。

人外に足を踏み入れたような存在を前にして、リアムからは余裕すら感じられる。

リアムは刀を抜くとクルクルと指先で回し、ゲルートに笑顔で話しかけている。

「ここに来る前に、お前がいると部下から報告を受けた。剣聖と戦えると聞いて、年甲斐《としがい》もなくワクワクしているよ」

まだ若いリアムが、年甲斐もなくなどと言っても首をかしげたくなる。

ただ、リシテアはゲルートと戦うつもりでいるリアムの正気を疑っていた。

(剣聖との実力差がわからないのか!?)

一流の騎士だろうと斬り伏せるような相手だ。

リアムでは勝負にならないだろうと思っていたが、ゲルートの反応はリシテアが想像するものではなかった。

リアムよりも獰猛《どうもう》な獣のような笑みを浮かべて、剣の柄《つか》を握りしめる手からミシミシと音が聞こえてきていた。

ティアと戦っていた時よりも、楽しそうに見えた。

「お前がリアムか？」

ゲルートが互いの間合いまでリアムに近付く。

身長差はまるで大人と子供だ。

見上げているリアムが、ゲルートを前に尊大な態度で話をする。

「様を付けろ。俺は次期公爵様だ」

ゲルートを前にして、どこまでも太々《ふてぶて》しい。

リアムの態度は、世間知らずの子供にも見えた。

リシテアは頭を振る。

（いくら強くても、剣聖相手では無意味だ。剣豪が数人いても勝てないのが剣聖だ。そのような相手に、いくらバンフィールド伯爵だろうと勝てるわけがない）

噂《うわさ》に聞く一閃《いっせん》流も、剣聖相手にどこまで通用するのか不明だ。

実際、凄腕《すごうで》のティアですらゲルートには秒で敗北している。

そんな相手にリアムが勝てるのか？

リシテアは不安でしょうがなかった。

ゲルートがリアムを前にして剣を構える。

「小僧、流派は一閃流といったな？　師は？」

真剣な表情をするゲルートを前に、リアムは自然体で構えなかった。

「師の名前は安士《やすし》。この世でもっとも強い男だ」

ゲルートが目を細める。

「やすし？　聞かない名だな」

それを聞いたリアムの表情が変わる。

「気にしなくていい。お前は、今日ここで死ぬからな」

直後、二人の間で先程よりも大きな火花が散った。

二人の動きが速すぎて、リシテアの目には残像が見えてしまう。

剣がぶつかり合う度に、ティアの時よりも大きな火花が飛び散った。

その数も音の大きさも、ティアの時以上だ。

（剣聖はまだ実力を隠していたのか!?）

互いに至近距離で剣を振り回し、その余波で室内に風が巻き起こる。

最早《もはや》、人同士の戦いではない。

（な、何だ？）

リシテアはゲルートを前に一歩も引かないリアムを見て、信じられなかった。

（馬鹿な。帝国が認めた剣聖だぞ。どうして立っていられる!?）

混乱するリシテアに、クレオが声をかける。

「姉上、すぐにティアの手当を！」

「あ、あぁ、そうだな」

弟に言われてすぐに動き出すリシテアは、壁に埋まったティアに近付いた。

すぐに壁から引き剝《は》がすと、傷だらけになりながらもティアはウットリとリアムを見つめている。

（この状況で頬を染めるな!!）

ティアはリアムの姿に視線を奪われている。

「任務を果たせなかったのは悔しいですが、リアム様の雄姿をこの目に焼き付けなければ」

ティアのことを真面目な女性騎士だと思っていたが、この非常時にリアムに見惚《みと》れている姿に幻滅した。

しかし、ティアは装備のポーチから取り出した小瓶を口に含むと、少し飲んだ後に怪我《けが》に吹きかけた。

治療薬だ。薬が皮膚に触れると、怪我をした場所を消毒してそのまま塞いでいく。ティアが所持していたのは高価な治療薬だったのだろう。その効果は高く、治療速度も速かった。

ただ、怪我を治療していく際に痛みも発生する。

本来は治療と同時に痛みも生じるのだが、ティアは顔色を変えなかった。

それどころか、二人にもリアムを見るように勧める。

「お二人とも、リアム様の凜々《りり》しいお姿が見えますか？」

「お、お前、こんな時に何を言っている!?　すぐにこの状況をどうにかしなければ、我々は皆殺しにされるんだぞ！」

リシテアが激怒するのは当然だ。

警備隊が常駐する施設に乗り込んできた凄腕の騎士たち。

しかも、ゲルートまでいるのだ。

この場から生還する確率は、非常に低く思える。

そもそも、これだけの騒ぎが起きているのに、助けが来ないのもおかしかった。

（ライナス兄上だけじゃない。もっと上が絡んでいると考えるべきか？　そうまでしてクレオを消したいのか）

ライナスだけで剣聖であるゲルートを動かせるとは思えず、そうなるとライナスよりも上――カルヴァンや、下手をしたら更に上が絡んでいる可能性もある。

リシテアは、自分たちがこの場から生還するのを半ば諦めていた。

怪我の治療が終わったティアは、武器を手に取って立ち上がる。

しかし、リアムに加勢しなかった。

「慌てる必要はありません。見ていてください。私が知る中で、この世でもっとも強い騎士はリアム様ですから」

◇◆◇◆◇

剣聖と剣を交えて一つ理解した。

「この程度で剣聖を名乗れるのか？　なら、今日から俺が剣聖を名乗ってもいいな！」

笑ってやると、目の前の剣聖は歯を食いしばっていた。

俺との打ち合いで、その手足にはかすり傷が増えている。

対して、俺の方は無傷だ。

剣聖からは余裕が消える。

「まだ百年も生きていない小僧が！」

剣聖の剣を振る速度が加速するが、それに合わせて俺も速度を上げるだけだ。

「その小僧に打ち負けるお前は何だ？　不釣り合いな称号は捨てた方がいいぞ」

「ほざけ！」

剣聖の一撃を受け止め弾《はじ》き飛ばした。

体勢を崩した剣聖に、今度は胸辺りに傷をつけてやる。

「こ、こいつ！」

俺が遊んでいると知って、更にムキになるのが憐《あわ》れだった。

それにしても、本当に一閃流とは素晴らしい剣術だ。

この世界でも最高の剣術だろう。

そんな立派な剣術が、悪人である俺に授けられてしまったのはこの世界の不幸である。

それにしても、こうして剣で打ち合うのはいつ以来か？

修行先でクルトと試合をした頃か？

あの頃は手加減の仕方を考えるために苦労したものだ。

一閃流に弱点があるとすれば、手加減が極端に苦手というところだろう。

何しろ剣を抜けば、相手を殺す剣術だ。

試合などでは使用できないため、普段は強さ自慢ができない。

できるとすれば、真剣勝負や実戦のみだ。

「遊ばれているのが理解できる程度には強いらしいな」

「舐《な》めた口を！」

そもそも、俺が刀を抜いた状態で相手をしている時点で気付いて欲しい。

一閃流は鞘《さや》から抜かない状態で構える剣術だ。

舐めているも何も、最初から舐めプだ。

舐めプ——舐めたプレイというゲームなどで使われる言葉だ。格下の相手に手を抜いて対戦する行為だ。

本来なら鞘から抜いた瞬間に勝敗が決しているのが一閃流だ。

わざわざ剣聖に付き合って打ち合っているのは、その実力を確かめるために他ならない。

後は——俺がどれだけ強くなっているか見るためだ。

すると、剣聖が飛び退《の》いて俺から距離を取った。

その行動に、力量を測れない糸目の男が驚いている。

「剣聖殿、いつまで遊んでおられるのか！」

剣聖はそんな糸目男を一喝。

「黙れ！——少し頭に血が上ったが、まさかここまで俺と斬り合える男がいるとは思わなかった。お前は最高の獲物だな」

目の前の剣聖は、戦いを楽しむタイプらしい。

時としてこの手の騎士がいる。

戦いのスリルを追い求める悲しい連中だ。

己の強さを追い求めるのはともかく、スリルを味わいたいなど俺にはまったく理解できない。

剣聖が八相――剣を顔の横に構えると、俺の勘が危険を知らせてくる。

「この技を本気で放てる相手がまた出てくるとは思わなかった。頼むから、しばらくは耐えて俺を楽しませてくれよ」

笑いながら斬撃を飛ばしてくる剣聖だが、その斬撃が酷《ひど》い。

まるで網のような斬撃だ。

一瞬の内に幾度も斬撃を飛ばし、それらが重なって網目状になっている。

面で制圧するような斬撃に、俺は落胆する。

「何て酷さだ」

剣聖が笑っている。

「勝つための必殺の剣！　この斬撃から逃れられるものかよ！」

そんな斬撃を何度も放ってくるのだ。

――いや、本当に酷い。

この程度の斬撃に危険を感じた俺が馬鹿みたいである。

一閃流の免許皆伝を持つ俺が、この程度で驚くなど師匠に叱られてしまうだろう。

そんな斬撃を一振りでなぎ払うと、剣聖が動きを止めた。

ただ、驚きはなく喜んでいた。

「これも斬るか！」

「何て残念な剣だ。お前、本当に強いのか？」

剣聖の強さが疑わしくなってくる。

そもそも、こんな後ろ暗い仕事をしている奴《やつ》が剣聖とかあり得るのか？

実は名ばかりの剣聖ではないだろうか？　このような仕事を引き受ける代わりに、表向きは剣聖と扱ってもらう、という対価を得ているとか？

本当にガッカリだ。

――だが、それなら剣聖の称号は俺にこそ相応《ふさわ》しいのではないか？　一閃《いっせん》流を世に広めるためにも、俺が剣聖になるべきだろう。

「これなら俺でも剣聖を名乗れるな！」

「ほざけ」

剣聖がまた構えを変えた。

片手持ちにして、自然体に構える。

そして口をすぼめて長く息を吐くと、剣聖の体の筋肉が一気に膨れ上がった。

「何のつもりだ？」

何をするつもりか知らないが、ここまで付き合ったので最後まで見てやることに。

すると、膨れ上がった筋肉が今度は引き締まった。

一瞬で膨れ上がったと思ったら、元の状態よりも細くなっていた。

ブカブカになった服を、剣聖は煩わしそうに破り捨てた。

パンイチだ。

ふざけた格好をしているが、体から湯気が出ていた。

アニメや漫画のオーラのように揺らめいている。

「姿が変わったな」

「ここからが本番だ。俺に時間を与えたことを後悔するがいい」

剣聖は笑っているが、体に負担がかかっているのか苦しそうだ。

「俺の剣が辿《たど》り着いた極致だ。純粋な力を追い求め、そして辿り着いた答えだ。爆発的な身体能力と引き換えに命を削る奥義だよ」

剣聖が一歩踏み出すと、次の瞬間には俺がいた場所に剣が振り下ろされていた。

刃が振り下ろされた床は、まるで爆発でも起きたような衝撃が発生していた。

その場から避《よ》けた俺は目を見開く。

もう次の斬撃が放たれており、俺の胴体を横に両断しようと剣が迫っていた。

それも避けると、今度は違う方から斬りかかってくる。

今まで以上のスピードとパワーだ。

「どうだ、小僧！　これでも俺が弱いと思うか？　今の俺は機動騎士すら両断する。これが人間を超えた力だ！」

斬りかかってくる剣聖の一撃を刀で弾くと、俺の方が衝撃に吹き飛ばされた。

体勢を崩した俺に、剣を両手に持った剣聖が渾身《こんしん》の力で振り下ろしてくる。

「これで終わりだ！」

「ちっ」

振り下ろされた一撃を刀で受け止めると、俺の足が床にめり込んでしまった。

強力な一撃は、確かに機動騎士すら両断できそうに思える。

だが——俺の心にはまったく響かない。

「これが極致だと？　お前は目指す場所を間違えたな」

「あぁ？」

何度も斬りかかってくる剣聖の一撃を受け流すと、俺の持って来た刀がボロボロになる。

お気に入りの刀を持ってこなくてよかった。

それに、さっさと終わらせておけばよかったと後悔する。

俺の気持ちを察しないばかりか、勘違いをしている剣聖が勝ち誇っていた。

「抵抗も出来ないお前が、これからどうやって勝利を摑《つか》むつもりだ！　俺が動けなくなるのを待つなら残念だったな。この状態でも丸一日は戦える！」
剣聖は一撃を放つ度に、自身の肉が切れてそこから血が少しだけ噴き出している。
筋肉や骨が、動きについて行けないのだろう。
これで丸一日も持つのか？　それは凄《すご》いと感心してやる。
「残念だよ。何か参考になればいいと思ったが、お前の剣は雑すぎる」
全ての動きが力任せ。
綺麗《きれい》じゃないのだ。
何かためになる動きでもないかと探っていたが、これでは見るべきところが何もない。
――こいつの剣は参考にならない。
「俺の剣を愚弄するのか、小僧！」
俺が刀を下げて無抵抗になると、剣聖の振り下ろした剣が俺を――斬れなかった。
目を見開いて驚いている剣聖の剣は、根元から折れていた。
刃が空中をクルクルと回転し、落ちると床に突き刺さる。
激しく振り回された刃は熱を持っていたようで、表面が少し赤くなっていた。
俺は床にめり込んだ足を抜いて、刀をしまいながら剣聖に言う。
「今日までご苦労だったな。これからは、俺が剣聖を名乗ってやる。お前はもう休め」
剣聖は驚いた顔で俺を見ていた。

「まだだ。まだ終わって——いな——い」

ポトリと首が落ちると、剣聖の大きな体が倒れて血を噴き出した。

噴き出た大量の血を浴びたのは、糸目の男だ。

俺の方を見て殺気を向けてくる。

そんな糸目の男に、優しく語りかけてやる。

「どうした？　命乞いをしないのか？」

近付くと剣の柄《つか》に手をかけたので、両腕を斬り飛ばしてやった。

糸目の男は痛みに苦しみながら、その場に膝をつく。

しかし、強がりなのか、その状態でも笑みを絶やそうとしない。

「最初に一閃流の名や技を聞いた時は、大道芸か何かかと笑ったが——こうして実演されても笑うしかないな。今でも信じられない」

見えない斬撃。

いつ斬られたかもわからない一閃流の奥義だ。

糸目の男は項垂《うなだ》れると、俺の顔を見ずに話しかけてきた。

「誰が黒幕か知りたいか？」

このような男が本当のことを言うとは思えないし、意味がない。

むしろ、こちらを惑わしてくるだろう。

「必要ない」

「お前の敵が、帝国そのものだったとしても？」

顔を上げた男は、目を見開いて酷く不気味な顔で笑っていた。

「望むところだ」

帝国そのものが敵？　それがどうした？

この世界は俺の遊び場だ。

敵対するなら潰すだけだ。

話を終えた俺は、糸目の男の首を斬り飛ばしてやった。

戦いが終わると、リシテアが俺に詰め寄って来る。

「どうして殺したんだ!?　何か聞き出せたかもしれないだろうに！」

俺は仕事に関しては無意味なことはしない主義だ。

「今更敵を知ってどうする？　そもそも、周りが敵だらけだろうが」

「そ、それはそうだが」

「そもそも、こいつが真実を喋《しゃべ》ると思うのか？　嘘《うそ》を言って混乱させるだけだ」

クレオが襲われているのに助けに来ない警備隊。

動いているのは、ライナスだけではないだろう。

実際、あいつが剣聖を動かせるとは思っていない。

やはり、敵はカルヴァンか皇帝――敵対してくれてむしろスッキリした。

リシテアが俯《うつむ》いてしまうと、ティアが俺のもとにやって来て膝をつく。

「見苦しい姿を見せてしまいました」

敗北はしたが、剣聖相手に時間稼ぎをしただけでも十分な働きだろう。

これで俺も今日から剣聖を名乗れる。

剣聖――実にいい響きだ。

一閃流の剣士にこそ相応しい称号だろう。

「いや、よくやった。褒めてやる。それに今日の俺は気分がいいから全て許そう。何しろ、剣聖になれたんだからな」

そう言ってやると、ティアは仰々しく深々と頭を下げる。

「リアム様の寛大な御心《おこころ》に感謝いたします！」

本当だよ。

お前を雇っている時点で俺は寛大だよ。

ティアが手を組んで目を輝かせ俺を見ている。

実に気分がいい。

ティアを前に威張っていると、話を聞いていたクレオが首をかしげる。

「剣聖？　伯爵は知らないのか？」

「ん？」

クレオは倒れた剣聖へと視線を向けながら。

「帝国では剣聖を任命できるのは皇帝陛下だけだ。もちろん、推薦などを受ければ陛下が吟味するが、剣聖を倒したからと名乗れる称号ではないぞ」

それを聞いた俺は、剣聖を倒しても何の得もなかったことに絶望した。

「嘘だよな？」

唖然《あぜん》としている俺を見るティアは、頬を染めて身をよじる。

「予定が外れたリアム様もす、て、き！」

どうやら剣聖の称号は手に入らないらしい。

何のために急いで駆けつけたと思っているのか？

やる気がなくなった俺は、今日はもう帰ることに。

「もういいや。ほら、撤収するぞ」

帰ろうとする俺をリシテアが必死に引き留めてくる。

「この状況を放置するつもりか!?　クレオの安全を確保するのが先だろうが！」

こいつは何も理解していない。

どうして俺が剣聖と遊んでいたと思っているのか？

――そんなの、ここに来た時点で全て終わっているからだ。

「外の敵は殲滅《せんめつ》したし、俺の部下たちがここを守っている。偉い奴《やつ》らにも報告済みだ。もう全て終わっている。後は戻って眠るだけだ」

こういう時、上との繋《つな》がりは役に立つ。

宰相に連絡して手を打ってもらった。

「終わっただと?」

舐《な》めプをするためには、全ての面倒を終わらせるべきなのだ。

勝った状態で舐めプをするから意味がある。

勝敗が決する前に遊ぶのは、ただの油断だ。

仕事が残っているのに遊ぶべきではない。

後はこの場に駆けつけるだけの状態だったから、わざわざ俺が乗り込んで剣聖の相手をしてやった。

舐めプをするのは勝ってから！――何だか名言っぽいな。

俺の格言にしておこう。

就寝中に起こされた宰相は、クレオ暗殺の件を聞いてため息を吐《つ》いた。

「ライナス殿下は急ぎすぎたか」

カルヴァンという強敵と戦う前に、クレオという小物を片付ける。

その程度の認識だったのだろう。

その結果、お粗末な内容になってしまった。

暗殺を仕掛けて失敗し、返り討ちに遭っている。

ライナスは有能であったし、派閥をよくまとめ上げていた。

宰相から見ても愚鈍ではなかったが、今回の一件でライナスの評価は決定付けられてしまった。

巻き返しなど不可能。

皇太子になる可能性も消えてしまった。

宰相は継承権争いから脱落したライナスを意識から外し、別の人物について思案する。

「――いったい誰が剣聖を動かしたというのか」

帝国が認めた剣聖は現在四人。

その内の一人をクレオ暗殺に向かわせた者がいる。

もちろん、宰相ではない。

剣聖ゲルートが栄達を目指してクレオ暗殺に協力したとも考えられるが、強さのみを求めるような剣士が権力を求めるというのも怪しい話である。

報告書にはゲルートが自分の判断で暗殺を実行したとあるが、誰かが命令した可能性が高い。

宰相は報告書を前に口角が上がる。

「それにしても、まさかこれほどまでの強さだとは思わなかった」

帝国が認めた剣聖の一人をリアムが倒してしまった。

個人としてもかなりの実力を持つと、リアムが示す結果になってしまった。

リアムにとっても、そしてクレオ派閥にとっては大きな宣伝材料になるだろう。

宰相は着替えを行う。

腕時計に触れると、寝間着が一瞬で仕事着へと替わった。

「さて、これから忙しくなるな」

宮殿内は大騒ぎだろう。

クレオの暗殺騒ぎに、ではない。

第二皇子――ライナスの失脚で、だ。

◇　◆　◇　◆　◇

事件から一夜明け――昼が過ぎても、俺は宮殿内から動けずにいた。

昨日の夜からずっと取り調べを受けている。

場所は会議室のような場所だが、俺は次期公爵――現伯爵なので、豪奢《ごうしゃ》な会議室が用意されている。

ふかふかの椅子に座り、侍女がいれてくれた紅茶を飲みながらの取り調べだ。

周囲には高位の役人たちだけではなく、宮殿に勤めている騎士や軍人たちもいた。

俺を緊張した様子で囲み、そして見張っている。

これでは気が休まらない。

「おい、昼飯はまだか？　せっかく宮殿に来たんだから、フルコースくらい出せよ」

それにしても、侍女一人とは気が利かない。

俺の相手をさせるなら、美女をもっとダース単位で連れて来い。

こっちは伯爵様だぞ！

高位の役人――高官が、俺の態度に苛立《いらだ》っていた。

「バンフィールド伯爵、昨晩何が起きたのか理解されているのですか？　それなのに、まるで自分の家にいるようにくつろいで」

「心外だな。これでも心を痛めているぞ」

宮殿内で皇族が暗殺されそうになった。これだけ聞けば一大事だが、こちらの世界では本当に血で血を洗う争いが宮殿内では日常的に起きている。

そもそも、宮殿と呼ばれている敷地の広さは大陸丸ごとだ。

毎日のように事件が起きていても不思議ではない。

「だが、この程度の騒ぎは普段から起きているだろう？」

「皇族の暗殺と、有象無象の事件を同列に語らないでもらいたい」

少しは状況を理解しろよ、と言ってくる高官たちから見れば、俺はくつろぎすぎているらしい。

それにしても、俺を取り調べるために集まった高官やら軍人たちだが――身分低くないか？　もっと偉い奴を連れて来いよ。

軽んじられている気がして、やる気がまったく出てこない。

俺は事件よりも、今日の講義を心配する。

「それより今日は午後から講義があるんだ。早く終わらせてくれ」

俺の態度に高官が頭を抱えていた。

「第二王子殿下の進退がかかっているのです。もっと緊張感を持っていただきたい」

「それは大変だ。俺も心配していたところだよ」

「――白々しいですね」

「本心だよ」

いや、俺もライナス殿下のことは心配していたのだ。

喧嘩《けんか》を売る相手を間違えた憐《あわ》れな男、としてね。

あいつが怒りやすい性格でよかったよ。

正攻法で来られた方が面倒だったからな。

時間もかかるし、ダラダラと継承権争いを続けるつもりだったが――ライナスのおかげだ。

ライナス本人の手によって、ライバルが一人消えた。

高官たちにとっては一大事かもしれないが、俺からすれば既に終わった話だ。

第二皇子ライナスは、もう終わった人間である。

俺の相手ではなかったな。

そもそも、負ける気がしなかった。

道ばたの邪魔な小石を足で蹴飛ばし、転がしたようなものだ。

これも一種の舐めプだな。

「ところで一つ質問がある」

「何でしょうか？」

俺からの質問に、高官たちが身構える。

「剣聖になるための申請は、誰に出せばいい？」

ライナスの件よりも、今は剣聖の称号の方が大事だった。

「――伯爵、冗談は止《や》めてください！」

一瞬唖然とした高官たち。この場にいた全員が呆気《あっけ》にとられていた。

だが、俺は真面目に質問している。

「冗談だと!?　俺は本気だ。いいか、俺は一閃《いっせん》流を世に広めなくてはいけないんだ。最強の流派として世に広めるのは、安士《やすし》師匠への恩返しだぞ。だから、剣聖の称号をくれよ」

「あんた何言ってんだ？」

俺は悪人だが、受けた恩くらいは返すつもりだ。

師匠には世話になった。

だが、世間はどうしても一閃流をマイナー剣術と考えている。

ならば、俺が世に広めるしかない。

最強の流派が一閃流であると、世に知らしめなければならないのだ。

「駄目なのか？　それなら、残り三人の剣聖を連れてこい。三人とも倒せば、帝国も剣聖として認めてくれるだろ？」

高官たちが俺の前で頭を抱えていた。

◇　◆　◇　◆　◇

昼過ぎ。

ライナスは貴族たちが帰った広い部屋で項垂《うなだ》れていた。

先程まで自派閥の貴族たちが集まり、対策会議を行っていたのだ。

だが、ライナスは力なく笑う。

「何がまだ諦めないでください、だ。――もう、私は終わりだ」

貴族たちの白々しさに気が付いていたが、今は怒る気力もなかった。

ライナスも無能ではない。

ここから巻き返しが出来るなどとは考えていなかった。

「クレオを見誤った。いや、リアムを侮った。私の敗北の原因は、間違いなくあの男だ」

辺境で粋がっている子供と侮ったが、それがいけなかったのだ。

最初から全力で潰すか、それとも何をしてでも抱き込むのが正解だった。

事前にこの結果が――リアムの力を正確に把握していたならば、ライナスは自らが頭を下げてでもリアムを自派閥に引き入れただろう。

そんな仮定の話は無意味だが、ライナスは考えずにはいられない。

どこで間違えてしまったのか？　と。

宰相の言葉が思い出される。

「――宰相の読みは当たっていたな。あの男も長年帝国を裏で操っていただけはある」

そう呟《つぶや》くと、床から一人の男がゆっくりと姿を現す。

膝をついた格好ではなく、立ったまま。その手には酒瓶を持っていた。

仮面を着けた男は、赤い仮面の男の後継として組織を率いる者だった。

ライナスは力なく笑う。

「私を殺すのはお前か」

「ライナス殿下、貴方《あなた》の利用価値はなくなった。我々の新しい主人は、今回の一件に心を痛めておいでです。――すぐに解決するように、とお言葉を賜りました」

そう言って酒瓶を差し出してくる。

ライナスはソファーの背もたれに体を預けながら、仮面の男が持つ酒の銘柄を見ていた。

意外なことに微笑《ほほえ》んでいる。

「私の好きな酒だな。気が利くじゃないか」

普段よりも落ち着いた態度を見せるライナスに、仮面の男は少し驚いた様子だ。

「もっと慌てると思っていましたが、落ち着かれていますね」

ライナスは継承権争いから脱落したことで、焦りが消えて余裕が見える。

「あれだけの醜態をさらしたのだ。私は今後、宮殿内の歴史では愚か者の一人に数えられるだろう。ならば、最期くらいは格好を付けたいからな。グラスを用意するから、少し待て」

立ち上がって部屋の壁に手を触れると、ギミックが動き出して壁から棚が出現する。

食器だけではなく、酒類も揃《そろ》っていた。

つまみも数多く用意されている。

ライナスはその中から、酒に合うつまみを選んでいた。

「この酒には、こいつがよく合うんだ」

落ち着いた様子で酒を飲む準備をするライナスのために、仮面の男が酒瓶を開けた。

ライナスが残念がっている。

「最期の酒の相手がお前か。こうなる可能性は何度か考えたが、せめて赤い奴《やつ》が相手であって欲しかった」

付き合いの長い赤い仮面の男ではなかったが、目の前にいるのはその後継者だ。

そんな彼らに殺される未来もライナスは想像していた。

「頭領は残念でした。力及ばず、申し訳ない」

仮面の男が素直に謝罪すると、ライナスはそれを受け入れる。

「お前たちで負けるなら、私も諦めがつく。それにしても、リアムには驚かされた。まさか、お前たち以上の暗部を抱えているとは思わなかったよ」

負けたと清々《すがすが》しく笑うライナスに、仮面の男も苦笑いしているようだ。

「次の機会があれば、ライナス殿下の仇《かたき》を討ちますよ」

「報酬は出ないぞ」

「構いません。サービスしますよ」

「それでは頼もうか」

グラスに酒を注《つ》がせたライナスは、それを一気に飲み干してからまたそそぐようにグラスを差し出した。

つまみに手を伸ばしながら、仮面の男に問う。

「冥土の土産に二つ教えろ。お前から見て、皇帝に相応《ふさわ》しいのは誰だ？　兄上か？　クレオか？」

堂々としたライナスの態度に、仮面の男がクックツと笑う。

「今の殿下なら、次の皇帝に相応しかったかもしれません」

それを聞いたライナスは、気分よく酒を飲む。

「ここは素直におだてられておこう。さて――今回の一件、裏で動いたのは誰だ？　剣聖を誰が引っ張り出した？」

二つ目の問いに、仮面の男は答える。

「依頼主の素性を話さないのも仕事の内です」

「そう――だったな」

ライナスは笑みを浮かべると、目を閉じて眠るようにそのまま息を引き取った。

仮面の男は、そんなライナスの姿を見ながら口惜しそうに呟く。

「もっと早くその姿を見せていただければ、こうならなかったでしょうね」

一人の愚鈍な皇子が起こした暗殺騒ぎは、本人が全ての罪を告白した後に自裁した、として片付けられた。

◇　◆　◇　◆　◇

暗殺事件から一週間が過ぎた頃。

まだ落ち着きを取り戻していない宮殿で、俺はクレオ殿下と面会していた。

「殿下、元気がありませんね」

「あんな事件が起きた後だ。仕方がないだろう」

塞ぎ込んでいるわけではないが、気が沈んでいるようだった。

この程度で大丈夫なのだろうか？

まったく、善人は殺しにかかってきた相手が死んだからと落ち込んで駄目だな。

敵を倒して終わり、とは考えられないらしい。

クレオ殿下は俺を前に語り始める。

「ライナス兄上との間に思い出は少ない。だが——兄上からスパイとして送り込まれた使用人から話が聞けた」

「何か言っていましたか？」

「見下してもいたが、俺に同情していたらしい。何もしなければ、兄上が俺を暗殺するために動くこともなかった、と考えてしまう」

お優しいことだ。

だが、優しさなど無意味だ。

俺も前世で酷《ひど》い裏切りを経験したが、その時は俺も悪かったのだと納得しようとした。

理不尽な仕打ちにも耐えた。

その結果は、悪人共が俺を笑い話のネタにして終わり。

悪人共が裁かれることはなく、俺は苦しみながら死んだ。

「先に殺しにかかってきたのはライナス殿下です。気に病む必要はありません。それに、負ければ次は殿下の番です。嫌なら戦うしかない」

クレオ殿下が俺を見る目は、嫉妬しているようだった。

「伯爵は強いな。強すぎるから、弱者の気持ちがわからないのだろうね」

棘《とげ》を含んだ言葉だ。

だが、言わせて欲しい。

俺は弱者の気持ちを理解している。

何しろ、前世は弱者だったのだ。

悪人共にいいように利用される弱者だった。

——そんな自分に反吐《へど》が出る。

「弱者の気持ちなど、これ以上ないほどに理解していますよ。弱者だろうと、奪う側に回れるなら回るものです。殿下は弱者を神聖視しておられますね。——弱いというのは、それだけで罪ですよ」

クレオ殿下が俺を見て目を細めた。

「生まれながらの強者に理解できると思えないが？」

「少なくともお前より理解している」

お前呼ばわりしたところで、ティアが給仕のためにやって来た。

そして俺に報告してくる。

「お茶を取り替えましょう。それから、領地にいるブライアン殿が、リアム様とお話がしたいと言っていましたね」

一度休憩を入れろ、ということだろう。

俺は席を立つ。

「俺を気安く呼び出しやがって。ブライアンじゃなかったら処刑ものだぞ」

そして俺は部屋を出るのだった。

◇　◆　◇　◆　◇

話を中断されたクレオは、申し訳なさそうにティアを見ている。

自分の命を救ってくれた恩人のティアには、好感を抱いていた。

「伯爵に失礼な態度を取ったな。後で謝罪しよう」

ティアはリアムを尊敬しており、きっと怒るのだろうと思っていた。

だが、ティアはクスクスと笑っているだけだ。

「何かおかしいだろうか？」

ティアはリアムが出ていった部屋のドアを見る。

「クレオ殿下は、バンフィールド家についてどこまで知っておられますか？」

「経営状況の悪い領地を、リアム殿が子供の頃から改善したと聞いている。レアメタルを大量に保有した資源衛星を確保したおかげだったか？　運が良いのだろうな」

世間から見たリアムの評価などそんなものだろう。

皆、今のリアムの力や軍事力ばかりを評価する。

領地経営はレアメタルのおかげで持ち直した、とも。

「私も資料で見ただけですが、リアム様が伯爵の地位を継いだのは五歳の頃です」

五歳の子供に爵位も領地も押しつける。

そんな話が帝国にはあふれていた。

「貴族の中には、領地を子供に押しつける者たちがいると聞いている。だが、本当にいたのだな」

世間知らずのクレオは、噂話《うわさばなし》が事実だったのかと驚いていた。

そもそも、貴族との交流は最近始まったばかり。

派閥を構成する主だった貴族たちは、強面《こわもて》が多いが真面目な部類の領主たちだ。

子供に領地を押しつける、などという話は聞こえてこない。

「当時は酷い状況だったようです。民から税を搾り取り、苦役を強いて使い潰す。それだけでは贅沢《ぜいたく》が出来ないからと借金までしていましたね。資料を見て唖然《あぜん》としましたよ。人はここまで非道が行えるのか、とね」

ティアの話にクレオも同意する。

「酷い話だな。だが、ここにいればよく聞く話でもある。俺は話でしか聞いたことがないが、本当なのだろうか？」

「本当ですよ。帝国の多くの惑星では、今も民が苦しんでいます」

ティアは幼い頃のリアムを想像し、心を痛めているようだ。

「高潔なリアム様が当時の領地を見てどう思ったでしょうか？　自分の生活が苦しくとも、節制にいそしみ何十年と暮らしてきたのです。幼いリアム様はきっと可憐《かれん》な美少年だったはず」

何だか話がそれている気がするが、クレオは頷《うなず》いておく。

「――そうだろうな」

同意を得たティアは、更に熱を帯びてまくし立ててくる。

「はい！　今よりも可愛《かわい》くて、健気《けなげ》で尊くて――そんなリアム様が、苦しい貧乏生活に耐えて領内を発展させてきたのです。強くあろうと、己も鍛えて剣聖すら倒す実力を得たのも全ては民のため」

リアムは強くあらねばならなかった。

そうしなければ、民を守れなかったと聞かされてクレオは反省する。

「民のためか」

（俺はリアムについて何も知らなかったのだな。それなのに、あのようなことを言ってしまった）

　しかし、暴走したティアは。

「あぁ、その頃のリアム様をお支えできていれば！　映像では何度も確認しましたが、生のリアム様はきっと映像よりも可愛らしかったはず。そんなリアム様が領主として手腕を振るわれていたと思うと――ヤだ、涎《よだれ》が止まらない！」

　幼い頃のリアムを想像し、涎を拭う女性騎士がいた。

　クレオはティアから視線を外す。

　見ないのが優しさだと思ったからだ。

（伯爵のところの騎士は変わり者が多いな）

　有能ではあるのだが、ティアは残念な騎士だ。

　妄想が終わったのか、ティアが「失礼しました」と謝罪してきたのでクレオは再び視線を戻した。

「まぁ、何が言いたかったかと言いますと、リアム様はクレオ様の言われる弱者でした。いえ、クレオ様が思うよりも弱いお立場でしたよ」

　クレオが俯《うつむ》く。

「そうか。伯爵には悪いことを言ったな」

（俺が思うよりも、過酷な人生を歩んできたということか。俺の安易な発言が許せなかったのだろうな）

クレオは反省し、戻ってきたリアムに謝罪をしたのだった。

◇　◆　◇　◆　◇

通信室。

俺を呼び出したブライアンと話をしているのだが――。

『剣聖相手に舐《な》めプとはどういうことでございますか!?』

暗殺事件の報告書に目を通したブライアンは、俺が剣聖と戦ったことも知っていた。

その際の流れも摑《つか》んでおり、俺がわざわざ戦う必要がなかったのも知っている。

「だから、最初から勝った状態で挑んだって教えただろうが。お前が心配する必要はない」

『剣聖を相手に戦うのが、どこが舐めたプレイなのですか!?　このブライアン、報告を聞いた時は心臓が止まるかと思いましたぞ!』

「止まっても蘇生《そせい》してやるから安心しろ。何ならエリクサーもあるぞ」

笑ってやると、ブライアンが怒って顔を赤くする。

『笑い事ではありませんぞ!　リアム様は普段から無茶をしすぎです。それに、首都星で機動騎士に乗って暴れ回ったとも聞いておりますぞ』

「巻き込まれただけだ」

『どうしてもっと落ち着いてくださらないのか。あ、それはそうと』

ブライアンの会話に付き合っていると、展示会での騒ぎに関連した話に切り替わる。

話題は俺が購入したヴァナディースについてだ。

『第六兵器工場から機動騎士を購入したそうですね』

「馬鹿高いワンオフ機だ。いいだろ」

『そこまでいくと、羨ましいと思えませんね。ですが、そのワンオフ機をフルオプションで購入されたのですよね？』

「おう」

メイスンに言われてフルオプションで購入したが、ヴァナディースは一時的に第六兵器工場に預けている。

見た目が女性型では、俺が予備機に使えないからアーマーを取り付けるつもりだ。

装備品一式に加え、整備用のパーツも揃《そろ》えてもらう必要がある。

だが、俺は勘違いをしていた。

『その第六兵器工場から、商品を届けるのはどこがいいか問い合わせが来ております』

「しばらく乗る機会もないだろうし、領地に——」

『リアム様、本当に機動騎士を購入されたのですよね？』

「当たり前だろうが」

ブライアンが何を言いたいのか理解できずにいると、何故《なぜ》か第六兵器工場から届いた書類を提示してくる。

そこには機体の他に、オプションパーツやら武装の名前が連なっていた。

「書類がどうした？」

『一番下の項目をご覧ください。何故か、戦艦もセットで購入されているのですが？』

「──え？」

調べてみると、確かに戦艦も購入していた。

何でもヴァナディースを運用するための専用艦らしく、第六兵器工場が建造する見た目と性能重視の戦艦だった。

『天城《あまぎ》に知らせると「私は聞いておりません」と答えたので、どうなっているのか気になっていたのです。リアム様、何かご存じでしょうか？』

俺は冷や汗が噴き出してくる。

剣聖と対峙《たいじ》した時よりも、酷《ひど》い緊張感が押し寄せてきた。

「あ、天城には、機動騎士を購入したとしか伝えていない」

その場を凌《しの》ぐために機動騎士を購入した、と伝えていた。

天城もその時は「それでは仕方がありませんね」と納得してくれたのだが、俺が勝手に戦艦まで購入したと知れば怒るだろう。

メイドロボは主人に絶対服従の存在だ。

主人だから叱られないと思うだろうが、それは違う。

天城は淡々としながらも怒るし、俺に責めるような視線を向けてくる。

それが怖い。剣聖などよりずっと恐ろしい。

「お、俺、謝ってくる」

『それがよろしいかと思います。それはそうと！　リアム様がついに、首都星で女性に興味を持たれたと伺いましたぞ。いったいどこのお嬢様なのですか？　このブライアンにも教えてください』

リーリエの話題を持ち出すブライアンとの通信を、俺は即座に切った。

その話題に触れて欲しくなかったのもあるが、今の問題は天城だ。

「天城に怒られる。どうしよう」

機動騎士を購入したと思ったら、戦艦がセットでついてきた。

戦艦をセット販売とか、第六も変人の集まりだった。

第九話 ▶ 三本の刀

「ライナス？　あんなの敵じゃない。前にも言っただろう？」

ホテルにあるバーで酒を飲む俺の隣には、唖然としているウォーレスの姿があった。

最近は常に酔っ払っていたが、ライナスの顚末《てんまつ》を聞いて目が覚めたようだ。

「嘘《うそ》だろ。あのライナス兄上に勝てるなんて」

そのライナスは、クレオ暗殺に失敗して「焦った間抜け」扱いを受けている。

世の中は、失敗した者には冷たい。

だが、ウォーレスはライナスを高く評価していた。

「ライナス兄上は、自ら派閥を立ち上げて継承権第二位を実力で得た人だ。そんな兄上が、こんな終わり方をするなんて」

ウォーレスは実力でのし上がったライナスに、憧れを抱いていたようだ。

困惑しているウォーレスを横目に、俺はグラスを傾けた。

「あいつは喧嘩《けんか》を売る相手を間違えた。前から俺が言っていただろうが」

「いや、言ったけどさ！　普通勝てると思わないよ！」

「最初から勝てる見込みはあった。俺が負ける勝負を挑むと思うのか？」

「え、いや、だって継承権第二位の兄上だよ！」

ウォーレスは最初から負けを想像していたみたいだが、俺は勝てるから勝負した。

確かにライナスが動かせる戦力は俺よりも多いし、手札もまだあっただろう。

今回投入できなかっただけで、ライナスは間違いなく強敵だった。

だが、ライナスの本命はカルヴァンだ。

隙を見せられないライナスは、俺に対して全力を出せなかった。

そこを狙っただけ。

ライナスにしてみれば、カルヴァンと争っている最中に後ろから刺されたようなものだ。

十分に勝てる戦いだ。

真正面から正々堂々と戦うのは、悪徳領主のやることではない。

敵が本気を出せないように動くのが、正しい悪徳領主だ。

そして、ライナスを倒したことでクレオの評判はうなぎ登りだ。

おいしいところは全て奪うのが、悪徳領主である。

ただし、ボーナスステージもここまでだ。

俺は次の相手を思い浮かべる。

「だが、次の相手はカルヴァンだ。こいつは厄介だぞ」

ウォーレスも同感らしい。

「皇太子だからね。味方をする貴族も多いし、宮殿だって大勢がカルヴァン兄上の味方だ。ライナス兄上を倒せたのは驚いたけど、これからどうするつもりだい？」

「奇策はない」

「ないのかよ！」

カルヴァンという男は皇太子の地位にいて、現在の立場は盤石に近い。

そのため、ライナスのようになりふり構わない戦いはしない男だ。

言ってしまえば隙がない。

奴《やつ》の周りに集まっている貴族たちは多く、人材面でも質がいい。

ウォーレスは頭を抱えている。

「どうするのさ!?　カルヴァン兄上の方が、厄介なのに！」

「気にするな。長期戦になるだけだ。最後に勝つのはこの俺だ」

負けるなどあり得ない。

それに、俺には案内人がついている。

この継承権争いを楽しめばいい。

クレオを帝位に就けた後は、好き勝手にさせてもらおう。

おっと、大事な話を忘れるところだった。

「ところでウォーレス、合コンの件はどうなっている？」

　ウォーレスが俺を見て、何も言わずに酒を一気に飲み干した。

「おい、俺にとってはそっちの方が大事なんだぞ！」

　くそ！　大学生として遊び回りたいのに、帝位争いに時間を取られてまともに遊べていない。

　もっと貴族として、大学生として、正しく豪遊したいのに！

　そんな俺に、ウォーレスがジト目を向けてくる。

「合コンと言うが、リアムは既に彼女がいるじゃないか」

「ロゼッタか？　あいつは違うだろ。そういうのじゃない」

「違う。青髪の女だよ」

「──どうしてリーリエのことを知っている？」

　俺が目を細めると、ウォーレスが怖がってしどろもどろになる。

　一瞬だけ、ククリたちが情報を漏らしたとも考えた。

　しかし、それはない。

　ウォーレスは、誰から聞いた話なのか答える。

「この周辺はバンフィールドの関係者が多いんだ。二人で出歩けば噂《うわさ》くらいになるだろうに」

「そういうことか」

二人で歩いている姿を見られたらしい。

納得していると、ウォーレスが尋ねてくる。

「それで、いったいどこの誰なんだ？　リアムがナンパするなんて、そんなに可愛《かわい》かったのか？」

「――お前には教えない」

「何だよ！　ケチケチせずに教えてくれよ！」

◇　◆　◇　◆　◇

首都星は大騒ぎだった。

「聞いたか？　ライナス殿下が病気で倒れ、継承権第二位が空位になったぞ」

「あれ？　自裁だったはずだろ？　継承権の方は、第三位の皇子が繰り上がるんじゃないのか？」

「いや、空位らしい。だが、第三皇子は無理じゃないか？」

第二皇子ライナスが死去。

これにより、継承権第二位を争うために、後宮が騒がしくなると誰もが予想した。

事実、クレオを差し置いて第二位の継承権を得るために四位以下の皇子たちが後ろ盾をしている貴族たちと共に暗躍している。
ここから更に、消えていく皇子や皇女が増えるだろう、と誰もがそう予想した。
これまでにも似たようなことが何度も起きているからだ。
そして、首都星を——帝国を賑《にぎ》わせる話題がもう一つ。

◇　◆　◇　◆　◇

首都星から遠く離れた惑星。
電子新聞を握りしめる安士《やすし》は震えていた。
情報を詰め込んだ一枚の電子ペーパーは、格安で売られている。
その分、広告宣伝も多いのだが、暇を潰すにはもってこいだった。
安士が握りしめた電子ペーパーは、動画が再生されている。
そこには記者会見を開いているリアムの姿が映し出されていた。
安士は怒りに震えていた。
「あ、あの野郎ぉぉぉ！　やりやがった。ついにやりやがった！」
安士は泣いた。
嬉《うれ》しくて、ではない。

腹立たしくて、そして怖くて泣いた。

動画内のリアムが記者たちに囲まれている理由は、クレオ殿下の暗殺騒ぎの件だ。その際に剣聖が現れたという情報が出て、リアムに記者たちが会見を求めていた。

場所はどこかのホテルのラウンジで、ソファーに座るリアムが不満そうな顔をしてインタビューの受け答えをしている。

『剣聖？　俺が倒した。一閃《いっせん》流の免許皆伝を持つ、この俺が、な』

剣聖を倒したと宣言するリアムに、記者たちが困惑している。

『四天王の一角を倒したというのですか？　本当に？』

帝国で最強の剣士たち。

その一角をリアムが倒したとは、信じられなかったのだろう。

安士も信じたくなかった。

動画内のリアムは、煩わしそうにしている。

『だから何度も言わせるな。俺が斬った。だが、剣聖を倒したのに、剣聖の称号を得られないのはシステムとしておかしいよな？　宮殿にも剣聖の称号を寄越《よこ》せと申請しているが、認めてくれそうにない』

安士の感想は。

「何言ってんだ、こいつ？　そ、それにしても、剣聖を倒せるくらい強くなっていたのか。

本当に化け物だな」

安士も剣士の端くれだ。剣聖がどのような存在か、朧気《おぼろげ》ながらも理解していた。

記者がリアムの態度に驚いてばかりだ。

『み、自ら剣聖を名乗ると？　普通は推薦を受け、皇帝陛下が吟味する前に数多くの審査を突破する必要が――』

『馬鹿なのか？　そいつらが選んだ剣士が負けたんだ。そいつらに見る目はない。俺が最強だ。俺が剣聖だ。認められないなら、残り三人を今すぐここに連れて来い！　全員斬り伏せてやる』

ざわつく現場の様子が、動画から伝わってくる。

そしてリアムがハッと思い出したように訂正する。

『いや、今の発言は言い過ぎだな』

急にしおらしい態度を見せるリアムに、周囲も「やっぱり剣聖三人は倒せないよね」という雰囲気になっていた。

しかし、リアムが訂正したのは別だ。

『最強は俺じゃない。俺の師匠だ』

安士の顔から血の気が引いていく。

記者が師匠についてリアムに問う。

『師匠というと、一閃流の師範でしょうか？　そもそも、師範はどうして無名なのでしょうか？　そこまで強い剣術ならば、もっと名が売れていても――』

『てめぇ、安士師匠を馬鹿にするつもりか！』

リアムが安士の画像を表示した。

キリッとしたいい感じの安士の顔だ。

以前、リアムに剣を教えている時に撮影されたものだろう。

そんなものを大画面で記者たちの前で表示している。

「馬鹿ぁぁぁ!!」

安士は止めたかったが、この動画を見ている時点で過去の話で止めようがない。

リアムは綺麗《きれい》な目をして安士を褒め称《たた》える。

そこには善意しかなかった。

『この宇宙で最強の男だ。俺が今も追いかけている最強の剣士――だが、未《いま》だに師匠を追い越せるイメージがわかない。剣聖なんかよりも、師匠と戦う方が怖いくらいだ』

記者たちが驚いている。

『そんなにですか！』

『剣聖を倒した方より強いとなると――』

『宇宙最強の剣士――安士！　いや、剣聖を超えた剣神!?』

ている。

記事の見出しは「宇宙最強の男、剣神！　その名は安士！」と、大々的に取り上げられ
『剣神安士――いったい何もんなんだ⁉』

『宇宙最強の剣神！』

『剣神！』

首都星から遠く離れた惑星にまで、こんなニュースが届いている。

安士は恐ろしくて震えが止まらない。

（ヤバい、ヤバい、ヤバい、ヤバい、ヤバい、ヤバい――こ、ここにいたら、俺は絶対に殺される。逃げないと――帝国から逃げないと⁉）

リアムの善意が安士を追い詰めていた。

薄暗いあばら屋のような家で、安士は今後について必死に考える。

すると、玄関が騒がしくなった。

『おい、安士を出せ。宇宙一強い男がいるんだろ！』

聞こえてくるのは野太い男の声だ。

きっとニュースで安士を知り、倒して宇宙一になろうとしている男だろう。

腕に自信があるのが、声からも伝わってくる。

「ひっ、ひぃぃぃぃ!!」

安士が窓から逃げようとすると、その男と争う弟子たちの声がした。

『あ？　てめぇみてぇな雑魚が、何でうちの師匠と戦えると思っているわけ？』

『とんだ勘違い野郎だよね』

二人の弟子が丁度玄関にいたらしく、男の相手をしているようだ。

『てめぇらみたいなガキが、この極意無限大流開祖である俺を馬鹿にするのか？　俺はもう、名のある騎士を五人は斬った男だ！』

五人も斬っているとか、安士からすれば十二分に危ない男である。

安士はそんな男に弟子たちが勝てるとは思えず、逃げだそうと窓の縁《へり》に足をかけた。

すると――ボゴッ！　という音が聞こえてきた。

木刀で人体を叩《たた》いたような音だが、音が大きすぎる。

少し間が空いてから、男の悲痛な叫び声が聞こえてくる。

『ぎゃぁぁぁ！　俺の腕が！　腕があぁぁぁ！』

叫び声と一緒に、今度は弟子たちの笑い声が聞こえてくる。

『ギャアギャア喚《わめ》くな。近所迷惑になるだろうが。隣のおばさんは口うるさいんだよ』

『次は右脚を潰してあげるよ』

また肉を潰す音が聞こえ、男が喚いていた。

ガタガタ震えていると、男の仲間たちが何か叫んでいた。

『や、止《や》めてくれ！』

『帰る！　もう二度と来ないから！』

『た、頼む、許してくれ！』

二人を止めようとしたのだろうが、あまりの実力差に手も足も出ないらしい。

弟子たちは、男たちを許さなかった。

『てめぇ、本当に名のある騎士を五人斬ったのか？　弱い、弱すぎて欠伸《あくび》が出るぞ』

粗暴な方の弟子は、男が強いと聞いて期待していたらしい。

その期待を裏切られ、苛立《いらだ》っているのが声から伝わってくる。

『はぁ？　こいつらの嘘《うそ》を信じたの？　ば～か』

クスクス笑っている子は、粗暴な弟子を馬鹿にし始めた。

そして、その子が笑っている間にまた肉を叩き潰す音が聞こえてきた。

安士は冷や汗が止まらない。

粗暴な弟子が、人を責めるのが好きなドSな弟子に言う。

『てめぇから殺してやる』

『同門の殺し合いには師匠の許可がいるって、覚えてないの？　あ～あ、師匠にいいつけてやろう』

『て、てめぇ！』

同門同士の殺し合いは禁止――これは、安士がリアムに戦いを挑まれた際の保険とした嘘だ。しっかり、二人の弟子にも伝えているのは、弟子二人が既に安士よりも強いからだ。子供相手に勝てないのが安士である。

安士は窓から降りて、そして男たちが逃げ去ったのを確認してから玄関へと向かった。

玄関がとても酷《ひど》い状態だったが、眉一つ動かさないように注意する。

これも、二人の前で威厳を保つためだ。

(何て凶悪なガキ共だ。だが、こいつらならリアムだって倒せる。俺に向かってくる馬鹿共も倒してくれる。いや、もう帝国から出ていく方がいいか)

安士は血だらけの二人を見て、演技で呆《あき》れるようにため息を吐《つ》いて見せた。

「お前たち、またそのようなことをしているのか」

二人が慌てて安士の前で姿勢を正した。

男たちの時とは違い、叱られた子供のような態度になる。

「だ、だって師匠！」

「僕は止めたんだよ」

安士は心の中で叫んだ。

(止めてねーじゃねーか！　お前のその態度が怖いわ！)

二人の面倒を見ている中で、安士は何とか師匠の威厳を保ってきた。

今では、二人とも安士《やすし》を師匠と呼び尊敬してくれている。

「二人とも、ここを掃除してシャワーを浴びたら奥の部屋に来なさい」

そして二人がシャワーを浴びて奥の部屋に来ると、安士は二人にリアムを殺すための道具を渡す。

粗暴な子には二振りの刀だ。

性格の悪い子には普通の物よりも長い刀を。

それぞれ、安士が購入した業物《わざもの》である。

資金の出所は、リアムからもらったお小遣いというのが、何とも安士らしい。

二人が刀を受け取り、目を輝かせている。

「凄ぇ！　師匠、これをもらっていいの！」

「僕の刀だ！」

二人のためにあつらえた服も用意していた。

旅に出るために道具も揃《そろ》えてある。

全ては、リアムを殺してもらうために。

(二人もいれば、一人くらい成功するだろ。二人が出ていったら、俺は帝国から逃げ出せばいいし)

安士は真剣な顔を二人に向けた。

「この場で二人には、免許皆伝を言い渡す」

二人が顔を見合わせた。

「え？　どうしてだよ、師匠？　だって、まだ修行が終わってない！」

「そうだよ、師匠！　僕たちはまだ教えて欲しいことが沢山あるんだ！」

安士は微笑《ほほえ》むが、内心では冷や汗が止まらなかった。

(教えることなんてもうねーよ！　リアムもそうだったが、こいつらも相当ヤバいって。どうして俺が用意する修行を全部こなせるんだよ！)

常人なら達成不可能な修行の数々を、二人はリアムと同様にこなしていた。

そんな二人に、安士が教えられることは何も残っていなかった。

このまま側《そば》に置けば、いつかボロを出してしまいそう。

安士は今すぐ、二人と離れたかった。

「外の世界に旅立ち、己の剣を磨け。お前たち二人の一閃《いっせん》流を見つけるのだ」

急に別れを切り出され、二人が泣きそうな顔をしている。

そんな二人が刀は抱きしめていた。

それが安士には理解できない。

(何で泣きながら刀を抱きしめるの？　怖いよ)

そして、安士は二人がリアムのもとに向かうように誘導する。

「旅をして腕を磨きなさい。きっと命懸けの戦いもあるだろう。時に二人の道が分かれるかもしれない。だが、これだけは覚えておきなさい。――お前たちの兄弟子が、お前たちの剣を仕上げてくれる」

粗暴な子が涙を拭っていた。

「兄弟子――リアムか？　あいつも一閃流だよな？」

「そうだ。今のお前たちでは相手にもならない。だから、外の世界で腕を磨け。そして、兄弟子に挑むのだ」

性格の悪い子が鼻をすすっていた。

「そんなに強いのかな？　僕たちだって強いのに」

安士は心の中で頷《うなず》いた。

（正直、どっちが強いかなんて知るかよ。俺から見れば、お前ら全員化け物だし。化け物同士で殺し合え）

曖昧な表現をしては怪しまれるため、とりあえず安士は断言する。

「強い。お前たち二人は、兄弟子を殺すつもりで挑みなさい。それくらいの気概がなければ、逆に命を落とすのはお前たち二人だ。――二人で挑みなさい。それだけ、兄弟子との力量差がある」

（まぁ、二人で挑めば勝てるだろ）

二人が泣きながら頷くと、安士は旅支度が済んでいることを伝えて二人に服を用意した。

上質な服は、わざわざ二人のために用意したものだ。

刀を買うために残った貯金を使ってしまい、安士の手作りである。

小器用な安士が上質な布を買い、仕上げただけあって出来映えは良かった。

二人のために装束を用意したのは、安士なりの負い目があったからだろう。

そして、電子マネーも数百万相当の金額を用意した。

これだけあればしばらく生きていけるし、旅をするにも困らない。

「二人がここを出れば、拙者《せっしゃ》もここを引き払う」

家がなくなると聞いて、二人が目に見えて狼狽《ろうばい》する。

「師匠!?」

「な、何で!?　ここは僕たちの家じゃないか！」

安士はそれっぽい理由を二人に聞かせる。

「お前たちの覚悟が鈍らぬためだ。そして拙者も旅に出る。拙者も一閃流を磨き続ける。再び出会うことはもうないかもしれないが、お前たちの無事を祈っている」

（リアムに勝ったら呼び戻して、俺の護衛に――やっぱ駄目だな。こんな化け物共と一緒にいたくない。心が落ち着かないし。そもそも、今のリアムを殺したら、こいつらお尋ね者だからな）

二人が泣くので、その後も優しく語りかける。

そして、二人が服を着替えると腰に刀を提げて、安士の前に出てきた。

「本当に大きくなったな」

そう言うと、二人が照れていた。

旅立つ覚悟を決めたのか、二人は安士にお礼を言う。

「師匠、今までありがとう。俺、兄弟子を倒して一人前になったら、また師匠に会いに来るよ！」

「師匠の一番弟子が僕だって証明するからね。これも修行だと思って我慢するよ」

二人が旅立ちその姿が見えなくなると、安士は安堵《あんど》から大きなため息を吐いた。

（はぁ～、やっと二人が出ていってくれたぜ。あの二人を育てるのに、何十年もかかったな。これでようやく解放された）

安士が二人の出ていった家を見る。

粗悪で修行の道具が転がる家だ。

（ちょ、ちょっと寂しいな）

二人を育てる中で情が芽生えたようだ。

だが、もうここにはいられない。

「へっ！　清々したぜ。これで俺も自由だ」

(俺みたいな男が、子供を育てるとは思わなかったぜ。まぁ、あいつらも俺に育てられて可哀想《かわいそう》な奴《やつ》らだったよな)

安士もさっさと帝国領から逃げようと、逃げ支度を始める。

すると、隣の家に住むおばちゃんが乗り込んできた。

「安士さん！　あんたのところの子供らが、また騒いでいたんですけど？」

「お、お隣さん！　こ、これは失礼しました」

「剣術か何だか知らないけど、こんなところで将来性のないことを頑張って意味あるの？　それに、あんた強そうに見えないよ」

おばちゃんにズバズバ言われ、安士は苦笑いをしていた。

「あははは——面目ない」

(くそ、言いたい放題言いやがって！　俺だって剣術なんて二度と手を出すかよ！　これでリアムに怯《おび》える日々も終わりだ。帝国から出るのは少し怖いが、最初からこうしておけばよかったぜ)

自分を誰も知らない土地に行こう。

安士はそう思うと、清々《すがすが》しく——いや、少し寂しかった。

巣立っていった二人のことが妙に気に掛かる安士だった。

◇　◆　◇　◆　◇

首都星からバンフィールド家の本星に戻ってきた。

ライナスとの戦いが無事に終わり、区切りも良いので領地に戻ってきた。

たまには部下たちも労《ねぎら》おうという気分だったのもある。

だから、わざわざ式典を開いて論功行賞をやることにした。

そもそも、礼を言うのはタダだ。

積極的に礼は言おう。

まぁ、報酬も出すからタダじゃないけどな。

屋敷にある謁見の間にて、俺はまるで王様が座るような椅子に腰掛けていた。

太々《ふてぶて》しく、脚を組んで――となると、皆の気分も悪いだろうから姿勢正しく座っている。

居並ぶ文武百官。あれ？　多いな。

百人どころの話じゃない。いったいどれだけいるんだ？

気が付けば部下が増えすぎていた。

騎士、軍人だけではない。

役人たちも増えている。

最初の頃は本当に大変だったが、俺がこの世界で第二の人生をスタートさせてもうすぐ百年という節目も見えて来た。

当時は貧乏だったバンフィールド家も、今は帝国でも有数の金持ちだ。

部下たちも多く、頼りに――頼りになるかな？

筆頭と次席の地位を奪った俺の騎士であるティアもマリーも、正直微妙だ。

仕事は出来るが、残念な性格をしている。

人材面では質がまだ足りていないようだ。

今後の課題も見えてきたところで、今回の式典だが――司会進行は、俺の護衛も務めていた騎士のクラウスに任せている。

天城《あまぎ》が推薦しただけあって、何でもそつなくこなす便利な部下だ。

今後も積極的に使っていこう。

「リアム様」

名前を呼ばれたので、俺は椅子から立ち上がった。

「皆、ご苦労だった。ここ数年は随分と苦労をさせてきたが、無事にライナスを蹴落としてクレオ殿下を帝位へと一歩押し上げることが出来た。礼を言う」

全員が膝をついている光景は、いつ見ても気分がいい。

俺が偉いのだと実感できる。

クラウスが緊張した様子で式典を進行する。

「クラウス、次は褒美だったな？　今回一番の功労者は誰だ？　俺が直々に褒美をくれてやる」

表彰する者も多いため、後で勲章でも配ることになっている。

ただ、その中でもずば抜けた功績を持つ人間を、この場で俺が直々に褒め称《たた》えるのだ。

何故《なぜ》かクラウスが警戒しながら、今回一番の功績と判断された騎士の名を呼ぶ。

「チェンシー・セラ・トウレイ――前へ」

「はい」

妖しい色気を放つ女が俺の前に出てきた。

皆の視線がその女性騎士に注がれる。

ティアもマリーも、苦虫をかみ潰したような顔をしてその女性騎士を見ていた。

俺の護衛を務めた中華風の美人騎士だった。

見た目で護衛に選んだが、優秀な奴だったらしい。

クラウスがチェンシーの功績について俺に解説する。

「今回の一件に加え、これまでの功績もあっての第一位となっております。撃墜数は六百を超えており、バンフィールド家ではリアム様に続いて二番目の撃墜数となっております」

「続いては――」

「六百？」

俺が首をかしげると、ティアやマリーの悔しそうな声が聞こえてきた。

「単独での撃破数に何の意味があるのか」

「同じ数だけ戦場を用意されたら、あたくしならば倍は撃破できてよ」

負け犬共が吼《ほ》えていた。

だが、こうして見ると中華風の美女というのはいいな。

神秘的な感じがする。

クラウスが補足する。

「短期間でこれだけの戦果を上げたのは、バンフィールド家では彼女のみです。ですが、その――」

言いよどむクラウスを無視して、俺の前に出たチェンシーがねだってくる。

「リアム様、私はどうしても欲しいものがございます」

この俺に褒美をねだってくるとは、恐れを知らないようだ。

だが、嫌いじゃない。

それに、有能な部下は大好きだ。

「言ってみろ」

チェンシーがゆったりとした袖口から、筒状の隠し武器を手に取るとそれは槍《やり》になった。

騎士たちがざわつく前に、チェンシーが構えて一歩踏み込む。

「お前の首が欲しい！」

神秘的な雰囲気を捨て、獰猛《どうもう》な笑顔でそんなことを言い出した。

――どうして俺の部下たちは、こんなにも駄目な者が多いのか。

有能だが、皆が何か問題を抱えている。

踏み込んだチェンシーが俺の前に飛び出してくる。

鋭い槍の一撃は、あの剣聖にも劣らない速度だ。

「剣聖を殺した実力を見せてみろ！」

時折いるのだ――戦うことしか出来ない、馬鹿な騎士というのが。

ただ、チェンシーは前に戦った剣聖と違って興味をそそられた。

「お前も残念な女だな。だが――そのスピードは褒めてやる」

チェンシーが目を見開き、身を捩《よじ》ると槍を持った右腕が斬り飛ばされた。

空中を蹴って後ろへと飛ぶと、すぐに左手に隠し武器を握る。

「何もない空中を足場にして蹴った？　お前は面白いな」

剣聖と戦った時よりもワクワクしてくる。

チェンシーの持つ隠し武器に刃が出現して、柳葉刀《りゅうようとう》になった。

「いくつも仕込んでいたのか？　いっそしっかりした武器を持ってこい。おい、誰かこいつに武器を渡してやれ」

周囲に命令しながら、俺は階段を降りてやる。

――チェンシーの奴、俺の一閃《いっせん》を避けやがった。

本気で斬り殺してやろうとしたのに、こいつは避けたのだ。

間違いなく強い。

腕一本を失ったが、戦意を喪失していないのもいい。

ただ、クラウスをはじめとした騎士たちが俺の前に出て、他はチェンシーを囲った。

激高するティアが、なだれ込んできた護衛の騎士たちから武器を奪って構える。

「大事な式典でリアム様の顔に泥を塗りやがって！　簡単に死ねると思うなよ！」

実体剣を両手にそれぞれ持ったマリーは、目が血走っていた。

「挽肉《ひきにく》にしてやるわ」

お前たちは本当に主人の気持ちを察しないな。

俺は呆《あき》れながら、全員に大声で命令を出す。

「下がれと言った！　俺の楽しみを奪うな」

驚いたクラウスが、振り返ってくる。

「し、しかし！」

「二度も言わせるな、全員下がれ。ティア、マリー、お前ら二人はこいつの武器を持ってやった。


きてやれ。仕切り直しだ」

命令を出した俺は、懐から治療薬を取り出した。

万が一のために用意されている高級な治療薬だが、それをチェンシーに投げて渡してやった。

そして、周囲にいる騎士に命令する。

「おい、俺が斬り飛ばしたこいつの腕を持って来て繋《つな》げてやれ」

騎士たちが狼狽《うろた》えている。

「よ、よろしいのですか？　この者はリアム様の命を狙いましたが？」

「それがどうした？　こいつは俺と戦いたいんだろ？　褒美に戦わせてやるよ。だが、首は駄目だ。俺の首はこいつにやるほど安くない」

チェンシーに怒気を放つティアとマリーが、俺のもとへとやって来る。

その手にはチェンシーの武器が握られていた。

柳葉刀と呼ばれる武器で、仕掛けもあるようだ。

受け取った俺は、武器が業物《わざもの》であるのを確認した。

「それなりか。まぁ、いい。ほら、受け取れ」

投げてやると、腕を繋げたチェンシーが武器を受け取る。

やや呼吸が荒いが、自分の武器を手に取ると構えた。

治療薬で腕を繫げた際に痛みに苦しんだだろうに、冷や汗をかきながらも笑っている。

「その豪胆さ、嫌いではありませんよ」

「豪胆？　お前、俺が豪胆な人間に見えるのか？　なら、お前は見る目がないな。期待外れだ」

俺のような人間を豪胆と言う辺り、こいつは間違いなく残念娘だ。

外見は好みだが、俺のハーレムには入れられない。

周囲が警戒を強める中、チェンシーが斬りかかってくる。

それを刀で弾《はじ》くと、剣速が加速していく。

「面白い剣術だな。剣聖よりも参考になる」

褒めてやると、チェンシーが蹴りを放ってきた。

ピンヒールの蹴りは凶器だな。

俺が後ろに下がると今度は床を踏みしめて体をねじ込んで肘を入れてくる。

体術を織り交ぜた剣術だ。

まぁ、珍しくもない。

一閃流も同じだからな。

普段は刀しか使用しないが、俺は師匠から様々な武器の扱いを教えられている。徒手空拳。一閃流には体術も存在する。

「こうだったかな？」

久しぶりに繰り出すのは、刀が折れた際に使用する体術の技だった。

相手の力を利用して投げる技で、気持ちがいいくらいにチェンシーが空中で回転してから床に叩《たた》き付けられる。

背中を打ち、大きく開いた口から唾を吐いていた。

苦しんでいる姿を見下ろす俺は、チェンシーの姿をあざ笑う。

「この程度か？　俺の首が欲しいのだろう？　チャンスをやったのに、お前の刃は俺にかすりもしないみたいだが？」

チェンシーがゆっくりと立ち上がると、息が上がっていた。

「実力差が理解できたか？」

刀を担いで隙を見せてやると、すぐに斬りかかってくる。

それを刀で受け止めようとすると、チェンシーの刃がまるで布のようにゆらりと動いて俺の体に迫ってくる。

ティアが叫ぶ。

「リアム様！」

飛び出そうとしてくるティアとマリーを目で制した。

俺の体に届こうとした刃を左手で摑《つか》む。

「今の技には少しヒヤッとした。面白い技だな」

すぐに対応して見せた俺に、チェンシーが驚いて目を見開いていた。

驚いた理由は、俺が今の技を知らなかったことらしい。

「まさか、初見で防がれるなんて」

「信じられないか？　だが、この程度の技を防ぐ事など、一閃流には容易《たやす》い」

以前、師匠が俺に鞭《むち》で攻撃してきたことがある。

特殊な鞭は動きが読みづらく、防ぐのに苦労したものだ。

おかげで、チェンシーの攻撃にもすぐに反応が出来た。

指先に力を入れて刃を折ると、隠し武器を取り出したチェンシーが次の技を繰り出してくる。

回転して二刀流で斬りつけてくるような技は、こちらが斬りかかると弾かれてカウンターが襲いかかってくる類いの技だ。

どのように攻撃してきても捌《さば》く技らしいが――つまらない。

「なんだ、もうネタ切れか？」

俺が刀を振るうと、チェンシーがまたしても避けた。

二度も避けられた俺はちょっとだけ悔しかった。

日々の鍛錬の時間が短かったか？　鍛え直す必要がありそうだ。

ただ、チェンシーも無傷ではない。

回転が止まったチェンシーは、そのまま左手と左脚を失って床に倒れる。

その状態でもめげないのか、武器を噛《か》んで俺の首を狙ってきた。

右手、右脚を使って床から飛び上がった。

飛びかかってきたチェンシーの腹に刀を突き刺した。

そのまま柱に串刺しにして、手を離す。

チェンシーは苦しみながら、持っていた刃を落とした。

口から血を吐き、俺を睨《にら》んでいる。

「正直、二度も避けられるとは思わなかった。お前は優秀だな」

感心していると、チェンシーの後ろで目を血走らせた騎士たちが武器を手に取って近付いてきていた。

これからチェンシーを殺すつもりだろう。

興奮したティアが、チェンシーの引き渡しを求めてくる。

「リアム様、勝負はつきました。その愚か者の処分をご命令ください」

マリーも同様だ。

「死ぬ直前で治療を繰り返して、殺してくれと泣き叫ぶまでズタズタにしてやるわ」

――本当にこいつらは俺の気持ちを理解してくれないな。

俺は二人に向き直り、勘違いを正してやる。

「誰が殺すと言った？　俺はこいつを気に入った」

理解できないのか、二人が必死に俺を説得してくる。

「そ、そんな！」「リアム様、こいつは危険です！」

お前ら二人も危険だろうが！――色んな意味でね。

チェンシーも俺の考えが理解できないのか、戸惑った表情をしている。

しかし、諦めていないのか、俺に殺気を向けていた。

こんな状態でも、まだ挑もうとしてくる根性がいい。

あと、優秀ではあるが、俺を殺せないという力量が丁度良かった。

そばに置いても怖くないからな。

刀を柱から抜いて床にチェンシーを転がした俺は、そのまま見下ろす。

「今回の褒美はここまでだ。次に挑む時は、もっと功績を積み上げるんだな。また相手をしてやる」

俺の判断に納得できないクラウスが、チェンシーの処罰を求めてくる。

「本当によろしいのですか？　この者は式典の場で、リアム様の命を狙ったのですよ」

「それがどうした？　俺のお気に入りだ。殺すなよ。さっさと治療を受けさせてやれ。さて、式典の続きだ。ほら、司会進行のクラウス君、さっさと進めないか」

俺に急《せ》かされたクラウスは、戸惑いながらも場を仕切り始める。

「は、はい！」

床に倒れたチェンシーが運ばれ、そのまま式典が再開された。

ただ、休憩を挟むべきだった。

床についた血くらい、掃除させればよかった。

◇　◆　◇　◆　◇

「リアム様！　どうして、あのような騎士を側《そば》に置くのですか!?」

式典中の騒ぎを聞いたブライアンが、俺の前で泣いていた。

五月蠅《うるさ》いだけなら追い返せるが、泣いているブライアンは苦手だ。

あと、俺をジト目で見てくる天城《あまぎ》も苦手だ。

「旦那様、あの手の騎士は同じ事を繰り返します。戦うことに快楽を覚えているため、また命を狙われますよ」

チェンシーはまた俺の命を狙うだろう。

それも織り込み済みだ。

「その時は返り討ちにしてやる。それに、あの手のタイプは強い奴《やつ》と戦いたいんだろ？

卑劣な手段で挑んでこないだけマシだ」

　ブライアンは理解できないと、頭を振っている。

「式典中に命を狙うなど、卑劣ではないのですか？　それはそうと、お耳に入れておきたい話がございます」

「何か問題でも起きたか？」

「問題と言えば、問題ですね。軍の人手が足りません。新しく手に入れた領地の護衛と、パトロールに海賊退治。それに、クレオ殿下への兵力の提供――整備中のため動けない艦艇以外は、全て出撃している状態です」

　天城も軍の稼働率を問題視していた。

「領内に軍学校を用意し、人員を確保していますが足りません。軍部からは学生の早期育成と、一部徴兵も提案されています」

「徴兵だと？」

　俺の雰囲気が変わったと思ったのか、ブライアンが汗をハンカチで拭っていた。

「い、一部でございます。既に予備役もかき集めてこの事態に対処しております。リアム様、今が大事な局面であるのは十分に承知しております。ですので、ここは領民たちにも少しばかり負担を――」

「馬鹿野郎！」

俺が机を叩くと、二人とも口を閉じる。

「領民を徴兵するだと？　そんなの俺が許すと思ったのか！」

俺の言葉を聞いて、ブライアンが何を勘違いしたのか感動している。

「リアム様、そこまで領民たちのことを思って」

ただ、天城は察しているのか、どこか呆《あき》れているようだった。

「旦那様、本心では何を考えているのですか？」

本心も何も、俺の方針は今も昔も変わらない。

「俺の領民を苦しめていいのは、俺だけだ！　必要に迫られて徴兵したいんじゃない。無意味な徴兵をしたいんだ！」

俺が本格的に領地に戻ってくる前に、領民たちから搾取するなんて許さない。

搾取するのは俺の楽しみだ！　他の誰にも譲るつもりはない。

ブライアンが項垂《うなだ》れる。

「またそのようなことを言って。まぁ、領民たちを苦しめたくないのなら、このブライアンからは何も言えません」

天城が俺に解決策を求めてくる。

「ですが、軍の人手不足は深刻です。リアム様、この問題はいつまでも保留に出来ません」

自前で用意しようと思うから大変なのだ。

あるところから持ってくればいい。

「また帝国軍から引き抜けばいいだろ」

「それにも限界があります。また、今後はスパイへの対処も必要になります」

カルヴァンと本格的に争うことになるだろうし、他の皇子たちも黙ってはいないだろう。

俺が大々的に軍人たちの受け入れを進めれば、そこに間者――スパイを潜り込ませるはずだ。

「厄介な問題だな」

さて、どうしたものかと悩んでいると、執務室にマリーがやって来る。

「リアム様、トーマス殿とパトリス殿がお見えです。緊急の用件があるそうですわ」

「トーマスたちが？　この忙しい時に」

俺は、渋々トーマスの相手をすることにした。

◇　◆　◇　◆　◇

俺は時々、自分の幸運が怖くなる。

「あいつには感謝するしかないな」

俺の呟《つぶや》きに困惑しているのは、トーマスとパトリスだ。

「感謝ですか？」

困惑するトーマスを前に、俺は「何でもない。続きを話せ」と急かす。

俺が困っていると、常に解決策がどこからかやって来る。

いや、この世に奇跡など存在しないから、きっと案内人が裏で動き回っているのだろう。

そうでなければ説明がつかない。

パトリスが先程の説明を再開する。

「ルストワール統一政府、並びにオクシス連合王国から亡命者の受け入れを打診されました。後ろ盾になっていたライナス殿下の失脚により、反抗した勢力は一気に力を弱めましたからね」

俺は天城の用意してくれたお茶を飲みながら、二人の話を聞いている。

悪党らしく酒が良かったのだが、天城が「昼間からお酒ですか？」と、責めるような目を向けてくるので止《や》めた。

二人の話を聞いた俺は、鼻で笑ってやった。

「裏切るような連中はお断りだが、俺も今は戦力が欲しいからな」

トーマスがハンカチで汗を拭っている。

「いえ、首謀者たちはそれぞれの国で処罰を受けます。問題なのは、巻き込まれた者たちです。主家に逆らえない騎士や兵士たちもおりますし、関連が薄い者たちの扱いについては両国も頭を悩ませているので」

反乱を起こした連中は処罰されるが、関わった者が多すぎて困っているわけだ。

前世の感覚で説明するなら、倒産する会社の平社員だな。

責任はないが、今後の扱いに困っているのだろう。

消えてくれた方がいいのだが、巻き込まれた連中まで苛烈な処分をするのは気が引ける、というところか？

「受け入れてやる。領地は余っているからな」

そんな俺の発言を安易すぎると、天城が責めてくる。

「旦那様、政治環境が違う領民を受け入れるのは簡単ではありません」

「統一政府は民主主義を採用していたか？」

貴族制の帝国とは、そもそも政治体系が違いすぎる。

パトリスもそれを不安視していた。

「民が政治に参加していましたからね。リアム様の領地に、民主主義を持ち込む輩《やから》もいるかもしれません」

「民主主義か。俺は嫌いだな」

パトリスも当然という反応だ。

「でしょうね。好きな貴族様は今までに数人しかお会いしていませんし」

「いたのか!? 貴族なのに民主主義が好きな奴が?」

封建政治なんてやっている国で、民主主義に憧れる貴族なんているのかよ!? そっちの方が驚きだった。

世の中、馬鹿って多いんだな。

パトリスも苦笑いをしながら、馬鹿共について教えてくれる。

「楽が出来るなら賛成という方はいましたよ。他にも、民主主義は素晴らしい政治体系であると仰《おっしゃ》る方もいましたからね」

「そいつは馬鹿だな」

俺は民主主義が嫌いだ。

いや、誰かが俺の上にいるのが嫌いだ。

現在の俺が領内で絶対的な権力者であるのも理由だが、問題は政治体系ではない。

結局、人が扱う時点で不完全なのだ。

どんなに素晴らしいシステムも、人が駄目にする。

政治体系が問題なのではなく、どこまでいっても人の問題だ。

俺は人間を信用しない。だから、どんな政治体系も完璧ではないと理解している。それなら、俺が王様として君臨できる今の状態が最高だ。

俺は天城に視線を向ける。

無言で見つめられた天城が、首をかしげる姿は可愛《かわい》かった。

「旦那様、何か？」

「ちょっとな」

かつて、この世界の人々は、人工知能に全てを預けたために失敗した。

だが、人間の醜さを見てきた過去の人間たちが、すがるような気持ちで人工知能に完璧を求めたとしたら――度し難いと言えるだろうか？

まぁ、人工知能も人間が作り出している時点で不完全だろう。

不完全な人間から作り出されているのだから。

俺は天城を見つめていると、自然と口が動く。

「天城は今日も可愛いな」

そんな風に色々と考えていたが、俺の理想を追求した美女である天城を見ていると、そんなことはどうでも良くなった。

青髪のリーリエにも心を動かされたが、俺にとっては天城こそが完璧なのだ。

天城が頭を下げてくる。

「ありがとうございます。ですが――お二人が困惑されているので、時と場所をお選びになった方がよろしいかと」

何とも言えない表情をする二人を前に、俺は咳払《せきばら》いをする。

「一箇所にまとめると面倒だから、分散して配置する。これでいいか？」

トーマスが頷《うなず》いた。

「貴族制だった連合王国の民は問題ないでしょうね」

パトリスは難しそうな表情をしている。

「こちらは統一政府に恩が売れるのでいいのですが、本当によろしいのですか？　民主化運動など起きると、領内が面倒なことになりますが？」

こいつらは俺をまったく理解していない。

俺が善良な為政者なら悩むだろうし、受け入れにも慎重になるだろう。

だが、俺は悪党だ。

「主義主張は大いに結構。ただ、俺の領地で騒ぐなら――叩《たた》き潰すだけだ」

トーマスもパトリスも息をのむ。

それはそうと、気になっていることがあった。

「ところでトーマス、お前と繋《つな》がっている裏切り者の貴族はどうなった？　あいつが潰れると、俺としては面白くないんだが？」

トーマスは苦笑いをしている。

「主君のせいにして、何とか責任から逃げ切って立場を守られましたよ」

主君を裏切ったのか!?　そいつは気に入った。

「最高だな！　今後も支援してやろう」

外国の悪徳領主も頑張っているようだ。

俺も負けないように頑張るとしよう。

◇　◆　◇　◆　◇

久しぶりに戻ってきた領地。

俺は身分を隠して領内を散策することにした。

俺に舐《な》めた態度を取る奴《やつ》が現れたら、身分を明かして処刑するという遊びを思い付いたからだ。

もう、ウキウキした気分で出かけたよ。

悪徳領主として、ようやく振る舞えるのだ。

そう思っていたのだが。

「どういうことだ。俺に喧嘩《けんか》を売ってくる馬鹿がいないじゃないか」

アイスを片手に持ってベンチに座る俺は、治安の悪いと言われている場所に来ていた。

確かにちょっと雑多な感じはあるが、周囲は平和な光景が広がっている。

近くに噴水があり、周囲には屋台が幾つも並んでいた。
ここが治安の悪い場所？
俺はもっとスラムみたいな場所を想像していたのに、普通に家族連れが歩いている。
「治安が悪い場所はどこだと聞いたのに、あの警官は俺に嘘《うそ》を吐《つ》いたな」
道を尋ねた警官の野郎が、俺に嘘を吐きやがったに違いない。
後で降格処分にしてやる。
それにしても、屋台が並んで食べ物の良い匂いがする。
屋台を前に楽しそうにしている家族連れを見ていると、前世を思い出してしまった。
休日に子供を連れて三人で出かけた思い出だ。
何も知らない幸せだった頃——全て偽物だった過去。
「思い出したら腹が立ってきた」
家族連れを見ていると苛々《いらいら》してくる。
俺はこの場を去ろうと立ち上がり、アイスを食べていると荒らげた声が聞こえてくる。
「てめぇ、どこに目を付けて歩いていやがる！」
何やら揉《も》め事《ごと》のようだ。
野次馬根性で様子を見に行くと、そこには明らかに柄の悪い連中がいた。
黒い革ジャンに、刺々《とげとげ》しいアクセサリーに加えて、髪は金色で逆立てている。

見るからに悪い連中が、母子を前に苛立《いらだ》った様子で脅していた。

子供がぶつかったのか、ピチピチしたズボンにはアイスがついていた。

母親が幼い子供を抱きしめて庇《かば》っている。

「ご、ごめんなさい。クリーニング代は支払いますから」

謝罪する母親に、激怒する金髪の取り巻きが前に出た。

「クリーニングだぁ!?　この方をどなたと心得る？　バンフィールド家を支える十二家、ノーデン男爵家に仕えるクローバー準男爵家の嫡男様だぞ！」

それを聞いて母親の顔が青ざめると、周囲も同様に驚いていた。

聞こえてくるのは、奴らの言う十二家についてだ。

「十二家だって!?」

「まずいぞ。あの母子、どうなることか」

「十二家に関わる貴族様にぶつかるなんて、あの子も運がないわね」

俺は絶句した。

十二家って何だよ。俺を支えるノーデン男爵家？　俺にたかりに来た貴族は多いが、その中にノーデン男爵も存在した。

というか、間違いだ。俺は支えてもらってなどいない。

金がなくて困っているノーデン男爵家を支援しているのは、この俺だ！

あとお前ら！　周りで貴族様云々《うんぬん》と言っているお前ら！

どうして三下《さんした》に媚《こ》びへつらっている!?

お前らが媚びへつらう相手は、ここにいる俺だぞ!!

この惑星の王である俺がここにいるのに、他の奴に怯《おび》えるってどういうことだ!?

俺は沸々と怒りがこみ上げてくる。

馬鹿な領民たちにも腹が立つが、一番は威張り散らしている馬鹿共だ。

「俺の領地で悪人プレイとはいい度胸だ、木っ端貴族が」

そもそも、準男爵家は正式に貴族ではなく、一代限りの騎士家みたいなものだ。

いちいち、帝国が騎士を任命して領地に派遣するのが面倒だから、世襲を暗黙のルールとして認めている。

領地を持った騎士――しかも、領地規模は色々だ。

惑星一つに百人くらい領主たちがひしめき合っている場合もあるが、時に一つの惑星を支配する騎士家もいる。

そういった場合、領地は荒廃して総人口は百万人もいないとかそんなレベルだ。

つまり、貴族として力を持たない奴らがほとんどだ。

そんな奴らの子供が、俺の領地で威張り散らしているのが理解できない。

腹が立ったので持っていた食べかけのアイスを、その嫡男様に投擲《とうてき》してやった。

アイスが顔面にぶち当たり、周囲に飛び散ると一気に場が静かになる。

全員が俺の方を見るので、ニヤニヤして前に出てやった。

「おい、アイスをぶつけたらどうなるんだ？　俺にも教えろよ」

三人組の男たちは俺を前に睨《にら》み付けてくる。

――え？　この反応は予想外だった。

「貴族を舐めてんじゃねーぞ。おい、こいつを消せ」

金髪の男の取り巻き二人が、武器を手に取った。

剣の柄《つか》だけを取り出すと、刃が出てくる。

俺は驚いた。本当に驚いた。

「おい、待て。お、お前ら、俺を知らないのか？」

男が顔についたアイスを手で取りながら、唾を飛ばしながら怒鳴ってくる。

「今更怖《お》じ気《け》づいても遅いんだよ！　お前ら、やれ！　どうせ平民が一人消えたところで、警察は文句も言えないからな」

金髪の男の慣れた態度、もしかしてこれまでにも何度もやっているのか？

俺の部下がこいつらの尻拭いをしている？

腸《はらわた》が煮えくりかえる思いだ。

こいつらの罪をもみ消した連中は、戻ったらすぐに処罰してやる。

俺の領地で威張っていいのは。

俺の領地で領民をいじめていいのは。

この世でたった一人――俺だけだ。

俺は向かってきた二人の剣を避《よ》けて、そのまま頭部を摑《つか》むと地面に容赦なく叩き付けた。

二人とも鍛えられている騎士だから、この程度では死なないだろう。

地面に後頭部が埋まり、ピクピクと痙攣《けいれん》しているが無視する。

死んだって別に問題ないけどな。

金髪の男が俺を見て驚いていた。

「お、お前も騎士だったのか？　どこの家だ！　ノーデン男爵家は、バンフィールド家の重鎮だぞ。伯爵の片腕が俺の寄親《よりおや》だって理解しているのか？」

苛々して仕方がない。

誰が重鎮だ？　俺にたかる連中は、大して役にも立たない奴らばかりだ。

それでも支援してやるのは、媚びへつらう姿が面白かったに過ぎない。

だが、俺の領地で好き勝手にしているとなれば話は別だ。

「てめぇは、飼い主の顔も覚えられない無能か？　その程度の三下が、俺の領地で好き勝手にして許されると思うなよ」

金髪の男が懐から取り出した拳銃の銃口を向けてくると、ナイフが投擲されて弾《はじ》かれる。

やったのは俺を護衛するククリの部下たちだ。

俺の目の前に刀が投げられたので、受け取って男を睨む。

「さて、質問だ。お前は本当に貴族か？」

金髪の男は、何が起きているのか理解できずに怯えて震え出す。

「ほ、本当だ！　俺を殺したら、バンフィールド伯爵が黙っていないぞ！」

金髪の男に難癖をつけられた母子が、それを聞いて震えていた。

周囲の野次馬たちもそれを聞いてまずいと思ったのか、口々に「リアム様が」「リアム様は厳しいお方だぞ」「下手に騒げばこの辺り一帯がどうなるか」と騒ぎ始めた。

随分と怯えている様子で、大変結構。

「バンフィールド伯爵だぁ？　それがどうした？」

金髪の男が、俺を指さしてくる。

バンフィールド伯爵を知らない余所者《よそもの》だとでも思ったのだろう。

「お前、知らないのか？　あの人は敵対する奴に容赦しない。お前の家族全員が殺されるぞ。それでもいいのか？　俺を殺したら、バンフィールド家と争うことに——」

五月蠅《うるさ》いので斬った。

金髪の男の首が落ちるのを見ながら、俺は吐き捨てるように言う。

「三下すぎる。ノーデン家への支援は打ち切りだな。俺を不快にさせた罰を受けるべきだ」

周囲が青ざめていると、ようやくパトカーがやって来た。

空飛ぶ車に乗った警察官——中でも騎士として鍛えられた警察官たちが降りてくると、武器を持って俺を取り囲む。

その様子を見ていた護衛のマリーが、見ていられなかったのか飛び出してきた。

空から舞い降りるように現れ、警察官たちを威圧する。

「お前ら、この方に武器を向けたな？　全員この場でぶち殺すぞ！」

鉈《なた》のような剣を両手に持ち、マリーが威嚇すると警察官たちが怯えていた。

そして、警察官の一人がようやく気付く。

「ぶ、武器を降ろせ！　あの方はリアム様だ！」

それを聞いて周囲の野次馬たちが、更に騒がしくなってくる。

「リアム様？」

「だが、貴族様を斬ったぞ」

「あれがリアム様か」

領民たちの目の前で貴族を斬り殺してやった。

きっと乱暴者と見られるだろう。

マリーが興奮した様子で、後頭部が埋まっている騎士二人を見下ろしている。

「リアム様、こいつらはクローバー準男爵家の嫡男とその取り巻きたちですわ」

一時期、俺の屋敷で面倒を見ていたらしいが、今は領内に家を借りて暮らしていたそうだ。

俺の領内で随分と遊び回っていたらしい。

それは許そう。

だが――俺の領民をいじめていいのは俺だけだ。

人の持ち物に手を出すような奴《やつ》は、大嫌いである。

「そうか。こいつの実家と、寄親のノーデン男爵を呼び出せ。俺が問い詰めてやる。好き勝手に暴れやがって。何が十二家だ。ぶっ潰してやる」

マリーが俺の発言を受けて、獰猛《どうもう》な笑みを浮かべる。

「その際には是非とも先陣をお任せください。このマリー、リアム様の敵を全て排除してご覧に入れま――」

ますわ、という似非《えせ》お嬢様口調をマリーが言い終わることはなかった。

途中で口を止め、俺の後ろを凝視した。

俺も持っていた刀の鞘《さや》が摑まれたことに気が付き、後ろを振り返ると怯えた母親に抱かれている女の子を見た。

手を伸ばして俺の刀の鞘を摑んでいる。

マリーが無言のまま、その母子を斬り捨てようと刃を振り下ろす。

その刃を俺が素手で掴んで止めた。

「手を出すな。話がしたい」

「――承知しました」

マリーが無表情のまま武器をしまう。

俺も驚いていた。

普通なら鞘に触れられる前に気付いていたはずだ。それなのに、殺気がなかったために油断したのか鞘を摑まれてしまった。

女の子の顔を覗《のぞ》き込むため屈《かが》むと、俺を真《ま》っ直《す》ぐに見ている。

赤毛の髪を持つ可愛《かわい》い子は、俺の鞘を握って離さない。

母親が怯えていた。

「す、すみません。すみません！　この子は何も知らなくて！」

そんな母親に、マリーが怒気を放っている。

「知らないだと？　この領地でリアム様を知らないなど通用しない。万死に値する。返答次第では楽に死ねると思うなよ」

興奮しているマリーは、似非お嬢様口調が消えている。

そんなマリーの怒気に、一般人たちが怯えて黙ってしまった。

うん、こいつもたまには役に立つ。

俺がこんな危ない騎士を側《そば》に置いていると、野次馬共には宣伝してもらうとしよう。

いかにも悪徳領主っぽい！――たぶん。

というか、手本となる悪徳領主なんて前世の時代劇でしか見たことがない。

これであっていると思うのだが、どうだろうか？

俺はマリーを止める。

「マリー、俺の話を遮るな」

「も、申し訳ありません」

マリーが下がると、俺は再び女の子の顔を覗き込む。

「どうした？　この刀が欲しいのか？」

俺は金持ちなので刀も色々と持っている。

その中でも、今回使用したのは装飾の多い業物《わざもの》の刀だ。

金持ちが持つに相応《ふさわ》しい刀なので購入したが、意外と使えるので気に入っている。

俺のお気に入りの一つだが、女の子は一度首をかしげてから頷《うなず》いた。

「綺麗《きれい》だったから」

「綺麗？」

「綺麗な刃だったから」

女の子の言葉が信じられなかった。

「お前、見えたのか？　刃に何があるか見えたか？」

「金色の猫さん」

正解は猫ではなく虎だが、同じ猫科なのでギリギリセーフとしよう。

こいつ、本当に刃の装飾を言い当てやがった。

刃には金色で虎の絵が細工されている。

鞘から抜いたのを見たというのか!?　俺は一閃《いっせん》を放ったんだぞ!?

女の子にも驚きだが、俺は奥義を見られたという事実に冷や汗が出てくる。

「――お前の名前は？」

「エレン！　エレン・タイラーです」

幼いながらもしっかり受け応えしている。

だから俺は聞いてみた。

「お前、騎士に興味はあるか？　剣に人生を捧《ささ》げられるか？　お前の人生を剣に捧げるなら、この刀はくれてやる」

女の子は首をかしげていた。きっと、何を言われているのか理解していないのだろう。

だが、笑顔を見せると大きく頷いた。

「はい！」

エピローグ

帝国の首都星。

バンフィールド家が利用している高級老舗ホテルの一室では、普段着姿のシエルがベッドにうつ伏せで寝転んでいた。

枕を抱きしめ、脚を動かしながら話をする相手は父であるエクスナー男爵だ。

「お父様も首都星から動けないのですか？」

『そうだな。しばらくは戻れそうにない。それよりもバンフィールド家ではやっていけそうか？』

クレオ派閥に所属したエクスナー男爵は、しばらく首都星に滞在することに。

娘を心配しているのだが、二人の通信はサウンドオンリーだった。

シエルは、父にだらしない姿を見せたくないとの思いで映像を切っている。

また、娘を心配する父が頻繁に連絡を取ってくるため、多少の呆《あき》れもあった。

ちょっと迷惑している。

「まだ修行が始まっていませんから、何とも言えませんね」

『伯爵は厳しい方だ。お前も噂《うわさ》くらい聞いているだろう？』

「自領に戻って世話をした貴族の子弟を殺した話ですか？　ただの噂では？」

『本当らしいぞ。クルトから聞いたが、自分の領地で民をいたぶる準男爵家の跡取りをその場で斬り殺したらしい』

父が年下のリアムを「あの方」と呼ぶのを、シエルは少し納得できなかった。

（リアムが格上だからって、お父様よりもずっと年下なのに）

全てにおいてリアムが勝っているのは事実であるし、シエルも理解している。

だが、内面。正確には性格に疑問を抱いていた。

「いくら非道を働いたからと言って、その場で斬り殺すなんてやり過ぎではありませんか？　気持ちは理解しますが、法の裁きに委ねるべきでした」

『お前もまだ子供だな。いい機会だから、バンフィールド家で学びなさい。あの方は貴族の中でも高潔だから、学ぶべき事は多いよ』

父の声は、どこか呆れを感じさせるものだった。

「そうさせてもらいますから、どうかご心配なく！」

『おい、まだ話がっ――』

拗《す》ねて強引に通話を終わらせると、シエルは枕に顔を埋《うず》めた。

（――私、あいつ嫌いなのよね）

周囲がリアムを称賛する中、シエルだけはどうにも好きになれなかった。

◇　◆　◇　◆　◇

着替えて部屋を出たシエルが向かったのは、ホテルの敷地内にある中庭だ。

「あ～あ、お兄様もついに結婚か」

ベンチに座ってため息を吐《つ》く理由は、自分が憧れている兄のクルトがお見合いをしている最中だからだ。

兄の幸せを喜びつつも、相手の女性に奪われるような気持ちになって複雑な心境だった。

「お兄様は、相手の女性と真摯《しんし》に向き合うつもりらしいけど――それに比べて、リアムって酷《ひど》くない？」

中庭から見えているのは、ホテルを訪れたリアムの客をもてなすロゼッタの姿だ。

ライナスに勝利したリアムのところには、大勢の貴族や商人、そして仕官を求める騎士たちが毎日のようにやって来る。

中でも重要な人物たちをもてなしているのは、リアムの婚約者であるロゼッタだ。

今は丁度、子爵家夫妻を見送っていた。

リアムに近付き甘い汁を吸おうと考える夫妻を笑顔で見送り、二人が見えなくなると疲れた表情を見せている。

そんなロゼッタが、中庭に目を向けてシエルを見つけた。

シエルが姿勢を正すと、ロゼッタが中庭にやって来る。

「今日は中庭にいたの？」

「は、はい！」

「それなら、一緒にお昼でもどう？　今日は関係者だけの昼食会だから、シエルが参加しても問題ないわよ」

「それなら是非とも。あの、それよりも伯爵はご一緒ではないのですか？」

辺りに視線を巡らせるが、ロゼッタのそばにリアムは見当たらない。

苦笑いを見せるロゼッタが、リアムがどこにいるのか教えてくれる。

「トレーニング中で忙しいみたい」

「――本当なら、伯爵が応対するのが普通ですよね？」

シエルがリアムを嫌う理由には、本人が雑事と考える仕事をロゼッタに押しつけているからだ。

遊び呆《ほう》けるより、体を鍛える方が有意義ではある。

しかし、面倒をロゼッタに押しつけているようにしか見えない。

「そうね。でも、ダーリンは忙しいから」

これだ。

シエルはロゼッタに同情する。

（献身的に支える女性がいるのに、他にも色んな女性を侍《はべ》らせるなんて許せない）

シエルから見て、リアムのそばには美女が揃《そろ》っている。

騎士として支えるティアやマリーをはじめ、軍人時代の副官であるユリーシアだって美しい女性だ。

中でも一番印象に残っているのは、青髪の女だ。

噂ではリーリエという名前らしい。

ホテル内でも噂になっており、バンフィールド家の家臣団が「あのリアム様がナンパ!?」「どこの誰だ!?」「今すぐお迎えしろ！」と騒いでいた。

ちょっとしたお祭り騒ぎになっている。

それもシエルには許せなかった。

今まで生身の女性に興味を抱かなかったリアムが、首都星で気になる女性ができたと聞いて家臣団は大喜びだ。

（家臣たちも酷いわよね。ロゼッタ様がいるのに、他の女のことではしゃいじゃってさ）

バンフィールド家の事情を考えると仕方がないかもしれないが、シエルは個人的にもっとロゼッタに気を遣えと思っている。

何しろ、リアムが青髪のリーリエに夢中なのはロゼッタも知っているのだから。

シエルは意を決し、ロゼッタにリアムの不義理な振る舞いについて問う。

「ロゼッタ様は、本当によろしいのですか?」

「何が?」

僅かに視線を下げるロゼッタは、シエルが何を言いたいのか理解している様子だった。

だが、曖昧な質問に答えたくないらしい。

「リーリエという女のことです。ロゼッタ様が、こんなにも献身的に支えているのに、伯爵本人は気付きもしないで。家臣の人たちもお祭り騒ぎで酷すぎますよ」

随分と不敬な発言だったが、ロゼッタは自分のために腹を立てるシエルを優しくたしなめる。

ベンチの隣に腰掛けつつ。

「家臣たちが支えているのは、わたくし個人ではなくバンフィールド家そのものよ。そこを間違えてはいけないわ」

「でも!」

それではあまりにもロゼッタが可哀想《かわいそう》だ、と言う前にシエルは止められた。

「この話は終わりよ。それよりも昼食は何が食べたい? 今日は幼年学校時代からのお友達も参加するのよ。あ、クルトさんも戻っていたら参加してもらおうかしら? そろそろお見合いも終わると思うのだけれど」

強引に話を遮られてしまい、シエルは諦める。

◇　◆　◇　◆　◇

昼食会に参加してもらうため、シエルはクルトの部屋に来ていた。

通話でもメッセージでも、伝えればいいだけなのだが、それでもクルトの顔を見たさにわざわざ足を運んだ。

「ごめん。士官学校の教官から呼び出しだ。シエルは少し待っていて」

「はい」

お見合いから戻ったクルトは、別室に向かいながら教官と話をする。

内容は、首都星で起きた事件のおかげでお見合いが予定よりも遅れたことだ。

その件で話をするため、クルトは別室に入った。

一人残されたシエルは、昼食会を前に身なりを整えるため洗面所に向かう。

「ただのお昼も人を集めて食事なんて、大貴族って大変なのね。失礼がないように、最低限の身なりを整えないと」

洗面所に入ると、シエルは収納スペースに目が向く。

「あれ？」

見つけたのは髪の毛だ。

収納スペースの扉に挟まっていた。

「こういうホテルにしては、掃除が手抜き——え？」

引っ張ると、それはとても長かった。

そして、何かに引っかかっている。

シエルは嫌な予感がしながらも扉を開けると、その中に入っていたのは白のワンピースだった。青い髪の毛は、服についたものだった。

一瞬だが、シエルは青髪の女がクルトとも関係を持っていたのではないか？　などと想像したが、それよりも最悪の現実を知ることになる。

「どうしてあの女の服をお兄様が——ひっ！」

服を手に取ったシエルは、その奥にいくつかの小瓶があるのに気付いた。

そのどれもが、女性であるシエルにとっては普通の代物だ。

飲むことで一時的に髪色や瞳の色を変更できる薬など。

ただ、一つだけ理解できない小瓶がある。

手に取って確認すると、それは性転換を行う薬だった。

しかも、何度か使用された形跡がある。

「こ、これ、どういうこと？」

一定時間性転換を可能とするが、体や精神への負担も考慮され帝国では使用には色々と制限がかけられている。

簡単に入手できない薬だった。

シエルの中で、ピースが埋まっていく感覚があった。

普段のクルトの言動、そして各種薬に加えて、青髪の女の白いワンピース。

見えてきたのは、青髪の女リーリエとクルトが同一人物という答え。

この瞬間、シエルは絶望した。

「このままだと、お兄様が――お姉様になってしまう」

◇　◆　◇　◆　◇

昼食会後。

シエルは食事の味もわからぬほどに、打ちひしがれていた。

周囲には何とか取り繕ったが、兄が姉になるかもしれないと思うと辛《つら》かった。

一番悔しいのは。

「私より可愛《かわい》かった」

憧れの兄であるクルトの性転換した姿が、自分よりも可愛かったのがショックだった。

オマケに、兄が一緒に歩いていた男が問題だ。

リアムである。

「お兄様、前からリアムの名前ばかり口にするようになっていたけど、まさか友情ではなく愛情だったなんて」

普段からリアムの名を口にする回数が増え、部屋にはリアムとの写真も飾っていた。

シエルは兄を取られたような気がして、それもあってリアムが苦手だった。

「お兄様を奪うなんて許せない」

このままでは「お姉様」と呼ばなくてはいけなくなる。

それだけは嫌だった。

そんな落ち込んでいるシエルに話しかけてくる人物が一人。

クルトの友人であるエイラだ。

「ちょっと、こんな柱の陰で座り込んでどうしたの？」

人の寄りつかない場所で、床に体育座りをするシエルを心配していた。

シエルはエイラと面識があった。

「エイラさん」

思い詰めた表情をしていたシエルの隣に、エイラが腰を下ろす。

「お姉さんに話してごらん。悩みは誰かに話すと気が楽になるわよ」

どうしようか悩んだ末に、シエルは兄のクルトとも長い付き合いであるエイラならば信用できると話し始める。

「実は——お兄様が、伯爵のことを友人以上に考えているのではないかと不安になって」

それを聞いて、エイラは瞳を輝かせる。

「妹から見ても！　そうだよね、そうだよね！　あの二人は本当に仲がいいよね。もう友情を超えた関係だよ！」

身をよじって喜ぶエイラを見ていると、シエルは不安になってくる。

（え、何この人？　無茶苦茶嬉《うれ》しそうなんですけど）

シエルは気を取り直して、話を続ける。

「でも私は、伯爵のことが好きになれません」

「え、どうして？」

「だって周りに沢山女性を侍らせて、ロゼッタ様をないがしろにしているじゃありませんか。そんなの酷《ひど》すぎますよ」

シエルがそう言うと、エイラは困った顔で笑いつつリアムとロゼッタの関係について話をする。

「確かにそう見えるけどね。リアム君はあれでロゼッタさんに気を遣っているんだよ」

「そうですか？」

「この前も一緒にお酒を飲んだんだけどね。その時、リアム君ったらナンパが成功したって上機嫌でさ」

その場面を想像して、シエルはリアムが更に嫌いになっていく。

だが、エイラはクスクスと笑っていた。

「でも、その時だけは絶対にロゼッタさんの顔を見ないのよ。話が終わった後も、ずっとロゼッタさんの顔色をうかがってね」

「あの伯爵が？」

「それに、青髪の子とは精々手を繋《つな》いだだけみたいよ。それをからかったら怒ってさ。リアム君はウブだからね」

リアムの話を聞くと、兄と同じ年齢とは思えない幼さを感じてシエルは驚いた。

エイラが言う。

「リアム君、デートした日にロゼッタさんに悪いと思ったのかもね。手土産を用意して戻ってきたらしいよ。可愛いでしょ」

「は、はい」

シエルの中でリアムの評価があやふやになってくる。

(思っていたよりも悪い奴《やつ》じゃないのかな？)

ただ、それでも許せないことがある。

エイラがシエルに問う。

「リアム君のこと、あんまり嫌わないであげてね。昔から勘違いされやすいから」

「そうですか。でも、お兄様との関係はどうにかしたいです」

「え!? どうして? そこはいいじゃない。二人はとってもいい関係だよ!?」

エイラはシエルの言葉が信じられないらしい。

シエルは大事な――相談したかった内容を話す。

「でも、お兄様は性転換を考えているようなのです。珍しい話ではありませんが、実の兄がと思うと信じられなくて。だって、お兄様は男性としてものすごく素敵な方です。もう完璧な――へっ?」

クルトについて熱く語ろうとしたシエルだったが、エイラの顔を見るとゾッとした。

先程までの笑顔は消えて、無表情で瞳のハイライトが消えている。

「え、ごめん。何だって?」

「いや、あの」

「クルト君が何をしようとしていたの? ねぇ、教えてよ」

エイラの酷く濁った瞳に怯《おび》えながら、シエルは答える。

「女の子になって、伯爵と付き合おうとしています! 青髪の女は――お兄様なんです」

今噂《うわさ》の青髪の女が、実はクルトだった。

　それを聞いたエイラは、乾いた笑い声を上げる。

「あは、あははは。そんなはずない。そんなの、絶対にあってはならないわ」

「え、でも性転換自体は珍しくありませんよね？」

　酷い話になると、男性も女性も経験して一人前！　という人たちもいる。

　男性として家族を持ち、その後に女性となって家族を持った者もいる。

　だから、珍しい話ではない。

　ただ、それが身内だったら受け止めるのに時間がかかるというものだ。

　それに、シエルにとって重要なのは。

「私はどうしたらいいのか。ロゼッタ様を困らせる青髪の女がお兄様だなんて思わなくて。個人的には、お兄様には諦めてもらって――ひぃっ!?」

　シエルの両肩をエイラが強い力で摑《つか》む。

　まるで、同志を得た、というような顔をしていた。

「そうだよね。そうだよね！　やっぱり、男の子同士がいいよね！　クルト君は、今のままが最高だよね！」

　鼻息荒いエイラを見て、シエルは悟ってしまった。

（こいつも私の敵かよぉぉぉ!!）

　兄に対して何か邪《よこしま》な感情を抱いているのを察してしまった。

◇　◆　◇　◆　◇

「旦那様、これはどういうことでしょうか？　第六兵器工場から購入したのは、機動騎士とその整備に関わる人員と設備のみ、とお伺いしていたのですが？」

ついに天城《あまぎ》に知られてしまった。

ヴァナディースという高級機動騎士を購入したら、セットで戦艦がついてきた。

お寿司《すし》を頼んだら、ステーキがセットでついてきた感覚だ。

いや、違うな。

高級外車を購入したら、一緒にキャンピングカーも買っていた気分か？

どうにもしっくり来ないが、もうお腹《なか》いっぱいである。

「どうしてだろうな？　第六は気前がいいのかな？　あははは――ごめんなさい」

誤魔化そうとしたが、天城の周囲に俺の購入履歴が表示されて黙るしかなかった。

しっかりと戦艦の代金も支払っているため、言い訳が出来ない。

メイスン、あの野郎――あいつは別に悪くないが、この恨みは忘れないからな。

戦艦がオプションとか馬鹿なのか!?

天城は普段よりも怒っていた。

「計画に狂いが生じるため、無計画な戦艦の購入はお控えくださいと申し上げていたはずですが？」

「ち、違うんだ！」

「違う、とは？」

「だ、だから」

「だから？　その先をお伺いします。どうぞ、お続けください」

天城がいつも以上に問い詰めてくる。

これは怒っている時の癖、というか激怒しているな。

どうする。どうすればいい？　素直に謝ってこの場を収めるか？　だが、このまま引き下がるのも俺の沽券《こけん》に――その時だ。

ヴァナディースに一緒に搭乗したリーリエを思い出した俺は、同時に何故《なぜ》かクルトの姿も思い浮かんだ。

「――天城、機動騎士も戦艦も必要だから購入した」

「必要性を感じませんが？」

普段は小首をかしげる仕草をするのに、怒っている時はピクリとも動かない。

だが、俺はこのピンチを乗り越えてみせる！

「今回、クルトには負担をかけているからな」

「まさか、エクスナー男爵家のためにですか？」

「そうだ。皇女殿下を受け入れる家になるんだぞ。格にあった機動騎士や戦艦があった方がいいだろう？」

「それでしたら別の――」

「もちろん支援はする。するが、エクスナー家は貴族の中では質素だからな」

領民たちから搾り取る割に、その生活振りは質素だ。

貯《た》め込む傾向が強く、戦艦や機動騎士に予算が回っていない。

天城がアゴに拳を当てる。

「見栄《みえ》を張るのも貴族社会では必要でしょう。確かに、悪くないと判断します」

「そうだろ？」

乗り切ったと安堵《あんど》していると、天城が僅かに微笑《ほほえ》む。

ただ、その微笑みが怖かった。

「今回は引き下がりますが、次はありませんよ」

何もかも気付いているようだ。

「――はい」

天城に手の平の上で転がされた気分だ。

だが、嫌いじゃない。

これが他の奴なら斬り殺していたけどな。

問題の一つが解決して安堵していると、天城が戦艦の受け入れについて尋ねてくる。

「それでは、ヴァナディースと専用艦はエクスナー家に届けますか？」

「いや、一度首都星に持ってこさせる。エクスナー男爵もしばらく首都星だからな。それに、仕上がりも見たい」

「仕上がり？」

◇◆◇◆◇

領地から首都星へと向かう日が来た。

超弩級《ちょうどきゅう》戦艦に乗り込む俺は、側《そば》にエレンを連れている。

チョコチョコとついてくる弟子は、俺がくれてやった刀を持っていた。

虎の装飾がされた刀、改め猫さんの刀に改名されたみたいだけどな。

エレンにいくら虎だと言っても「猫さんの刀」と言うから。

豪奢《ごうしゃ》な刀をエレンは大事そうに抱きしめて持ち運んでいる。

「エレン、俺はしばらく忙しい」

「はい、師匠！」

エレンに師匠と呼ばれると、俺としては複雑な気分だ。

俺のような未熟者が弟子を取っていいのか？　そんな気持ちにさせられるが、安士《やすし》師匠は俺に三人は弟子を育てろと言った。

俺は一閃《いっせん》流の存続のために弟子を育てなくてはならない。

師匠との約束なので、悪徳領主だろうがこの約束だけは守らねばならないのだ。

俺は一閃流関連だけは、損得勘定抜きで尽くすと決めている。

しかし、俺がエレンを一人前の剣士に育てられるだろうか？　それが心配だった。

「首都星に到着したら、お前を教育カプセルに放り込む」

「はい！」

「カプセルから出たら、基礎を教えてやる」

「が、頑張ります！」

エレンを弟子に取って数ヶ月が過ぎたが、どうやら一閃流を気に入ったらしい。

俺も師匠を真似《まね》して、最初に奥義を見せてやった。

師匠と出会った頃の俺は、安士師匠がどれだけ凄《すご》いのか正確に理解していなかったな。

俺は剣聖を倒したが、安士師匠に勝てるとは思えない。

まるで刀を本当に抜いていないかのような動きで、静かに丸太を斬っていた。

俺の荒々しい斬撃が、あの境地に辿《たど》り着くのはいつになるだろうか？

エレンは見送りに来た使用人たちを見ていた。

その中に、エレンの母親の姿がある。

エレンはその姿を見て、寂しそうにする。

「何だ、母親が恋しいのか？」

エレンは母子家庭で育っていた。

俺の弟子になったので、エレンの母親は屋敷で使用人として雇うことになった。

母親の暮らしが心配にならないように。修行に打ち込めるように、という配慮だ。

「だ、大丈夫です」

甘えたい盛りだろうに、気丈に振る舞っている。

ただの子供は嫌いだが、エレンは俺の大事な弟子——そして、一閃流を受け継ぐ大事な存在だ。

気遣いを忘れてはいけない。

「俺の貴族としての修行が終われば、領地にはすぐに戻ってこられる。その時までは我慢しろ」

「はい」

超弩級戦艦に乗り込むと、騎士たちが整列して俺たちを出迎えた。

その中にチェンシーの姿もある。

俺が立ち止まってその顔を見ると、堂々としながらうっすら笑みを浮かべる。

「怪我《けが》はもう治ったようだな」

「おかげさまで」

「まだ俺を狙うか？」

問い掛けてやると、チェンシーはまったく心が折れていなかった。

むしろ、嬉《うれ》しそうに返事をする。

「もちろんです」

周囲は緊張した様子だったが、俺は噴き出してしまった。

「いいな、お前！　また手柄を立てたら相手をしてやる。精々、俺のために働くことだ」

「えぇ、いずれ。また必ず」

俺が離れると、エレンが俺の後ろを付いてくる。

「あ、あの、師匠」

「何だ？」

「あの人、何だか怖いですよ」

立ち止まった俺は、エレンに教えてやる。

「そうだろうな。俺の命を狙っている女だからな」

「え？」

驚くエレンに詳しい事情を話してやるつもりはなかった。

「お前が大きくなったら、色々と教えてやる。さっさと来い。首都星に着くまでは、艦内でも基礎を教えてやる。俺の弟子が、弱いなど許されないからな」

「はい、師匠！」

元気に返事をするエレン。――いい感じの弟子が手に入った。

真面目で、一閃流を受け継ぐに相応《ふさわ》しいのかは今後次第だが――悪くないと感じている。

素養もだが、一閃流に興味を持った感性が素晴らしい。

この子はきっと伸びる。いや、伸ばしてみせる。

弟子の件もそうだが、その他にも色々とうまくいって――いや、いきすぎだな。

普通なら奇跡と言われるだろうが、俺は奇跡なんて信じない。

日頃の行いが悪いのに、奇跡など起きていいはずがない。

これもきっと、案内人のおかげだろう。

歩きながら俺はどこにいるのかわからない案内人に、感謝の気持ちを送るのだった。

「この感謝の気持ちが届くように祈ろう」

「師匠？」

「ん？　あぁ、お前との出会いに感謝していたところだ。お前も祈れ」

「え？　あ、はい」

真面目に弟子のエレンも祈り始める。

案内人、俺たちの感謝の気持ちが届いているか？

俺たち師弟の感謝の気持ちよ——どこかにいる案内人に届け！

◇　◆　◇　◆　◇

リアムが乗り込んだ超弩級戦艦のミサイル発射口が開いた。

出現するのは黄金のミサイルであり、それを見守っているのは犬の姿をした霊魂だった。

その犬が遠吠《とおぼ》えを行うと、黄金のミサイルは誰にも気付かれないままに飛び出す。

リアムと——リアムに感謝するエレンの気持ちが込められた惑星間弾道ミサイルが、大空へと打ち上がった。

それだけでは案内人に届かないので、ミサイルの進む先にワープゲートが出現する。

戦艦のブリッジでは、クルーたちが慌てていた。

「おい、ミサイルの発射口が開いているぞ！」

「僅かにワープ反応もあるな」

「早く調べろ！」

何事かと軍人たちがすぐに調べるが、すぐに何事もなかったかのようにミサイルの発射口も閉じてワープゲートの反応も消えてしまった。

　同時に、犬の姿も消えてしまった。

◇　◆　◇　◆　◇

　帝国を離れ、外国で暗躍する案内人はスキップしていた。

「う～ん、ここならリアムの感謝の気持ちも届かずに快適だ。ちょっとジクジクと痛むが、激痛よりはマシだな」

　外国で負の感情を集め、火種を見つければ燃料を投下して回る。

　なんとも迷惑な奴《やつ》――それが案内人だ。

「この調子で力を蓄え、リアムを帝国ごと押しつぶすために――おや？　何か見えるな」

　スキップしていた案内人が立ち止まると、遠くに光が見えた。

　ワープゲートだ。

　そこから黄金のミサイルが飛んでくるのが見えた。

「金色とは悪趣味な！　見ているだけで苛々《いらいら》してくる」

　リアムの感謝の気持ちは、黄金好きなのが影響してか金色が多い。

　そのため、案内人は黄金が嫌いだ。

いったい、どこの悪趣味な野郎の持ち物だ？　ついでに不幸にしてやると考えていると、ミサイルは案内人の方に向かってくる。

「何かの事故か？　まったく、迷惑なことだ」

さっさとその場から移動すると、案内人は別の惑星へと辿り着いた。

さて、これからドンドン負の感情を集めるぞ！　そう思っていたら——また、ワープゲートが近くに開いた。

「え？」

案内人はここで気が付く。

「ま、まさか、あの悪趣味な黄金のミサイルは——リアムかぁぁぁ!!」

驚いた案内人がすぐに逃げようとするが、ミサイルがすぐ近くまで迫っていた。

案内人の近くに着弾すると、そのまま爆発に巻き込まれる。

「いぃぃぃやぁぁぁぁぁ!!　あ、熱い！　焼ける！　感謝の気持ちが——ふ、二人分だとぉぉぉ!!　今回は何もしていないのにぃぃぃ！」

普段のリアムの感謝の気持ちに加えて、純粋無垢《じゅんすいむく》な子供の感謝の気持ちまで乗せてきていた。

案内人は感謝の気持ちが大嫌いだ。

感謝の気持ちが燃え広がり、案内人を焼く。

これでもかと焼き、そして黒く焼け焦げてボロボロになった案内人がその場に倒れた。ため込んだ力を使って何とか生き残ったが、各国を歩き回って集めた負の感情がリセットされほぼゼロになる。

案内人は泣いた。

「許さない。許さないぞ、リアム。私がどれだけ苦労してここまで――くそぉぉぉ!!　必ず殺してやるからな！」

立ち上がって叫ぶ案内人だが、そんな彼の前に電子新聞が風に揺られて目の前に落ちた。

案内人が視線を落とすと、そこにはルストワール統一政府とリアムのバンフィールド家が取引を行ったことが書かれている。

案内人は一瞬何が起きたのかわからず、固まった後――すぐに電子新聞を手に取った。

そこに書かれている内容を読み、リアムが経済制裁を受けたこと。

その窮地を乗り切れたのが、まさか自分が反乱を起こさせた統一政府が理由とのことまで知ってしまう。

「わ、私は何もしてなかったのにぃぃぃ！」

唖然《あぜん》として座り込む案内人。

知らず知らずの内にリアムを援護していたのが、かなりのショックだった。

そんな案内人の様子を隠れて覗《のぞ》いていたのは、電子新聞を咥《くわ》えた犬だった。

わざと案内人が見るように仕向けていた。

案内人の姿を見て満足したのか、どこかへと去って行く。

案内人が泣きながら地面を叩《たた》く。

「こんなのあんまりだぁぁぁ！」

◇　◆　◇　◆　◇

首都星に戻ってくると、第六兵器工場からの荷物が届いていた。

「どうだ、凄《すご》いだろ！　第六兵器工場自慢のヴァナディース・フレイだ」

「す、凄いね」

首都星近くの宇宙港。

そこに届けられたヴァナディースは、展示会場の時とは違い追加装甲を取り付けられていた。

女性型にしか見えなかった外観が、一般的な機動騎士になっている。

自慢する相手は、士官学校に戻る前のクルトだ。

追加装甲をまとった姿を【ヴァナディース・フレイ】と呼ぶのは、第六の趣味だ。

周囲では第六から派遣された専門スタッフたちが、ヴァナディースの整備などを行っている。

　クルトは引きつった笑みを浮かべていた。

「でも、ヴァナディースだっけ？　この機体の維持費は、エクスナー家には厳しすぎるよ」

「維持費は俺の方で持ってやる。お前に皇女殿下を押しつけたからな。それより、皇女殿下はどうだ？」

「――いい人だったよ」

「うまくやれそうか？」

「――うん」

「ならよかった」

　急なお見合いでクルトも大変だっただろう。

　それに、最近は色々と疲れているようだ。

　そんなクルトに細《ささ》やかなプレゼントになっただろうし、ヴァナディースの購入は悪くなかったな。

◇　◆　◇　◆　◇

クルトはホテルで利用している部屋に戻っていた。

明日になれば士官学校に戻ることになる。

そんなクルトは、洗面所にて自分の姿を見ている。

シャワーを浴びた直後、裸のままだ。

「あの機体を僕に贈るなんて、いったいどういう意味なんだ？　それに、あのアーマーも気になるじゃないか」

ヴァナディースは、リアムとリーリエにとって思い出の機体である。

それをクルトに譲ったのが、何とも意味深だ。

ただの偶然とも考えられるが、クルトには気になる点がある。

アーマーで隠しているが、中身のヴァナディースは女性型だ。

男性的な姿をアーマーで再現していても、中身は女性。

そんなメッセージが込められている気がしてならない。

クルトは頭を抱える。

「どうして僕はあんなことをしてしまったんだ！　最初はこの気持ちが友情であると確信したかっただけなのに――こ、これじゃあまるで、僕がリアムを」

激しく頭を振って、考えを振り払おうとする。

しかし、そんなことをしても無駄だった。

クルトは近くに置いた薬類を見る。
「――捨てないとまずいよな？」
性転換薬を所持していても、罰金程度で済まされる。
しかし、この場に残しては置けない。
（中身を捨てても迷惑になるかも）
自分に言い訳をしながら、薬に手を伸ばす。
幾つもの薬をクルトが飲み干し、しばらくすると変化が訪れる。
最初に変化したのは瞳の色だ。
灰色に変わると、クルトの髪が青に染まってそのまま伸びて長髪になる。
くせ毛がストレートのロングへと変わり、クルトの体付きは男から女に変わっていた。
鏡の前にはリーリエがいた。
だが、女性に変化したクルト――リーリエは先程と違った反応を見せる。
苦悩し、後悔するクルトとは対照的に、何故《なぜ》か嬉《うれ》しそうにしていた。
両手で頬に触れて、にやける顔を何とか元に戻そうとしていた。
クルトとは違う考えを持ち、まるで別人格のようだった。
「リアムからのプレゼント――嬉しいな。それに、もし気付いていてあの態度なら」
苦悩するクルトとは違い、頬を赤くして嬉しそうにするリーリエだった。

「駄目だ、駄目！」

それはリアムが修行を開始する前のこと。

執務室で不機嫌そうにするリアムを前に、執事のブライアンが残念そうにしている。

その手に持つのは、試作されたリアムのグッズである。

「これでも駄目ですか？」

「俺のグッズを販売するとか馬鹿なのか？　そんな物、いったい誰が買うんだよ？」

ブライアンが手に持っていたのは、デフォルメされたリアムの人形だった。

領内の企業がリアムのグッズを販売したいと企画を持ち込むのだが、その全てをリアムが拒否してしまう。

ブライアンは、リアムの人気について語る。

「しかし、企業がこれほど企画を持ち込むとなると、そういったニーズがあるのは間違いありませんぞ」

バンフィールド家の領内では、リアムと言えば名君だ。

そんなリアムの人気が低いはずなどなく、関連グッズは飛ぶように売れる。

しかし、リアムに関わる商品だけは、販売を許されなかった。

「俺の人形を手に入れてどうする？　踏みつけるのか？」

「どうしてそのような真似《まね》をすると考えられるのですか？」

不思議そうにするブライアンに、リアムは当然だと言わんばかりに。

「俺ならするからだ。だから、俺の人形なんて絶対に認めないぞ。企業にもしっかり伝えておけ！」

リアムの意志は固く、誰が頼んでも許可が出なかった。

その様子を部屋の隅で眺めていたのは、量産型メイドロボの【白根《しらね》】だ。

今日も黙って壁際に立っているのだが、そんな白根の視界は吹き出し付きのコメントで埋め尽くされていた。

『旦那様ってば、今日も全て拒否！　これは、リアム様人形なんて絶対に販売されませんね』

書き込んだのは【塩見《しおみ》】だ。

その吹き出しの周りに、次々にコメントが書き込まれていく。

『自作した方が速いのでは？』

『公式というブランド力は大事ですよ』

『非公式の旦那様人形は、既に出回っているのでは？』

今日も人間たちには見えない世界では、メイドロボたちが賑《にぎ》やかに騒いでいた。

白根の視界がコメントに埋め尽くされた頃。

リアムが執務室の机に両手を振り下ろした。

「俺のグッズなんて絶対に認めないからな！」

◇　◆　◇　◆　◇

メイドロボたちが使用する待機室。

メンテナンスベッドが何台も並んだ部屋には、何体かのメイドロボが横になっている。

蓋が閉じ、内部のメイドロボたちはメンテナンスを受けていた。

そんな待機室の隅。

机を持ち込んだメイドロボがいた。

机の上に並んでいるのは、随分と古くさい道具の数々だ。

ハサミ、針、定規、その他諸々《もろもろ》。

それらを使用し何かを制作しているのは、メイドロボの中でも無口な【立山《たてやま》】だ。

メイドロボたちだが、普段口を使った会話をあまりしない。

代わりに、ネットワーク上では騒がしいくらいにやり取りをしている。

そんなやり取りの回数が、極端に少ないのが立山だった。

メンテナンスベッドに入るために、待機室にやって来た【荒島《あらしま》】が立山に気付く。

「何をしているのですか？」

ネットワーク上で会話をしない立山のために、わざわざ口を使って会話を試みていた。

立山が振り返ると、その手に握られていたのは制作途中の人形だった。

「人形、作っています」

「――随分と古い道具を使っていますが？」

最新の道具を使えば、もっと簡単に完成度の高い人形を作れるだろうに、と荒島は言いたかった。

立山もそれを察して答える。

「こっちの方が、いい、です」

「理解できません」

立山がどうして無駄なことをしているのか、荒島には謎だった。

それは立山も同じだったようで、荒島が身に着けている髪飾りに視線を向ける。

「荒島は、どうしてそんなにアクセサリーを持つ、ですか？」

荒島は髪飾りの他にも、色んなアクセサリーを持っている。

他の量産型メイドロボたちから勝負して手に入れた物だ。

荒島は首をかしげる。

「個性の獲得です。アクセサリーは我々にとって重要な個性。それを数多く手に入れれば、より個性的になれると判断しました」

立山は納得する。

「個性？　私の考え、違います」

「どういう意味ですか？」

首をかしげる荒島に、立山は背を向けて作業に戻る。

「そろそろ作業、戻ります。休憩時間、残り三十二分五十一秒、しかありません」

時間を無駄にしたと言う立山の背中を見ながら、荒島はメンテナンスベッドに向かう。

◇　◆　◇　◆　◇

その日、屋敷は異様な雰囲気に包まれていた。

原因はリアムの執務室である。

「た、立山、それは――」

少し前に自分を模した人形など絶対に許さない、と宣言をしたリアムは困惑していた。

何故なら、天城《あまぎ》に連れられ執務室にやって来た立山の持っている品が問題だった。

立山を連れて来た天城が、リアムに理解できる程度に呆《あき》れた表情を見せている。

「我々の待機室で個人的に制作していたようです。旦那様が全面禁止を命じられたので、報告に参りました。――立山」

呼ばれて前に出る立山が、その手に握っていた人形は――明らかにリアムを模した人形だった。

少し前にリアムが自分の人形で激怒したのは有名な話である。

だが、リアムが日頃から溺愛するメイドロボが、人形を用意したらどうなるのか？

屋敷の者たちでも判断がつかなかった。

周囲は固唾をのんで様子を見ている。

立山が言葉少なめに。

「――申し訳ありません」

謝罪をして、リアムの人形を差し出してきた。

それを受け取るリアムは、どのように反応したらいいのか困っていた。

天城が首をかしげる。

「旦那様は、立山を叱らないのですか？」

リアムは天城に問われ、肩をビクリと動かす。

そして、人形を眺めながら褒め始める。

「う、うまいじゃないか！　それに何だか可愛《かわい》く見えるな、うん！」

それを聞いて、立山が僅かに。リアムにわかる程度に嬉しそうにした。

そして聞き取れるかどうか、の声量で。

「ありがとう、ございます」

ぎこちなく人形を褒めるリアムに、怒られたばかりのブライアンが抗議する。

「リアム様は、この前と言っていることが違うではありませんか！　このブライアンが試作品を持ってきた時は、ろくに見もせず却下しましたぞ」

メイドロボに張り合うブライアンもブライアンだが、リアムはもっと酷《ひど》い。

「うるせぇ！　普段無口で物静かな立山が、一生懸命作った人形だぞ！」

周囲がその言葉にギョッとする。

理由は単純だ。

周囲から見れば、全てのメイドロボが無口で無表情。

普段から静かであり、そこに差があるなど認識すらしていなかった。

ブライアンも困惑している。

「違いがあるのですか？　このブライアンには、全てのメイドロボたちが無口で物静かに見えるのですが？」

それを聞いたリアムが、心底ガッカリした顔をする。

「お前はどこを見ているんだ？　みんな個性的だろうに。荒島なんかアクセサリーが大好きな派手な子で可愛いし、塩見なんて大穴狙いが大好きなギャンブラーだぞ。立山なんて物静かでちょっと臆病なところが庇護欲《ひごよく》をそそるだろう？」

同意を求められたブライアンが、何とも言えない顔をしている。

リアムは自分の人形を持ちながら、立山と話をする。

「俺の人形を作っていたのか？」

「はい。可愛い、です」

「そ、そうか。だが、他で禁止したからな。でも、お前のためなら個人的に持つ程度ならすぐに許可を出してやる」

メイドロボには特別待遇。

これがリアムだ。

しかし、天城が立山の問題点をリアムに伝える。

「旦那様、立山が制作したのは一つではありません。同じ人形と、他のグッズが数種類も複数量産されています」

「へ!?」

立山がリアムに言う。

「全部、手作り、です」

「そ、そうか。頑張ったな。偉いぞ」

何が偉いのかリアムもわかっていないが、頑張った立山を褒めようとしているのは周囲にも伝わった。

伝わったから余計に酷い。

立山は、リアムに自分の夢を語る。

「私、旦那様のグッズ、沢山作って、お店開きたい、です」

立山は恥ずかしがりながらも、真剣にリアムに伝えた。

それを無下にも出来ないリアムは、頭を抱えてしまう。

「お、俺は、いったいどうしたら」

そんな情けない主人の姿を見て、ブライアンが呟《つぶや》くのだ。

「他の案件もそれくらい悩んで欲しいのですが？」

◇　◆　◇　◆　◇

後日。

バンフィールド家の屋敷の中で、人通りの少ない場所がある。

そんな場所に出店《でみせ》を用意した立山は、手作りのリアムグッズを並べていた。

「頑張る、です」

その様子を遠くの柱の陰から見守るのは、リアムと天城だった。

天城がリアムに尋ねる。

「どうして隠れるのですか？」

「立山が一人で頑張りたいって言ったから、陰ながら見守ろうかと」

「そうですか。それにしても、立山の判断には疑問が残ります。どうして、人通りの少ないエリアを選んで出店《しゅってん》したのでしょうか？　場所の選定に問題があると判断します」

天城の正論はもっともだ、とリアムも納得する。

「確かに間違っている。だが、立山は人見知りの激しい子だぞ。いきなり大勢に囲まれたら困るだろう？　まずは慣れるために、人通りの少ない場所を選んだんだよ」

「旦那様は、立山とよく話すのですか？」

「目を見ればわかる」

普段から同じメイドロボたちとのやり取りすら少ない立山の気持ちを、何故《なぜ》かリアムは察していた。

日頃から頻繁に会話をしている様子もなく、天城は理解に苦しむ。

そうしてしばらく見守るが、人通りが少ないため誰も来ない。

リアムが焦り始める。

「人通りが少なすぎて、立山《たてやま》が不安になっているな。天城、幾つか通路を塞いで、屋敷の人間がこの場を通るようにしろ」

無表情で店番をしているだけの立山を見て、そこまで見抜いたリアムに天城は理由を問わなくなっていた。

「承知しました」

しばらくすると、ティアが文句を言いながらやって来る。

「通路が封鎖されるなど事前に連絡がなかったぞ。まったく、このままではリアム様に与えられた任務に遅れるではない――かぁぁぁ!!」

苛立《いらだ》っていたティアだが、立山の出店《でみせ》を見かけるとそちらに駆け出した。

並んだ商品を前にして、興奮していた。

「これは紛れもなくリアム様を模した人形!? し、しかし、領内では例外なく禁止されていたはずでは？　ど、どうしてこの場に」

リアムの人形を見つけて喜ぶが、同時に存在しているはずがないとも理解して困惑する。

店の主《あるじ》を確認すると、立山だった。

「いらっしゃい、ませ」

精一杯の笑顔。リアム基準を見せる立山だが、ティアから見れば無表情だった。

しかも、相手が立山などと気付かない。

メイドロボの一機、という認識だ。

しかし、これが余計にティアを混乱させる。

「メイドロボが売り子だと？　これはどのように判断すればいい!?」

違法なら取り締まっていた。

しかし、リアムが溺愛するメイドロボが、リアムの人形を販売している。

捕らえるべきか、それとも見逃すべきか？

悩んで動けずにいるティアを見ていたリアムは、柱の陰から舌打ちをする。

「あの馬鹿。立山が困っているだろうが。買うならさっさと買えよ」

天城がリアムの人間嫌いに呆れている。

「旦那様は人間に冷たいですね」

「この世で最も信用できないのが人間だからな。おっと、天城たちは別だぞ。信頼しているからな」

「それはありがとうございます」

素っ気ない返事をする天城は、違う人物が近付いてきたのを見る。

ブライアンだった。

「お一ついただけますかな？」

「――はい」

立山の店から人形――リアム君人形を購入する。

それを見ていたティアが、ようやく確信を得たのか即座に動いた。

「全部売ってくれ！」

迷わず全てを購入すると言い出すが、立山は困りながら首を横に振る。

「駄目、です。商品、少ないから、一人一個、です」

「うわぁぁぁ！　選べないよぉぉぉ！」

店の前で泣き出すティアを見るリアムは、何とも言えない顔をしていた。

すると、ブライアンが近付いてくる。

どうやらリアムたちに気付いていたらしい。

「リアム様、売るなら立山には許可を出したと屋敷で発表しなければ、皆が困ってしまいますぞ」

普段なら意地を張るリアムも、立山を助けたブライアンには素直に感謝する。

「お前、意外と気が利く奴《やつ》だったんだな」

「生まれた時からそばにいるのに、このブライアンの評価が低すぎませんか!?　それはそうと、この人形にサインをいただけますか？」

「え？」

ブライアンに人形を差し出される。

準備がいいことに、サインペンも所持していた。

リアムが頬を引きつらせながら、サインペンを手に取った。

「俺のサインをもらってどうするつもりだ?」

「知り合いの子供へのプレゼントでございます。リアム様のファンでし――あぁぁぁ!

そんな雑にサインをしないでください!」

「知るか!　それより、立山も嬉《うれ》しそうだな」

泣きながら何を購入するか選んでいるティアを前に、自分の作った人形が売れた立山は嬉しそうにしていた。

――リアム基準で。

あとがき

今巻も楽しんでいただけたでしょうか？

表紙のヒロインについては……うん、何かごめんなさい（笑）。

『俺は星間国家の悪徳領主！』もついに五巻が発売となりました。

ここまで続くとは正直思っていませんでしたし、まさかキミラノさんで開催された「次にくるライトノベル大賞２０２１」にて「総合５位」「Ｗｅｂ発文庫部門最優秀賞」「男性読者部門１位」という結果には作者の自分も驚いております。

応援して下さった読者のみなさん、本当にありがとうございます。

小説家になろう、にてこの作品の外伝も投稿しておりますので、よければそちらもお楽しみ下さい。

泣きながら おかしを
作っている人
つぎラノ2021
ありがとうございました!
今後ともよろしくおねがいします。
高峰ナダレ

OVERLAP

俺は星間国家の悪徳領主！ ⑤

発　行　2022年4月25日　初版第一刷発行
　　　　2022年10月25日　　　第二刷発行

著　者　三嶋与夢

発行者　永田勝治

発行所　株式会社オーバーラップ
〒141-0031　東京都品川区西五反田8-1-5

校正·DTP　株式会社鷗来堂

印刷·製本　大日本印刷株式会社

Printed in Japan　ISBN 978-4-8240-0159-7 C0193